無人在乎的她

卞志安

簡郁璇　譯

獻給我親愛的父母

目次

The Abandoned

The Abandoned

When we finally kiss goodnight
How I'll hate going out in the storm
But if you really hold me tight
All the way home, I'll be warm

Oh, the weather outside is frightful
But the fire is so delightful
Since we've got no place to go
Let it snow, let it snow, let it snow

——〈Let It Snow（讓它下雪吧）〉

面試

「妳媽媽在哪裡呢？」

每次都是相同的問題。

「媽媽要我先點餐等她來。請給我草莓奶昔，錢在這裡。」

找回的錢少了三百韓元，但我沒有反問對方，因為沒有必要引起側目。我盡可能不使用信用卡，為了能提領出跟平常相同的金額，所以我很有計畫地使用金錢。

我刻意挑選比較清閒的時段、人潮較少的地點，來到了這家咖啡廳。咖啡廳內擠滿了剛放學的孩子們和他們的媽媽。

果然沒有大人陪同的孩子就只有我嗎？

我與嘴上叼了個髮夾，正在替女兒散亂的髮絲編成一條筆直辮子的女人對上了眼。她的眼神似乎發出聲音問道：

「妳媽媽在哪裡呢？」

那一刻，我很想緊緊貼著她的耳朵，就像在透露一個世界上獨一無二的祕密般悄聲說道：

「我沒有什麼媽媽，因為她擅自死掉了。哦對了，不知道怎麼回事，她是跟叫做爸爸的人一起死的。」

乖孩子是不會說謊的，所以她不會相信我說的話，即便這是真的。

我環顧四周，挑選不會太過中間，但也不會過於角落的適當座位，可是卻被身上揹了兩個背包，一手推著嬰兒車，另一隻手抓著才剛開始學走路的小男孩手臂的老人搶走了座位。老人的每條皺紋之間都夾著名為「疲憊」的灰塵，她才剛一屁股坐下，還來不及擁有一秒的悠閒，嬰兒車內就爆出了嬰兒的哭鬧聲。

老人佝僂的背上有顆渾圓的大石頭在晃動。

老人掀開嬰兒車的遮陽篷，把不知性別的嬰兒往前拉，略微煩躁地讓嬰兒咬著奶嘴。嬰兒停止了哭泣。

這時，在老人的背上邊晃動邊發出「喀啦、喀啦」聲響的岩石，碰巧從打開的咖啡廳大門滾了出去。

我們四目相交。

老人沒有問：「妳媽媽在哪裡？妳是一個人嗎？」而我也沒有詢問：「孩子的媽媽去了哪裡，怎麼只有年邁的妳獨自疲憊成這副德性？」發現彼此的疲憊就已經足夠了。自從過了「聖誕夜」，我慢慢地覺得累了。

我能獨自撐上多久而不穿幫呢？

因此，我今天非得見到她不可。

我走向那張罩上藍色天鵝絨的舊沙發。形體不明的汙染物質猶如一團發黑的口香糖，緊緊黏在水泥地上。對面的椅子也一樣，桌面上有著一圈又一圈的圓圈杯子水痕，上頭放著折成手指愛心狀的塑膠吸管包裝。

我在飲料回收臺拿來幾張衛生紙，把水漬擦掉。我可以感覺到周圍的視線。一個沒有大人陪同，看起來才六歲左右的小孩（其實我九歲了）擦拭著亂七八糟的桌面，把自己帶來的手帕鋪在髒亂的沙發上坐著，想必對他人來說是幅十分不自然的風景。因此，凝視著乖巧女孩的眾多目光不斷地竊竊私語。

「究竟妳的媽媽在哪裡呢？」

距離約好的時間已經過了十五分鐘，不管是女人或草莓奶昔都遲到了。我已經多次囑咐女人不要遲到了，但她卻從初次見面就遲到。我打定主意再過五分鐘就要站起身。告知餐點準備就緒的取餐呼叫器開始震動。員工把足足花了十五分鐘製作的草莓奶昔拿給我時，肯定會這樣問吧：「媽媽還沒來嗎？」

「媽媽還沒來嗎？」

果然，基於擔憂而老是瞥向我的員工，在導護媽媽集體入場後收回了目光。距離約好的時間過了十八分鐘。我正從「比媽媽早到的孩子」，慢慢地變成了「說不定是孤零零的孩子」。

長期在同情、憐憫與嫌惡的視線中成長的我，在某個冬日，他們猶如聖誕老人般出現了。多虧了年輕而美好的他們，我得以暫時成為「普通的孩子」。那真的是一件超棒的事，所以我覺得自己彷彿到了隔天早上就會搖身一變長成大人。有段時間真的是那樣。

但就在格外溫暖、意義非凡的「聖誕夜」，他們卻丟下我一人擅自死掉了，而這也意味著當「普通孩子」的生活結束了。但我還有機會。為了順利成為大人，我少不了這個已經遲到十九分鐘的女人。

萬一女人不是遲到，而是沒打算現身呢？要是她已經拒絕了我的提議呢？不會的，若是這樣子，女人就會提前告訴我。再說了，幾天前因前科紀錄而被療養院解僱的女人此時迫切需要錢。我所提出的金額，是遠遠優於女人的社會及經濟水準，因此她會出現的。遲到也無妨，但她一定會現身。

過了二十二分鐘。依然守在座位上的我，在思考該如何拿捏不責怪女人遲到的語氣之後傳送了訊息。

——我到了。

——我要進去了！

女人的答覆無禮且瑣碎，好像我們本來就是約二十二分碰面。緊接著，打開咖啡廳大門現身的女人沒有東張西望，直接走到我面前坐下。

鞋跟看起來足有十公分高的黑色馬汀鞋包覆女人的腳踝，長度直到小腿。勉強遮住內褲線的螢光橘熱褲，胡亂混有各種顏料的花稍夾克，廉價粉色漂髮交纏的短髮，以及似乎染髮許久而冒出來的布丁頭。這跟我的預想如出一轍，所以我很快就感到無聊乏味。

但是她的臉——在裸眉底下的細長眼形，顯得格外漆黑的眼眸；相較於瘦削乾癟的身材，顴骨之上顯得帶有肉感的臉頰；嘴角彷彿被固定似的往左側上揚的嘴形。彷彿從不同人身上收集來的眼睛、鼻子和嘴巴（微妙的不和諧音反而能創造出罕見的和聲），她長得就像我的智子。

＊＊＊

去年的情人節，凌晨時父親從日本出差回來，將印有成田機場免稅商標的塑膠袋放在熟睡的我的枕邊後又出去了。那是一個瓷器人偶，身上穿著紅色綢緞上繡有華麗粉白櫻花的浴衣，一頭又長又濃密的黑髮整齊地垂到腳後跟，而智子的腳底下還貼了「MADE IN CHINA」的貼紙。

智子的眼睛、鼻子和嘴巴特別小且立體，而且不知為何都有種不協調的感覺，但很奇妙的，我卻很喜歡這點。因為第一次收到別人特地為我準備的禮物（雖然很可惜的是再也沒有第二次了），興奮不已的我不知道那是裝飾用的人偶，在鵝毛大雪紛飛的初春，我始終抱著猶如冰塊般又冰又硬的智子入睡。她絕對不可能會變得溫暖。儘管深夜時我經常因為嘴脣碰到智子冰涼的臉頰而驚醒，但越是這樣我就把智子抱得越緊，彷彿相信她總有一天會變得溫暖似的——這真是件悲哀的事。

＊＊＊

都已經過了約定時間二十二分鐘了，女人卻絲毫沒有半點匆忙或愧疚的意思。

反而顯得早到的我小題大作了。

我再次和依然不停往我這邊瞧的員工對上眼神，她對我露出微笑，彷彿在說：「她有喊媽媽嗎？總之大人來了，這下可以安心了。」是啊，沒有必要非得是媽媽不可啊，只要有大人在旁邊就行了。

「原來是妳啊。」

今天初次見到的女人是如何一眼就認出我的？
女人不知道我的名字，但我知道她的。
「是的。」
「我還以為是個高中生呢，妳究竟幾歲啊？」
「九歲。」
「九歲的孩子怎麼眼神像活了一百萬年啊，真噁心。」
只要我有心，就能演出九歲孩子的眼神和十九歲少女的眼神。早知道就露一手了。那她會被騙嗎？不，會假裝被騙嗎？
「您不點餐嗎？我請客。」
「不必了，我已經喝了三杯茶了，要是再喝下去膀胱就要炸了。」
就我所知，女人身邊可沒有能一起喝三杯茶的家人或朋友之類的。女人將自己的手指當成熨斗，把我拆下的吸管塑膠套熨平，接著開始折成條狀。我突然開始無謂地想像，在這張桌面上留下圓杯痕跡後離開的不明人物會不會是女人。雖然女人打算折出手指愛心的形狀，可是塑膠套卻老是滑掉，最後放棄折造型的女人將塑膠套丟掉，將雙手插進了夾克的口袋（那件花稍夾克的兩側拉鍊怎麼會縫在胸口的位置上啊？感覺就像用雙手各捧著一個乳房）。
沒能變成手指愛心狀的塑膠套緩緩地攤開，逐漸恢復成原狀。蹺著腳的女人像在查看一件陌生物品般仔細觀察我。我們究竟何時才會開始聊起我們見面的目的？
「我覺得妳很像一個人，那是誰啊……喔，是以前的電影，名稱叫啥的，靠，煩死了，最近老是這樣。」

女人覺得不可能靠自己想起來，拿出手機開始搜尋。女人的纖長手指在手機鍵盤上敲了許久，過了一會兒，女人為了找到答案而蹙攏的眉間舒展開來。

「有了！是這個！《亞當斯一家》[1]。」

女人像是要炫耀似的，不由分說就把找到的照片貼到我鼻尖。那是一張全家福照片的電影海報，以龐大陰沉的歌德風豪宅為背景，大人和孩子們身上的黑色服裝顯得既怪異又暗沉。

與其說是可怕，這些人反而散發出滑稽幼稚的氛圍。在他們之中，站在最前面左側的女孩，是個將烏黑的頭髮紮成兩條辮子的少女。她身穿白色圓領的黑色連身裙，以一雙讓人聯想到《大眼睛》[2]的深邃大眼不滿地瞪著前方。

「怎麼樣，很像吧？」

「我不確定。」

「是喔？我覺得一模一樣啊。」

「我的眼睛沒有她那麼大。」

我指著自己沒有雙眼皮的眼睛。

「我是說散發的氛圍很相似，很像指的是這個意思。」

雖然我的智子和女人身上的氛圍完全不像，但我覺得她們很像。

「我的天啊！」

看著手機螢幕的女人不知道被什麼嚇到，張大了嘴巴。

「《亞當斯一家》的第一集跟我的年紀一樣大。」

那年全世界拍的電影應該有數萬部。

「是一九九一年。」

女人出生於一九九一年八月。

「沒錯，就是那時候，妳果然對我無所不知啊，我對妳卻一無所知，真是不公平。」

事實上，關於女人的資訊，我知道的要比她多上許多。要是女人也知道我曉得的那些事，女人是會對我產生惻隱之心，還是會埋怨我？「只有自己知道」某件事是令人孤單、疲憊的。一無所知的女人無須閃躲，我卻時時受阻。

我果然需要這個女人。

「妳父母知道嗎？知道我們要做什麼？」

我還沒決定是不是要和女人合作。

「他們不在乎。」

在乎？這就難說了，萬一他們還活著，我也就不需要女人了吧。要是他們還活著，我就不會知道女人的存在了吧。

「也是，生下我的女人也那樣，她活得就像搞不清楚自己有沒有孵出幼崽還是做了什麼。」

「有這種父母嗎？」

「有那種父母啊，還意外的多呢，尤其是最近。」

我無法理解，怎麼會最近變得特別多。

1 即《阿達一族》（The Addams Family）。

2 二〇一四年由提姆・波頓執導的美國劇情片，由克里斯多夫・華茲與艾美・亞當斯主演。

我完全被激起了好奇心，隨即脫口問道：

「那您是怎麼變成大人的？」

「哦？」

「沒人照顧的孩子是怎麼變成大人的？」

我不自覺地，脫口問了太像九歲孩子會問的問題。

女人的表情停住了。我必須小心行事，要是以後也這樣，就會讓自己陷入困境的。女人直勾勾地看著我，接著像是憋不住似的噗哧大笑。

「孩子不會因為沒人照顧就不會變成大人。」

假如女人說的是真的，那對我來說沒有比這更令人安心的事了。這表示雖然兩個月前我那對年輕又美好的養父母一下子死掉了，但我還是可以變成大人。既然女人也變成大人了，我搞不好也可以。

長達兩個月，為了讓我無法再長大，因此每晚在床底下用斧頭喀吱喀吱砍下我的腳踝來折磨我的無數明日怪物，似乎因為女人的一句話而瞬間消失了。我會繼續長大變成大人，只不過在那之前，我不能被任何人發現我的祕密。

女人咯咯笑個不停，一雙烏黑瞳孔的目光固定在我的瞳孔上。

「妳果然真的是九歲呢，我還以為妳是什麼絕世天才呢。」

這時我覺得很奇怪。大約一個半月前，從我第一次寄信到女人服刑的監獄到她出獄後，我們互傳了幾次訊息和郵件，在這期間女人和我彼此都使用非常鄭重的敬稱。再說了，我是即將成為女人雇主的人，而女人即將成為我雇用的人。我很懂得各種立場轉換時該有的態度，所以雖然對女人突然變得隨便的語氣反感，但又很自然地接受了，因為此時我是沒有監護人陪同且看起來只有六歲的九歲小女孩。

「草莓奶昔？妳應該不能喝才對啊。」

聽到女人的話後我安心了。這既不是嘲笑或擔心，而是專業的見解。這就是我對女人的期待，我卻一時忘了。她讓我想起了我想雇用她的其中一個理由。我需要她的經驗，不，我非常迫切地需要。

「我知道。」

「那妳為什麼要點？」

「因為普通的孩子都喝這種東西。」

「妳又不是普通的孩子。」

聽到女人的話後，原本希望看起來像個「普通孩子」的我卻很微妙地怯懦起來。這時在對面，身體彷彿要擠爆嬰兒車，如吸奶般狂吸草莓奶昔的小胖子卻盯著我的草莓奶昔（這小子的媽媽是打算把看起來已有七歲的孩子，塞在嬰兒車裡到什麼時候？），帶著「下一個就是妳了」的貪婪眼神朝我的草莓奶昔伸出手臂。

女人看到小胖子用又短又粗的手掙扎揮舞的模樣後，用指尖將我的草莓奶昔推到險些要掉落的桌緣邊。

小胖子脾氣暴躁地搖晃雙臂時，女人便故意噘起小嘴，拿起奶昔開始大口大口吸了起來。胖小子看著女人快速鼓起又收縮的喉頭哭了起來，與此同時，我身體的某一個地方也頓時發出響亮的聲響。

嗶——

那是警示音。戴在手腕上的智慧型手錶顯示血糖數值超過了兩百八十。我趕緊拉起衣服檢查連續血糖監測儀。多虧了這讓人聽了不快卻又不肯停止的原音分貝，好不容易擺脫的眾多視線又不約而同地重新聚焦在我身上。

女人說得沒錯，看來我怎麼樣都無法當個點草莓奶昔的「普通孩子」。我莫名的對自己感到失落與尷尬。

就在這時，女人猛地傾身向前，從桌面上方湊到我鼻尖，不由分說地抓著我的手臂，確認智慧型手錶上頭標示的血糖數值。

「妳放去哪了？」

女人迅速地從我的背包找到胰島素注射筆後，掀開我的上衣，用牙齒撕開酒精棉片後取出，在我的肚子上揉了幾下。清涼的味道在空氣中短暫停留後快速消失了，隨後女人毫不遲疑且熟練地將針頭刺進我的肚子。

我那年輕美麗的養母也沒能做到這樣。成為她的女兒之後，我經常口渴得大口大口灌下水、灌下牛奶、灌下果汁；我開始不管吃什麼，體重都會急劇往下掉。就在我用頭頂著比自己的身體更龐大的大提琴去上課回來的那天，我在吃點心時突然失去意識，等到在醫院醒過來時，只見媽媽一臉驚恐地發抖著，手上拿著胰島素注射筆。

病名是屬於自體免疫疾病的第一型糖尿病，也就是人家常說的兒童糖尿病。從醫院回來的那個晚上，媽媽來到我的房裡，告訴我如何自己打針的方法，這代表之後她也沒打算要幫我打針。擔心會因此必須離開這個家的我小心翼翼地問道：

「媽媽，得這種病是我的錯嗎？」

「不是，當然不是，只不過要是能早點知道……」

要是能早點知道，分析這句話就會是——在領養妳之前、在帶妳來到這個家之前、在妳叫我媽媽而我說妳是我女兒之前，如果知道了妳的病歷，我就不會因為妳而碰到這麼令人驚慌失措又麻煩的事了，真是太令人遺憾了。

解讀起來就是：

「我對領養妳感到後悔。」

到頭來，雖然不是我的錯，可是卻變成了我的錯。我對她感到非常抱歉，久久不敢抬頭。

不知道過了多久，直到血糖數值慢慢穩定並降到一百三十，女人才鬆手放開了我的手臂。雖然女人的手就跟智子的臉頰一樣冰冷，但很奇怪，我感覺她的手很燙。於是，我就放心地問了。

「剛才那部電影，有個跟我很像的孩子的那部。」

女人又說了一次，電影名稱叫做《亞當斯一家》。

「哦，怎麼了？」

雖然覺得有點丟臉，但我決定要問。

「那些人……全部都是家人嗎？」

「嗯？」

雖然很難為情，但我還是決定要問。

「……我問他們是不是家人？」

「對啊，是啊，名稱不就叫做《亞當斯一家》嗎？一家，是家人沒錯。」

我本來想說，我問只是因為好奇電影中跟我「氛圍相似」的女孩，她身邊的人是什麼來歷，我只是想要在我需要時有個能照顧九歲女孩的成年女人罷了，但我怕會被看穿心思，所以就決定不說了。

不過，我趕緊這麼說了：

「我要雇用姊姊妳。」

提議

果然一句話也沒說。

假釋出獄後，保護觀察官昌秀指示汝敬開通手機。

從手機開通的第二天開始，偶爾深夜會有「限制來電顯示」的電話打來，對方甚至沒有發出任何呼吸聲，直到過了十分鐘左右就會自行掛斷。這種雙方保持沉默的奇怪通話，目前以三、四天的頻率維持了一個月。

完全猜不到是誰。知道汝敬號碼的人就只有女性受刑人庇護所的館長修女與保護觀察官昌秀，以及目前任職的京畿道老人療養院的院長。因此，這通沉默的電話是唯一會打給汝敬的「私人電話」。

***

汝敬出獄後既沒家可回，也沒人等待她，所以在獄警的介紹下，來到了修女院經營的女性受刑人庇護所。

房間的分配沒有什麼特別程序，就只有幾項規則事項要遵守而已。放了四張面對面的上下鋪、各自的個人置物櫃及一張共用小書桌的房間空蕩蕩的。

對於直到昨天還能聽見別人大小便聲音的汝敬來說，這個空間要比外頭的風景更讓她深刻感受到出獄的事實。她又再次孤身一人。

本來以為沒人的房間卻傳來窸窣聲。定睛一瞧，原來有個將被子蓋在頭上不願露臉的人。儘管先入住的她完全可以先選床鋪的位置，但她沒有選擇靠近門口或下鋪的床位，反而是選擇了使用上鋪。

汝敬在另一邊的窗邊下鋪床位解開了行囊。女人悄悄地掀開棉被，但一與汝敬四目相交，頓時彷彿被火燙到似的，又馬上將棉被拉到了頭頂。

超過半個多月，汝敬都沒見女人從上鋪下來過。女人總是待在床上。女人坐著時頭頂會碰到天花板，她就在那上頭化妝、吃零食，用聽不懂的語言跟某人通話，直到汝敬進房，就拉起棉被蒙住頭。

出獄不過兩天，汝敬就在庇護所贊助人的介紹下做起老人專門療養院的清潔工作。庇護所位於首爾的最北邊，距離位於京畿南部尾端的療養院很遠，每趟各需要轉乘兩次地鐵和公車，來回就要花上四小時。必須凌晨三點半起床，四點離開庇護所，才能搭上四點十五分的首班車（雖然後來才知道，那輛公車不是首班車，而是深夜末班車）。

公車內總是擠滿了模樣與氣味相似的人。從長期未清洗而變色的厚夾克之間露出的黃色棉絮、疲憊不堪的表情、從濕頭髮散發出的廉價洗髮精味道等混雜在一起，總讓人忍不住皺起鼻子。公車內的大嬸們大致上都充滿了活力，有別於彷彿早在太陽尚未升起前，就已經苦撐過一整天似的男人們，他們都嘴唇緊閉，身上揹的背包要比自己身軀還要龐大。
大部分從事大樓清潔工作的這些人，因為長久以來都是一起上班，所以就以姊姊、妹妹或「大哥」相稱。總是帶著半濕的頭髮上公車的她們會在車內化好妝、收會費，又或者一邊分食隨便裝在塑膠袋的零食、一邊聊天。
就在汝敬搭這輛公車快半個月的時候，有個對這名早早出門上班的陌生年輕女子感到相當好奇的女人率先搭話了。
「小姐，妳是做什麼工作，怎麼這麼早就出門啦？」
「我嗎？做清潔的。」
有個把杜鵑花色口紅擦得要比唇線更厚的花稍女人也幫腔。
「什麼，怎麼會？最近的年輕人有誰會做這種工作？」
「很懂事啊，不管怎麼樣都靠自己的力量活下去。」
「唉唷，我是有說怎樣嗎？還不就是替年紀輕輕的小姐覺得可惜。不過親愛的，妳應該是沒唸大學，對吧？」
「妳也真是，這年頭就算大學出來又怎麼樣？」
「我就是好奇嘛。親愛的，妳本來是做什麼的？」
「因為沒錢吃飯生活，所以沒能上大學。我馬上就要三十歲了，所以也不年輕了。因為剛出獄沒多久，所以打算先做清掃工作，慢慢適應社會。如果有更好的工作，還麻煩介紹給我。」
現在應該耳根能清靜一點了吧？她們很快就會互相交換判決的眼神，開始竊竊私語了吧？那樣還比較自在。總比每天在同一班公車上被這些人圍繞著講些無關緊要的對話好。

「怎麼？親愛的妳犯了什麼罪？」

天啊，還真是完全出乎意料。還以為對方在問「妳今天早上吃了什麼？」呢。那眼神反而像在說：「如果只是沒意思的罪名，我可是會大失所望的。」

「妳怎麼會問人家這個？對不起，小姐，我替她道歉。我們只是上了年紀，就很好奇別人是怎麼生活的。」

「大哥也真是的，又不會怎樣。親愛的，妳為什麼坐牢？應該不是通姦吧？」

擦了杜鵑花色口紅的女人帶著充滿好奇心的眼神再次問道。

「不是。」

「那就行了。女人啊，只要不是通姦去坐牢的，都是有不為外人道的苦衷。」

幸好不是通姦。

幸好，下一站就要去轉乘了。

女人正在用褐色眉筆替只剩下淡灰褐色的裸眉上色。幸好公車在女人問起「那個不為外人道的苦衷」之前停在了下一站。

就在汝敬打算急忙下車的瞬間，有人一把拉住了她的背包。果不其然，是塗杜鵑花色口紅的女人。在汝敬惡狠狠地瞪了女人一眼後試圖甩開她時，女人卻迅速地從背包拿出裝了兩條長形年糕的黑色塑膠袋，塞進汝敬的背包。

「等到肚子餓了就太晚了，要提前準備吃的。」

公車駛離了。呆站在原地的汝敬突然覺得一陣飢餓，於是將一條長形年糕放入嘴裡叼著，年糕還是溫熱的。

轉乘地鐵的汝敬在終點站再次改搭市區公車，離開了市中心，接著依序經過了根本不知道是做什麼的眾多工廠、灰濛濛的水田和旱田，抵達了自己任職的老人專門療養院。

初次拜訪這間主要服務失智症老人的醫院那天，汝敬不由自主地回想起八年前的「那個地方」。包括每個病房的成排窄床、長長的窗戶、白色窗簾、趿著橡膠材質拖鞋走廊的聲音，甚至是刺鼻的消毒水味。

但是，在上班的第一天看到被糞便塗得亂七八糟的牆面後，她馬上就明白了這裡跟「那個地方」是截然不同的世界。老崔每天都會用自己的穢物把牆面或窗戶塗得到處都是，就算再怎麼擦拭，也無法擦掉發黃的痕跡。把老崔的糞便塗鴉擦掉後，汝敬就會蹲在通往後山的焚化場角落，靠抽菸自我消毒，直到整包菸都抽完為止。

有件事讓人搞不懂，那就是當汝敬清理牆面時，老崔便會像被處罰的孩子似的舉起雙臂站在病房門邊。直到汝敬清理完畢，正打算離開病房時，老崔就會哇哇大哭，抓著汝敬的衣角不讓她走。儘管汝敬拍了拍老崔的背，跟他打勾勾約定明天別這樣做，但到了隔天，牆面又會被老崔用糞便塗得一塌糊塗。

他日復一日的行為令人費解。當汝敬從一包菸變成用三、四根菸就能完成自我消毒時，她突然發現糞便塗鴉有固定的模式。只有每天擦拭牆面的汝敬看得見這個模式。汝敬心想，或許老崔並不是要弄髒牆面或侮辱自己，而是為了表達什麼，因此到附近文具店買了幾罐廉價顏料送給老崔。隔天，病房牆面上出現了有如抽象畫、在跳舞般的不規則粗劣色彩。

雖然每天都得清掉塗鴉，但在這之後，汝敬擦拭牆面的期間，老崔再也沒有像被罰站般舉起雙臂，汝敬也不再抽菸。

一星期前入院的銀髮尹奶奶一句話也不說，倒是每天都會在頂樓的菜園角落播下花的種子，替它們澆水。儘管在冬天結凍的土壤中什麼也長不出來，但尹奶奶絲毫不以為意，即便碰到下雨天仍打著傘出來澆水。這事肯定不尋常。

幾天後，住同一間病房的具奶奶過八十歲的生日，孫女們送了她一束花。快下班前，汝敬在頂樓菜園附近休息，看到尹奶奶不斷地用石頭砸什麼。原來她砸的是具奶奶的花束。具奶奶見狀，抓住尹奶奶的銀髮開始猛力搖晃，活像要把她的頭髮全拔光似的。直到護理師們紛紛跑來將兩位奶奶分開之前，她們就在雨中打來打去，還打到摔跤。在汝敬的眼中，總覺得她們似乎很久沒這麼開心了。

隔天一上班，汝敬就被叫做院長的女人叫去。她是個在制服上衣內穿著夏季冰涼袖套，以頭頂中間為界把捲捲的瀏海準確地分成兩半後，彷彿不允許一根髮絲掉出來似的，將頭髮猶如盤踞的蛇般繞圈紮起的女人。大概是因為這樣，所以她的眼角往往都是高傲地往上翹起。不過到了下午，由於頭髮稀疏，盤髮虛弱無力地鬆開來，導致眼角也跟著開始下垂，但女人的聲調、步伐與氛圍等都會根據眼角的位置而有所不同。呼叫汝敬的此時，她的眼角是處於往上直衝的狀態。

敲了門，進入辦公室後，汝敬從女人氣呼呼地瞪著自己的目光中看出了大概的理由。

「知道我為什麼要找周汝敬小姐妳來吧！」

汝敬思考自己是該坐在沙發上還是站著好，但既然對方沒有說「請先坐下吧」，所以就決定站著。

「那是真的嗎？」

她好像並不是真的不知道才問的。

「什麼?」

因為不知道是什麼，所以汝敬沒具體問是指什麼。

「聽說妳殺了人?」

哼，果然是那件事啊。我的確是殺了人啊。

「不是故意殺人的。」

「什……什麼?這位小姐妳很好笑耶，說得可真是臉不紅氣不喘。欸，這麼大的事怎麼能騙得這麼徹底?」

汝敬很好奇，自己究竟是怎麼好笑了?又是怎麼騙了她?當清潔專門廠商無法忍受老人們三天兩頭就在四面八方的牆面塗抹糞便，宣告說再也不會派遣打掃阿姨過來之後，洗衣室隨即就堆滿沾了糞便的尿布，走廊的地面也黏著乾掉的嘔吐物。初次來面試時，那個叫做院長的女人不是連問都沒問，就不由分說地猛然抓住她的雙手這樣說——

「四大保險是一定有的，還有節日獎金、交通費和餐費都給您，只要您待久一點就好。我們的情況有點緊急，但不知道周汝敬小姐您能不能從今天開始呢?」

可是，現在這女人卻說我很好笑?

「不是說是藥物犯罪嗎?趁農忙期慫恿純樸的鄉下農民打針，騙他們的錢對吧?聽著聽著，我也隱約對那事件有印象!」

汝敬想到，假如就連看起來不怎麼聰明的女人都能一下子記得快九年前的事件，往後自己不管去哪都得重複相同的情況，煩躁感頓時湧了上來。

「妳進來這裡的真正目的究竟是什麼！」

「為了賺錢。」

除了這個之外，她還能帶著什麼樣的目的在這？

「因為周汝敬小姐妳的緣故，昨天所有人都吵著要確認藥品庫存！不用多說了，請妳收拾後離開吧。唉唷，真是幸好我有接電話。」

「電話？」

會是什麼電話？是誰打電話來，導致這女人在我面前隨便耍賴？會是以「限制來電顯示」打電話來的那個人嗎？

「還會是誰？當然是埋怨妳的受害者之一啊！」

＊＊＊

受害者……。

情緒激動的院長指稱的「受害者」，曾經為了能短暫享受那種「受害」的滋味而不分日夜跑來找汝敬。

得益於肥沃的紅土，鄉村的特產特別多，總是欠缺人手幫忙收成的漫地漫天農作物。在不分日夜工作的這些人裡頭，有個人說自己頭暈噁心而來到鎮上十字路口的社區醫院，但他不理會醫生說要休息的建議，堅持要立刻去田裡上工。最後，當年二十一歲的助理護士之所以在他的手臂上注射牛奶光澤的針，只是因為覺得他太可憐了。

問題出在不是只有一位農民有這種苦衷，因此不知從何時開始，醫院的前院擠滿了紅色的耕耘機。土地與天空都格外香甜，四面八方青蔥碧綠得令人噁心的那年是絕無僅有的豐年，村子的特產還多增加了十種。此外，多虧了某電視節目介紹，這裡的代表性特產成了萬靈丹，也使得醫院逐漸從治療患者的場所，逐漸變成汝敬為抓著她的手臂與腿求情的可憐農民提供服務的交流空間。

醫院把開業以來始終關閉的二樓病房的牆面打通，也增加了床位，好迎接這些疲憊不堪的農民們。

在德布西的《月光》流瀉而出的白色病房內，農民們躺在被燙得硬挺的潔白床鋪上，吹著從絲質窗簾之間輕輕吹拂的風，在牛奶色液體沿著血管流動的期間享受一段香甜的休憩時光。雖說是休息，但也不過就是比點心時間要長一些罷了。老朴說，除了韓戰爆發的那一年，自己從來就沒把田地丟下，他用自己一雙年邁粗糙的手緊緊握住年輕的汝敬的手，說第一次有這種絕妙的體驗，感動得眼淚都要掉下來了。

但這樣的好事並未維持太久。鄰近茶坊的老闆娘們發現，原本光顧次數頻繁、快把門檻踩壞的農民們不約而同地轉向十字路口的醫院，她們感到可疑，在經過暗中探訪後，向地方報紙檢舉在醫院發生的事。

因為無事可做而百無聊賴的地方媒體，爭先恐後地開始報導神祕鄉下醫院的真面目，過不了多久，汝敬就遭到逮捕。此事件透過電視傳到了全國，當所有人百般責難汝敬時，每天跑來看守所找她道歉，又遞交請願書給法官的這些人，就是她的「受害者」。

就在這時，那個人，李正洙死了。

他在施打藥物期間因失去呼吸而被送到醫院，但臥床兩天後終究沒有醒來，汝敬因此在監獄的高牆內度過她剩餘的二十代青春。

＊＊＊

那個叫做院長的女人從抽屜拿出信封袋，扔到沙發上，就像不想碰到汝敬似的。從椅子扶手滑下的信封袋掉出了幾張萬元韓元鈔票。

「畢竟是有位夫人介紹妳來的，所以我就算成一個月放進去了。下次不管妳要去哪都請老實一點，別給別人添麻煩，把事情弄得這麼複雜。也不看看最近這世界是什麼樣子。」

「是什麼樣子？」

汝敬是真的很好奇這世界跟八年前有什麼不同。就汝敬看來，世界看起來倒是沒什麼改變，甚至教人感到無趣。

「就是犯了罪便難以生存囉。」

看來是個只剩下犯罪紀錄，贖罪卻被遺忘的世界啊。

「那麼，再次犯罪會比較輕鬆呢。」

女人似乎覺得很無言地張大嘴巴，就連雙下巴都跑出來了，同時還無謂地不停用手搧風。二月療養院的平均室溫為十六度。雖然老人家們成天咳個不停，但院長卻毫不理會，甚至院長辦公室還熱到需要穿上冰涼袖套和用手搧風呢。

說到行李，也只有第一天購入的一雙拖鞋和橡膠手套，所以汝敬走出院長室不到五分鐘就做好離開準備了。離開前，她來到昨天下午引起騷動的震源，將頂樓菜園地面散落的花瓣收攏後用石子搗碎，接著她準備好塑膠袋和線去了銀髮尹奶奶的病房。奶奶正在睡覺，額頭上有具奶奶留下的明顯抓痕，滿是皺紋的皮膚就連傷口也是皺巴巴的。汝敬將搗碎的花瓣放在睡著的奶奶的指甲上頭，接著包上薄塑膠袋，仔細用線綁好後離開了病房。

沒有其他要打招呼的人，往後暫時也不需要搭四點十五分的公車了吧。一打開中央玄關門，至今依然冷冽的二月空氣中參雜了一把不真實的春天空氣，輕輕地搔過汝敬的後頸。

就在這時，汝敬沒頭沒腦地想起信裡的那句。

——請成為我的監護人，基本月薪是兩百八十萬韓元。

汝敬搞不懂，自己為什麼會在出獄後感受到初春的那一刻想起那句話。

***

懷著焦躁的心情等待假釋審查結果的夜晚，一封信送達了。八年的牢獄生活，汝敬收到的信就只有三封。第一封信是負責開導受刑人的修女寫來的信。高雅的筆跡與極為神聖的文字讓人看了就煩，於是汝敬就把信撕了。第二封抵達的信是母親的訃聞，多虧於此，汝敬入獄不到一星期就得到休假，與十七年前丟下十二歲的女兒離家出走，如今已辭世的母親重逢。死因為藥物中毒引起的心臟驟停。這樣的死因是能充分預想得到的。

最後收到的信，是用鮮紅草莓貼紙封住的信件。汝敬撕開貼紙的手上，沾上了小時候在文具店前販賣的劣質食品的草莓香氣。

——請成為我的監護人，基本月薪是兩百八十萬韓元。

這一行字就是全部了。雖然很莫名其妙，但這封信的收件人確實是「周汝敬小姐」。「要求我成為監護人？」當時監獄內鼓勵男性與女性受刑人結交筆友，因為根據某個遙遠的陌生島國的研究結果，顯示出墜入愛河的受刑人之再犯率低。

就寢熄燈後，對於假釋審查結果要比想像中更慢而感到焦躁的汝敬，想起了接受審查的瞬間。審查官問她往後出了社會想成為什麼樣的人，汝敬稍微想了一下，沒有採用自己事先準備好的「成為一等市民、模範市民」來回答這個老掉牙的問題，而是這樣說：

「我想過吃完早餐後去工作，吃完午餐後工作，在晚餐前下班的普通人生。」

又不是被什麼餓死鬼附身，卻說自己想要按時吃三餐，汝敬覺得自己根本是在說廢話，對此後悔得要命。她用雙手抹了抹臉，擴散到臉上的草莓香氣令她發暈。

最後汝敬不敵心中的緊張感，天亮之前就開始嘔吐。早早上班的獄警見狀，邊替空腹的汝敬拍打背部邊說：

「周汝敬，就算出去了也沒什麼。」

「我知道。」

「知道的話，還出去做什麼？」

「我想把沒什麼的事情都做一遍。」

「唉唷，妳這傻子，那就出去看看我的話有沒有說錯吧。」

「……！」

獄警不由分說地一把抱住汝敬，以顫抖的聲音說：

「恭喜妳了，準備畢業吧。」

八年四個月又二十二天，對大部分二十代歲月都在這裡度過的汝敬來說，出獄事實上就與到地球外沒有兩樣。儘管自己是那般迫切，但汝敬卻突然害怕起來，她在出獄的前夕猶如即將離鄉之人般顫抖，卻沒人理解這樣的她。

***

遭到單方面解雇後，汝敬無力地爬上庇護所所在的山丘。她察覺有道冰冷的視線往下盯著自己，那是個牽著七歲左右小女孩的菲律賓女人。看起來與汝敬年紀相仿的女人臉上毫無表情。汝敬一眼就認出了女人，面對女人的視線，汝敬的步伐停了下來，無法再靠近。

服務生將香草冰淇淋和咖啡放在桌上後離去，但孩子直到取得媽媽許可後才舀起冰淇淋吃。不管是女人或汝敬都沒有伸手去碰眼前的咖啡。

「什麼時候出獄的？」

「半個多月了。」

「……」

早知道就應該提前通知她們？

「恩慧長好大了。」

「小時候還沒覺得，越大就越像我老公。」

汝敬認識女人的老公。

女人的丈夫是死去的李正洙。

女人是「受害者」的年輕妻子。

汝敬從身上的夾克暗袋拿出幾小時前收到的第一個，也是最後一個薪水袋遞了過去，女人接過信封袋，確認內容物後，一副這本來就是歸自己所有的樣子收進了皮包裡。

女人依舊面無表情。

「孩子今年要上學了，所以我沒立場拒絕。」

「是。」

吃完冰淇淋的孩子似乎還意猶未盡，把湯匙咬在嘴上，如翹翹板般上下晃動。

汝敬繼續說了下去。

看來詢問近況比較好吧。

「店呢……」

「生意慘淡，去年收掉了，所以大概沒辦法把保證金給您。」

「沒關係，反正那也已經不是我的錢了。」

被拘留不過一星期就因為母親死亡而獲得休假的汝敬，在告別式會場前，初次見到了這個抱著嬰兒對著自己放聲哭喊的女人。

李正洙是個女兒才出生百日、年紀相對年輕的農夫。不分日夜早晚，正洙的田裡總有他的身影。大人們都說正洙的骨頭是鐵鑄的，對他的幹勁十足和勤奮讚譽不絕，但他的骨頭就只是一般人的骨頭。禁不住疲倦的正洙在聽到傳聞後跑來找汝敬。當牛奶色的液體沿著身體流動時，他滔滔不絕地說著自己飼養的家畜和作物名稱，提到自己剛出生的女兒和妻子時更是有說有笑。

「栽培、養育和守護活著的東西是很有意義的事，不管那是什麼。汝敬小姐總有一天也會這樣吧？哈哈哈。」

他看起來很幸福，汝敬也非常喜歡聽他訴說自己的幸福。直到有一天，他一如往常來到醫院，卻沒有在時間內醒來，後來被送去了大醫院。儘管汝敬在被關進看守所的期間也不停詢問正洙的狀態，卻沒人告訴她。

不久後，她在法庭上被判刑，也聽說了正洙的死訊。

當時正洙的年輕外籍妻子不諳韓語，即便是在嚴冬，臉上的膚色也顯得黝黑，但現在的她皮膚要比汝敬白皙，說話也很流利。

「我們要回浦項，因為我再婚了。」

「啊，恭喜您。」

「感覺離開之前應該再見一次，但我沒辦法帶著孩子去監獄。」

「確實是。」

「我老公……嗯，我把正洙移到靈骨塔了，還有這個……」

女人將皮包內的靈骨塔延長合約遞給汝敬。

「好的，我會處理的。」

女人起身，替孩子圍好圍巾。

孩子看著汝敬，露出缺了門牙的笑容。

是正洙想要栽培、養育及守護的那個笑容。

「那我們走了。」
「好的。」
孩子與轉過身的女人突然停下腳步。
果然還是沒有流露任何表情。
「他死前，意識稍微恢復的時候，最後對我說了些話。」
「……」
「他要我寫請願書，要我一定要寫……但我沒寫。」
是啊，即便里長都出面，所有「受害者」都為汝敬寫了請願書，但女人到最後都沒寫。
「我有個請求。」
「好，不管是什麼都請說。」
汝敬帶著無論是什麼請求，自己都會答應的念頭，等待著女人要說的……不，是等待處分。
女人用力握著孩子的手，第一次直視汝敬的眼睛。汝敬也不自覺地吞嚥了口水。幸好，女人沒有想像中那麼冷漠無情。女人說了：
「以後別再感到愧疚了，因為我們放下了。」

愧疚。曾經它吞噬了汝敬，時而她會因呼吸阻塞而暈厥，有時自己也會試圖憋氣。所有咀嚼和吞嚥的東西都在汝敬發怒的身體內變得粗暴起來，在她的身上到處刺痛、折磨她。有人因為自己死了，而他有必須栽培、養育及守護的兩個人，她們在一夕之間失去了家庭，被扔到世界上。

來面會的里長表示自己盡了力，但最後還是沒能收到女人的請願書，多次表示抱歉。就是在那一刻，眼神失焦地數著面會室透明隔板上孔洞的汝敬，眼神突然鮮活了起來。諷刺的是，女人到最後都沒替自己寫請願書的事實卻救了汝敬。因為汝敬有了要做的事。

愧疚。汝敬下定決心要服從它生活。方法很簡單，只要她做得到，她會代替正洙做他原本想替兩人做的一切——栽培、養育與守護。第一件事就是母親的死亡保險金，收到的金額要比汝敬想像得多。

女人大概是拿了那筆錢開了一家小店吧，接下來就是靠勞力賺來的收入了，但那似乎對母女倆來說不是太可觀的收入來源。除此之外，還有在監獄內發生的「各種隱祕交易」，汝敬只要有機會就會去做，千方百計地湊錢匯給母女倆。

原本出獄後的汝敬也預期會繼續過這樣的生活，如今女人卻要她別再愧疚。對於被愧疚支配，與其搏鬥且被徹底凍結的汝敬來說，女人剛才是替她「解凍」了。

「真的可以嗎？」

「是的，不過……希望以後別再見面了。」

汝敬愣愣地坐在咖啡廳的窗邊座位，直到兩人的身影消失於山丘下。這時汝敬想起了療養院院長說的話。

「還會是誰！當然是埋怨周汝敬小姐的受害者之一啊！」

最後剩下的受害者，剛才結束了對自己的埋怨。

沖完澡回到房間，汝敬發現自己的床頭前有個信封袋，是用紅色草莓貼紙封住的，依然散發著劣質食品的味道。撕開信封袋後，果然上頭還是寫著同一句話。

——請成為我的監護人，基本月薪是兩百八十萬韓元。

裡面放了一張寫有某通訊軟體名稱和帳號的便條紙。下載應用程式並搜尋帳號後，跳出了印有紅色草莓形狀的個人檔案。

——您好，我是周汝敬。

馬上就收到了回覆。

——您好，我是陳海娜。

——您是怎麼知道我的？

——我對周汝敬小姐您並不了解，是各種偶然和時機替我們牽了線。除此之外難以詳細解釋，也沒有意義，不過我可以確定的是，無論什麼樣的情況，我都不會提出會對您造成損失的事。若是這情況令您感到不便，我不會再跟您聯繫。

——老實說我並不怎麼好奇也不想知道，但成為監護人是什麼意思？

——我目前還是未成年。沒有監護人的同意，能做的事很有限。雖然同樣無法透露所有詳情，但目前父母無法成為我的監護人，因此我正在找人擔任我的監護人。

——為什麼是我？

——不一定要是周汝敬小姐您不可，若是您拒絕，我再去找別人就行了。

汝敬心想，如果沒有特別必須是自己，而只是出於偶然的選擇，這樣就能安心了。

——工作不分平日或週末，平均每週要工作三天，還有工作時間和工作內容並不固定。月薪是兩百八十萬，除此以外的其他津貼會另計。在這之前有個簡單的面試，周汝敬小姐您可以拒絕我。

——好啊，來約吧。

——明天兩點在杏岩洞十字路口的「普魯斯特」咖啡廳碰面，請您務必守時，因為遲到的話，我的處境會變得非常為難。

對方認識自己，汝敬雖然連猜都猜不到，但她並不覺得不安也不好奇。在她的人生中，會令她感到不安、必須感到愧疚、必須請求饒恕、必須埋怨或憎恨的人之中，並不包含未成年者。

那天晚上，就在她準備就寢時，手機響了起來，而沉默的來電維持了十多分鐘後掛斷了。

工作

第一項工作是購物。

——在該場所購入相關物品就行了。

在海娜寄來的郵件中，有一張白金信用卡及時尚雜誌中各種模特兒的照片剪貼。在每張照片上詳細寫上了模特兒穿著的衣服、背包、皮鞋及飾品等的品牌，以及要前往的百貨公司分店，甚至是預約好的美容院位置。

大部分的品牌，是讓汝敬連發音都有困難的高級商品。購入收到指示的物品，在美容院完成指定的風格就花了三天時間。

儘管透過這項特殊的工作，汝敬成功變身成電影《麻雀變鳳凰》中在羅迪歐大道昂首闊步的薇薇安，但還有一件事卻怎樣也完成不了。雖然汝敬曾經擔任助理護士，但很諷刺的是，她無法忍受自己的身體碰觸到細針，因此數度在珠寶店前徘徊，每次都還是轉身離去。

回到庇護所後，汝敬將兩隻散發晶瑩光澤的珍珠耳環放在手心上，深深地嘆了口氣，這時後頭卻有人一聲不響地靠近。「嚇！」差點沒嚇壞的汝敬轉頭看，原來是很少從上鋪下來的室友。

「嚇死我了！幹麼！做什麼？」

「那、那個……我知道怎麼穿耳洞……」

汝敬住進庇護所以來，這是她第一次主動搭話，但講話聲似乎只在嘴邊打轉，聽不太清楚。
「什麼？」
「要……要幫妳穿……穿洞嗎？」
「在這裡嗎？」
「很、很簡單，我……我的朋友們，也都是我、我替他們……打洞的。」
女人似乎很害羞，勉強才把話接下去說完，突然伸出手臂拉住汝敬的耳垂揉了揉。
「耳、耳垂很厚呢……不過沒、沒關係，我、我……做得到……」
女人才剛說完，隨即就爬到上鋪拿來一個長得像便當盒的黑色包包並把它攤開來，裡面依照長度擺放了各種長度和厚度的專用耳針。這時女人的指尖以及手腕上的刺青圖案也才終於映入汝敬的眼簾。
「妳是從事什麼工作？」
女人沒有作答，而是兀自低喃汝敬丟在房間角落的購物袋品牌名稱。
「基本上……都是經、經典款呢……要襯、襯托……那種氣質，應、應該……打在這裡……」
不一會兒，汝敬的兩側耳垂接連被點上黑點。
女人拿出一根看起來像是耳洞專用的針，用打火機把針身燒到跳出朱紅色火光為止，接著遞給汝敬。
「來，請您先拿著……」
女人用沾了酒精的棉棒將汝敬的兩側耳垂擦拭乾淨後，一把搶走剛才燒紅後交給汝敬的專用針，接著再次用打火機燒燙。女人輕輕地吹涼後，把汝敬的耳垂往下拉，接著轉眼間就將立直的針穿過了耳垂。

伴隨著「嘟噠」的鈍響，汝敬的兩側耳垂上各多了一個耳洞。女人接著將沾了酒精的棉花遞給她。

「請、請放在耳垂上……到、到明天之前……要、要小心，不、不要讓水……跑、跑進去……」

說完話後，女人隨即收好黑色的四角包，迅速地爬回上鋪，像往常一樣用棉被蓋住自己的頭。安靜地關燈躺下後，汝敬依然邊揉著火辣辣的耳垂邊想，在轉眼間發生的一連串過程中，自己有同意女人打耳洞嗎？

「靠……」

＊＊＊

「贊成、贊成、贊成、贊成、贊成……」

二年級的新學期是從班長選舉開始。黑板上一枝獨秀的唯一候選人「尹有振」的名字下方剛完成了第五個「正」。

全班同學總共是二十六名，如今剩下的選票是最後一張。雖然已經確定有振當選，不過他與班導還有所有人都期待有個完美的一致通過。但很不幸的是，這樣的事並沒有發生。

確認最後一張選票的班導稍作遲疑，接著面露歉意地看著有振說：

「棄……權？」

有人以為棄權是某個人的名字，也有人以為是某個還不會寫國字的同學不小心寫錯，甚至有人就連「棄權」的發音也唸不出來。果不其然，最愛發問的同學一如往常地快速舉起右手。

「好的，金勝燦小朋友，請發言。」

「老師，棄權是什麼？」

「各位同學，有沒有人知道棄權是什麼呢？」

班導環視教室一圈，在黑板上寫上「棄權」。

「棄權是當各位同學聚在一起投票或玩遊戲時，我卻表示不參加的意思。」

同學們毫不猶豫地立即反應，紛紛舉手。

「為什麼呢？」

「為什麼不想表示意見呢？」

「為什麼要在班長投票時寫棄權呢？」

「那個同學討厭有振嗎？」

面對九歲孩子們一連串的「為什麼」，大人們多半不知道該如何作答，只好含糊帶過。

「這、這個嘛，大概寫棄權的同學呢，嗯……可能是不想選有振當班長吧。」

「為什麼？」

「有振很乖啊。」

「一年級的時候，也是有振當班長啊。」

「來，各位同學，棄權只是代表不參加投票而已，並不是反對票。二十六人中有二十五人贊成，而且沒有任何反對票，是一件非常厲害的事。光是這樣老師就很以尹有振同學為傲了。有振，你能出來一下嗎?」

有振站在班導身旁，一如往常對同學們露出笑容，展現出他那整齊的牙齒。

「來，所有人都來為這次當選二年二班班長的尹有振鼓掌。有振，就辛苦你囉。」

「有振，辛苦你了!」同學們彷彿合唱般一同喊道，鼓掌聲也響遍了整間教室。

有振低頭敬禮，雖然嘴巴在笑，眼睛卻看著我說：

「是妳吧?除了妳，沒別人了。」

我迎上有振的眼神，回答：

「大概吧。」

一年前，我被領養之後，我的養父母沒有讓我進入家附近的一般小學，而是進入這間距離非常遠的學校。這間學校是以法國某位著名教育哲學家的全新教育理念(除了以藝術與哲學為主要科目外，事實上沒有特別之處)為基礎所成立，除了歐洲，在亞洲只有韓國獲准成立分校。去年初次招生的入學競爭率為一百三十四比一，我是在非正式(雖然學校沒有官方公布孩子們的成績，但這在媽媽們的情報蒐集能力面前沒有太大意義)的考試過程中唯一拿到滿分的學生，因此得以入學。

入學一週前，我和有振都被學校叫去，理由是根據事前考試成績結果，需要另外進行智力測驗。幾天後，養父去學校確認測驗結果時，班導掩不住內心的興奮說：

「噢!海娜爸爸，您的孩子非常特別呢，根據智力測驗結果，海娜在所有領域都是百分之一中的百分之一!」

養父帶著微妙的表情看著測驗結果，不冷不熱地回答：

「哦，這樣啊，看來是這樣。」

結束時間不長的面談後，在回家的車內，養父好一段時間沒有說話。一離開首爾，他便輕嘆了口氣，說：

「想來想去，妳似乎是個比我們所想的還要過分優秀的孩子。」

我看出養父面無表情的臉上閃過一抹失望，覺得自己好像犯了什麼嚴重的錯，那晚遲遲無法入睡。因為對於這對希望有個平凡又不起眼的健康孩子的夫婦來說，我的智力「過」高也太引人注目。儘管學校多次建議養父母讓我去上英才學校，但他們拒絕了，而我也不希望違背他們的心意。

上學的第一天，有振和我被分配在同一班，我們坐同一桌。有振的媽媽是成立法國名門小學分校的功臣，從開學就非常積極舉辦學生家長聚會、參觀各班的上課情況，也常和老師們一起享用點心。

她就像隻女王蜂。大部分的媽媽都用子女的名字來稱呼對方「某某媽媽」，但她卻不同，只有她不是「有振媽媽」，反而有振是「她的兒子」。

其他媽媽都很積極參加學校活動，我的養母卻遠離首爾，在京畿道的郊區自建住宅居住，所有外部活動也一概不參加。我的養母看到其他媽媽每天早上送孩子到校門口後便一窩蜂跑到咖啡廳，才知道送年幼的子女上學，不是單純送他們到學校就好了。

在這之後，每天早上大門前都有一輛負責送我上下學的簽約計程車待命，司機是名四十五歲左右、體格壯碩、給人精明幹練的印象並且沉默寡言的女性。

搭乘計程車往返學校的兩小時，是兩度被棄養，看似不可能卻第三次被領養的我，唯一不必緊張兮兮的時間與空間。

校門的噴水池前，擠滿了父母來接送子女的車輛，但搭上計程車的孩子就只有我，所以我從

「滿分入學的孩子」變成了「搭計程車上下學的孩子」，很快地大家就對我失去興趣，我也在不知不覺中變成了「某個孩子」。因為我很努力成為養父母心目中的平凡孩子，所以大家對我的漠不關心要讓人自在多了。

但是，身為「她的兒子」的有振就完全不一樣了。有個猶如女王蜂的母親，加上集眾人目光於一身的有振，雖然是個在任何人面前都開朗友善又有禮貌的孩子，但在那件事之後，他就再也沒有在我面前露齒笑過了。

***

雖然大部分的課都很無聊，但一週兩次的游泳課卻讓我緊張得要命。只要進入水中，我的身體就會不由自主地過度僵硬，即便教練用盡各種辦法幫助我克服，卻一點效果也沒有。

包括我在內的多數孩子，都會因為腳尖碰不到地板而嚇哭或尖叫，但我們之中也有幾個游泳實力出色的孩子。其中最厲害的當然就是有振了。看著他在水中自由自在地輪流伸展雙臂、在水道直直前進的身影，甚至會覺得他散發出某種氣韻。

去年夏末，由於到處都能發現死掉的蟬，經常嚇得孩子們尖叫連連。那時教練邀請了附近兒童游泳中心的小學組，那裡是由前國家代表經營的，雙方舉辦了一場游泳比賽。

我們之中沒有高年級生，所以是由有振代表出賽。兒童游泳中心則派出了高年級的男女同學參賽，總共有七人互相較勁。

比賽當天，包括來觀賽的學生家長、參賽者就讀學校的其他同學，以及對這間充滿話題的學校感到好奇而前來的人們，學校內好不熱鬧，就像舉辦大型比賽似的充滿了緊張感。

廣播通知響起，參加自由式五十公尺的兒童選手一致站上出發臺，不過除了一年級的有振，其他都是三、四、五年級的學生，大家的身高差距很大。稍後，教練站上評審臺，而父母生怕會錯過孩子們出發的那一刻，紛紛從觀眾席上起身往前靠，不停按下手機和相機的快門。

隨著哨子聲響徹游泳池，孩子們敏捷地跳入水中，游泳池內充滿了孩子們替選手加油的聲音及大人們興奮的喊叫聲。剛開始速度相對較慢的有振看似暫時落後，但來到二十五公尺折返點時，他開始加速，不一會兒就和領先的四年級同學互相追趕，最後驚險地以一公尺之差率先抵達終點，拿到了第一名。

我離開歡聲雷動的游泳池，跑到廁所去注射胰島素。注射完之後，我為了趕去觀賞馬上就要進行的頒獎典禮，所以在走廊上奔跑，結果看到一個孩子光著身子蹲在自動販賣機前的角落啜泣顫抖，原來是剛才在比賽中打敗哥哥姊姊們，帥氣地拿下第一名的有振。

我本來打算轉身出去，避免被發現，但從某處傳來鞋跟喀噠喀噠作響的聲音，於是我趕緊躲到了自動販賣機的另一邊。腳步聲停在了正在哭的有振面前，雖然我看不到兩人的樣子，但從映照在地面上的影子來看，可以猜到是「她」。

「你很棒，是第一名呢，媽媽都不曉得你對游泳這麼有天分，爸爸不知道會多高興呢，不如就趁這次機會請專業教練……」

「不要！我很怕！我超級討厭進水！」

「討厭？會怕？那你是怎麼拿到第一名的？」

「因為我必須拿到第一名！不是嗎？」

是因為聽到有振的話後受到衝擊嗎？兩人之間沉默了一會兒。

「噗，哈哈哈，所以你才會游第一名啊？」

「對，媽媽，我真的很討厭游泳，每次都覺得我會溺死，也討厭有水跑進耳朵和鼻子……」

「嗯，是喔，那就算了，以後就別游了。反正已經拿第一名了，不游也沒關係。」

「真的可以嗎？」

「當然囉，你都這麼害怕了，媽媽怎麼能再把你推進水裡？不用擔心，世界上除了這點小事之外，還有很多能拿第一名的事情。媽媽知道，不管是什麼，你都只會拿第一名，媽媽非常高興你是這種小孩。」

「真的嗎？媽媽很高興？」

「對啊，非常非常高興喔。不過，有振你聽好了，因為這件事非常重要，你絕對不能讓任何人發現，你不再游泳的理由是因為怕水。」

她的影子逐漸拉長。

「為什麼？海娜只要把腳放進水裡，就會跟教練說好可怕。」

「有振，你希望讓別人知道你有這麼小家子氣的弱點嗎？」

「不想。」

「你知道海娜怕水時的心情怎麼樣？」

「心情很好，因為我比海娜會游泳。」

「你看吧，因為某個人的弱點會成為對方的力量，所以你要藏起來才行。」

「……在爸爸面前也要嗎？」
「嗯，在爸爸面前更要藏，要是知道你有弱點，爸爸一定會很失望的。」
「我知道了，我會藏好的。」
馬上就要進行頒獎典禮了，廣播開始通知選手到休息室集合。
「來，兒子，我們現在去領第一名的獎牌吧。」
喀噠喀噠。
她的影子彷彿麥芽糖般拉長，橫切走廊，沿著窗戶延伸到天花板。就在這時忍耐許久的我打了個響嗝。
她的影子停在天花板，朝我這邊轉過頭，接著踩著喀噠喀噠的腳步聲走來，低頭俯視我。
喀噠喀噠。
「妳就是那個孩子吧？」
我站起來打了招呼。
「您好，嗝。」
「嗯，妳的名字是……」
她早就知道我的名字，因為我是在她身為建校功臣的這所學校，唯一敢大膽贏過她的兒子入學的孩子。
「我叫做陳海娜，嗝。」
「對，陳海娜，我想起來了。阿姨很好奇，怎麼都沒有見到海娜妳的媽媽呢？今天是不是有來這裡？」

「沒有，因為我不會游泳，嗝，因為我非常怕水。」

就算是這樣，這點小事也無法成為我的弱點。

因為我藏著更可怕更嚴重的弱點。

從天花板俯看我的影子緩緩地沿著窗戶來到走廊上，最後和她的身影重疊時，我居然很神奇的不再打嗝了。

「這樣呀?聽說妳跟我們家有振是坐同桌。」

「對。」

「下次跟有振一起來家裡玩，阿姨做好吃的給妳。也幫我跟妳媽媽說，阿姨想跟她見個面。」

有振惡狠狠地瞪著我，似乎很氣憤自己不能讓任何人，甚至連爸爸都不能知道的弱點被我發現。那天之後，有振雖然會對所有人露齒微笑，卻唯獨在我面前怎樣也不笑。

***

根據二十六人中二十五人投贊成票、一人棄權的投票結果，有振順利成為班長。為了參加各班的班長聚會，有振放學的時間比其他人晚，而我則是等待著應該出現卻沒出現的司機阿姨。不知為何，每次都會到校門口接有振的菲律賓籍「Ate[3]」也不見人影。我們站在所有人都已經離開的廣場噴水池前，兩人站得很遠，而且完全沒跟彼此打招呼。

儘管有振打了好幾次電話，但對方都沒接，所以有振非常不爽。不久後，Ate滿臉通紅、上氣不接下氣地從遠處跑來，有振卻把書包內的書和文具全部拿出來丟向Ate。但他似乎還是沒消氣，開始用室內拖鞋的提袋打Ate。

Ate頂多只比我們大上十歲，她用雙手保護自己的身體，斷斷續續地說自己準時來接人，可是不管怎麼找都看不到有振，所以正急著到處找他，但有振似乎聽不見也不想聽。我在一旁看著兩人，正打算從噴水池的地面上撿顆小石子朝他丟去，這時一輛計程車急忙駛來，擋在我的面前。司機阿姨急忙從車子跑出來，不由分說地從後頭抱住了有振。

直到氣呼呼的有振好不容易鎮定下來，司機阿姨才鬆開抱住有振腰部的手，然後開始對我比起手語。

「海娜，抱歉我遲到了，妳等很久了吧？」

不久前我才知道她不是話少，而是發不出聲音，她也知道我懂手語。她的手臂和脖子上有瘀青紅腫的傷口。

「是發生意外了嗎？」

「沒有，不是，不是那樣……是孩子的爸爸又跑來了。」

掛在計程車後照鏡上的美麗全家福照，只有看起來跟我年紀差不多的三個女兒和她。

「請先去一趟醫院吧。」

「不，沒關係，我得先把妳送到家。要是妳晚回家，媽媽會擔心的，傷口我自己會處理。」

就算我再晚回家，媽媽也沒辦法擔心我。

「我擔心阿姨您。」

3 菲律賓語意指姊姊；在此則指協助家務及育兒等工作的菲律賓籍幫傭。

「謝謝妳，但我真的沒關係，趕快上車吧。」
我正要上車，這時有振走近。
「送我回家，她看起來需要一點時間。」
滿臉稚氣的Ate正在撿被摔在地上的筆記本和書，看起來可憐兮兮的。以為我們是朋友的司機阿姨笑著打開了車門。
車子出發後，可以從側邊的後視鏡看到Ate一邊拭淚，走路一拐一拐的樣子越來越遠，但有振看起來一點也不在乎。
司機阿姨問我有振的家在哪。
「是在說什麼啊？」
「她問你家在哪。」
「我會用比的，叫她好好看著我的手指。」
我用手語把有振的話傳達給司機阿姨。
大約十分鐘的時間，司機阿姨把有振的手指當成導航，重複直行與右轉，直到經過某個高級大廈的入口，有振才戳了戳司機阿姨的肩膀。當車子停好後，司機阿姨趕緊從口袋拿出一顆糖果遞給有振。
有振輪流看著司機阿姨和我，嘴角很不爽地往上揚，接著用清楚的嘴型一字一字說：
「神經病！」
有振把糖果丟在路上，用力地關上車門後走掉了。司機阿姨本來是想向孩子表達善意，卻在毫無防備的狀態下遭到言語攻擊，她的雙肩不停顫抖。

我立即打開車門衝了過去，把依然抓在左手上的小石子用力地砸向有振的後腦杓。司機阿姨也跟著我下車，但就在她一臉吃驚地猶豫該抓著誰才好時，跌坐在地上的有振站了起來，用力推了我的肩膀一把，而我用沒有抓石子的那隻手甩了他一個巴掌。

有振的臉頰轉眼間就紅腫起來了，他瞪著我，把手移到感覺濕濕的後腦杓上頭。有振看到手上沾上的血跡，立即惡狠狠地吐出一連串不明的咒罵。我沒有退縮。我靠近他，像是要把我的怒火釘在他冰冷的眼眸上頭，瞪著他說：

「我覺得你很可憐，因為顯然以後你只會變成沒有用的壞大人，我百分之百肯定。」

這時一輛高級轎車停在我們身旁，她以優雅的身姿下車，朝我們走來。

喀噠喀噠，腳步聲經過有振，停在了我面前。緊跟在後頭的祕書趕緊用手帕按壓住有振的後腦杓，就在祕書打算叫救護車時，她出手阻止了。

「沒關係，這點小傷我能替他包紮。」

她的聲音中既沒有激動也沒有慌張，什麼都沒有。

「媽媽，陳海娜她瘋了！我要告訴爸爸，讓爸爸把她抓進警察局！妳現在完蛋了，我爸爸會讓妳退學的！」

她彎下腰，緩緩地把我握成拳頭狀的手指一根根打開，接著一把搶走了石子。她用圍在脖子上的白色絲巾將石子搓揉擦拭乾淨之後，在我眼前一把打開沾了血的絲巾，笑咪咪地對我說：

「看來這下有機會見到妳的媽媽囉。」

***

雖然目前還是涼颼颼的三月初，但這天下午卻像四月的早春一樣晴朗溫暖。班導一臉沉重地在會議室門上貼上寫有學校暴力委員會的牌子時，我的視線固定在窗外的校門。

「海娜，今天也是爸爸會來嗎？」

「沒有，媽媽說會來。」

「唉呀，原來如此！」

會議室的門開啟，校長、來了解狀況的警察、腦袋上貼有ＯＫ繃的有振及「她」走了進來。

「妳好啊，海娜同學。」

「您好。」

「媽媽還沒來嗎？」

「媽媽說馬上就到了。」

校長像是想緩和氣氛似的，努力尋找話題。

「有振同學以後都可以當游泳選手啦，居然可以贏過其他哥哥、姊姊，游得那麼快……就連在一旁觀賽的我都不知道有多興奮呢。」

她開玩笑地捏著有振的鼻子說道。

「那當然很好啦，可是有振自從那天之後就說覺得游泳很無聊。」

我和有振四目相交，腦中快速閃過「弱點」這個字眼。

明明對我來說就沒什麼，為什麼對你來說卻是需要隱藏的弱點？

閉嘴，幫我保密就對了。

「哦，是啊，確實就是這樣，在這個年紀，本來喜歡的東西會隨時變來變去，那最近有振對什麼感興趣呢？能跟校長說嗎？」

「我在學擊劍。」

有振露齒笑著說，班導也立刻插嘴。

「謝瓦利埃先生從上禮拜就在教孩子們如何擊劍，有振學得特別認真呢。」

「真是太好了，我擔心孩子們會受傷，好不容易才做出決定的。」

畢竟大家也不好奇彼此的近況，因此很快就陷入短暫的沉默。班導焦慮地不停查看手錶，就在秒針準確地指在數字二的那一刻，會議室的門緩緩打開了。

汝敬身穿散發杏粉色的連身洋裝，外頭輕輕披上一件粗花呢經典夾克，配戴層層交疊的珍珠項鍊與耳環，至於帶有溫柔波浪的蓬鬆長髮，則是整齊地垂放在單側肩頭。她沉著地走進會議室後，大家都不約而同地站起身迎接。這是面試後我第二次見到汝敬，這驚人的變化讓我一時沒認出是她。

「她」率先朝汝敬伸出手。汝敬從容取下手上戴著的象牙白皮革手套後，輕輕握住她的手。

「很遺憾，竟然是在這種場合初次見到您，海娜媽媽。」

「就是啊，幸會，有振媽媽。」

汝敬是這所學校第一個喊她為「有振媽媽」的人。

道歉

「不要打我……好痛。」

監視器畫面赤裸裸地呈現了Ate完全都沒想到要抵抗，只用一雙乾瘦的手臂護住身體，任由有振對自己施暴的情景，但對於汝敬和海娜以外的其他人來說，她形同透明人。

倒是所有人的目光都悄悄地投向了畫面右側角落的噴水池內，專注地看著一隻纖細的小手迅速地抽離。

警察暫停畫面後問道：

「剛才往噴水池伸去的這隻手臂是陳海娜同學的手臂。本人也已經確認了，海娜，對吧？」

海娜點了點頭。

「海娜，妳可以說一下妳從噴水池裡頭拿了什麼出來嗎？」

「小石子。」

「從克羅埃西亞進口那些漂亮石子時，還真沒想到那會變成攻擊我兒子後腦杓的凶器。」

她帶著要求海娜和汝敬露出愧疚表情的眼神看著她們，但汝敬的臉上卻明顯表示，在了解整個來龍去脈之前，想都別想。

警察早就對這種場合習以為常，接著進行下去。

「接下來就把畫面移動到案件發生的地點吧？」

她像是想阻止什麼似的，單手優雅地擺了擺。

「唉呀，警察先生，您怎麼說是案件地點呢？把孩子們打鬧稱為案件，害我覺得好沉重啊。這又不是什麼犯罪現場嘛，是不是呀，海娜媽媽？」

「單純只是孩子們打鬧，卻讓有振媽媽您特地安排這樣的場合，就能知道這是多麼轟動的案件現場。」

見到汝敬分毫不差地讀出了自己刻意嚷嚷的言下之意，她厚厚的粉底上頭泛起了紅暈。警方似乎也對這種場面很熟悉，聳了聳肩，繼續播放畫面。

畫面中，海娜搭乘的計程車停在模仿古代羅馬神殿的巨大長柱之間。

當下車後的有振正要走進大樓入口時，海娜也跟著下車，快步追在有振後頭，接著不由分說地就攻擊他的後腦杓並甩他巴掌。畫面停在這裡，一聲尖叫聲瞬間響遍會議室。

尖叫的是班導，但面對校長投來的眼神，班導嚇得不知所措，連連往左右低頭向大家道歉。

「抱、抱歉……」

「這時夫人與祕書正好抵達，解決了這個狀況。這些就是當天的情況。」

短暫的沉默明確劃分出誰是被害者與加害者。

汝敬突然看著她，越想就越覺得不對勁。兒子的後腦杓被人用石子攻擊後流了血，但觀看螢幕的她卻沒有任何表情變化。就連班導不也被嚇得尖叫起來嗎？別說是發怒、驚嚇或覺得孩子可憐了，她就像是逮到大好機會似的，以「高高在上的受害者」姿態撫摸著有振的頭。

「就只有我覺得那是有意的嗎？」

她用一種彷彿只有自己才有資格打破沉默的從容語調開口，不停擦拭鼻梁汗水的校長則是詢問汝敬。

「海、海娜媽媽，您是怎麼想的呢？」

「就像有振媽媽說的一樣呢。不過，有振同學的傷口怎麼樣了呢？」

汝敬問完後，掌握情勢主導權的她寬宏大量地接著說：

「幸好傷口不大，所以我做了簡單的治療。海娜媽媽，我之所以會提議召開學暴委[4]來處理九歲孩子之間的打架事件，並不是希望海娜一定要接受什麼樣的懲罰。如今才成立第二年的名校，怎麼就已經召開起學暴委了呢？再說了，對這所學校懷有特殊情感的我，絕對不希望這種事情發生囉。不過，海娜媽媽……」

從現在開始才是召開這場學暴委的真正理由。汝敬心想。

她向來都是主角。學說話或寫字都比同儕快的有振，也同樣必須是主角才行。因此，她在即將成為兩人舞臺的這所學校上頭下了很大的功夫，最後也如願了。就連噴水池的一顆石子也都由她經手。問題在於孩子們的入學考試、智能測驗、學生個別訪問等結果。

班導對她這樣說：

「夫人，您要不要看一下成績表？您看了之後，就會知道有振是多麼優秀的孩子。」

班導遞過來的兩張成績表中，有振卻不是更優秀的那個。

「這個孩子在所有測驗中都拿到了接近完美的分數，智力也當然是在大韓民國的百分之零點一內。這種情況其實就是天選之人。相反的，有振的智力雖然跟普通的平凡孩子差不多，可是卻達到了不亞於這孩子的成績！您不覺得真的很驚人嗎？我以個人名義擔保，肯定是夫人您的努力造就了現在的有振！」

這聽起來實在很羞辱人。簡單來說，我的兒子不僅不是前百分之零點一，而且也不是主角。此外，班導竟敢用「普通的平凡孩子」來形容有振。

「陳海娜？這學生的父母是什麼樣的人？」

「這個嘛，因為還沒見到海娜的媽媽，爸爸是有見過，但是……」

「怎麼了？他對結果感到非常興奮？」

「一點也不，而是正好相反。該怎麼說呢？他似乎覺得這沒什麼大不了的。」

「沒什麼大不了？」

那個認為前百分之零點一的子女沒什麼大不了的奇怪父母，之後也沒有參加學校活動或學生家長聚會，上下學也都是讓計程車接送。就在我開始看這些讓我的孩子變成「普通的平凡孩子」的人不順眼時，那個百分之零點一的特別孩子卻用石子砸了我兒子的後腦杓。

「想必這裡的老師們也都跟我一樣非常擔憂海娜。孩子們之間或多或少會打架，但海娜卻是打從一開始就帶著要傷害有振的目的準備了石子，也付諸行動了。該怎麼說海娜這種帶有意圖、計畫性的行為呢……實在太不像個孩子了。我是在想，如果透過這種有大人們同行的場合，年幼又聰明的海娜或許就會深刻反省自己的行為。除此之外，我絕沒有別的意思。海娜媽媽，您能理解吧？」

只要她開口，校長就像是會點頭的人偶般點頭如搗蒜，但這會兒校長大概是安下心來，所以

4 學校暴力委員會的簡稱。

沒有再擦拭鼻梁上的汗水。

「當然、這是當然的了，夫人，怎麼能讓這些萬中選一的年幼學生參加學暴委呢，雙方就透過這個場合化解誤會……」

汝敬打斷了校長的話。

「什麼誤會?妳說得沒錯，但是只有我好奇海娜拿石子狠敲有振同學後腦杓的理由嗎?」

聽到「狠敲」這個字眼，班導嚇得瞪大了眼睛，但她卻只是從容地端起茶杯喝了一口，直到大家的目光再次集中在自己身上，她的嘴角噙著滿意的微笑。

「海娜媽媽，九歲孩子的理由基本上不怎麼重要，而且也都不是真的。」

直到汝敬將手臂放到桌面上托著自己的下巴，頭稍微往右歪斜，她的本性便穿透名牌服飾與高級造型顯露出來。

「這位太太。」

雖然她在這裡的正式稱呼是「夫人」，但對汝敬來說，她從「有振媽媽」變成了「妳」，直到剛才又變成了「這位太太」。

「是的，請說，海娜媽媽。」

「我也是基於非常擔心有振同學的心情，所以想請教一個問題。」

「請。」

汝敬從座位上起身，走向警察並眨個眼後，拿走他手上的遙控器，播放了學校前面噴水廣場的畫面。然後，她用手指遮住了海娜的手臂。這時，視線很自然地集中在有振殘忍的動作上頭。

「因為剛才大家好像沒看清楚。」

汝敬的腳步經過她，停在了有振面前，接著她伸長雙臂靠著桌面，一言不發地俯視有振。汝敬問了這個顯然是在硬撐的九歲孩子。

「你經常這樣做嗎？」

「什麼？」

「阿姨直到不久前一直都是接觸跟你差不多的人，所以非常了解。那天你的行為是接近憤怒調節障礙的暴力行為，海娜是想要阻止你，對嗎？」

「海娜媽媽！」

校長勃然大怒，但她舉起手掌制止激動的校長後，鏘的一聲將手上的茶杯擱在桌面。有振察覺她開始不高興，於是猛然站了起來瞪著汝敬大喊：

「那個臭乞丐讓我等了好久！」

見有振如此激動，大家都受到了驚嚇，陷入短暫的沉默。

她的眉毛誇張地皺在一起，汝敬問她：

「不過，那個女生沒事嗎？雖然只是個孩子……但經歷那種程度的暴力，身心應該受到了極大的創傷。」

她沒有向汝敬投去目光，而是用指尖敲了敲茶杯的把手，笑著說：

「謝謝您的擔心，但那個孩子好得很。不過校長，現在這個場合應該不是為了要確認我們家幫傭的身心健康吧。」

「啊，是的，夫人您說得沒錯，我們今天會在這裡，是因為陳海娜同學……」

她打斷校長的話，抬起目光看著汝敬。

「假如海娜是為了幫助幫傭，所以才握著石子，但為什麼情況已經解決了，她卻還是繼續握著石頭呢？」

汝敬拿起放在警察面前的石子左右轉動，查看後回答：

「嗯，大概是錯過時機，不然就是非常喜歡這顆從克羅埃西亞進口的石頭帶來的柔和觸感吧。剛才您不是說了嗎？孩子們的理由通常不怎麼重要。我也同意。海娜，妳能回答一下嗎？」

現在輪到海娜了。

「我想擁有那顆石頭，因為我第一次看到紫色的石頭。」

「原來是這樣啊，所以妳才拿那顆漂亮的石頭打有振的後腦杓嗎？」

海娜再次想起那天有振對司機阿姨說的那些汙辱性字眼，接著凶狠地瞪著有振。雖然海娜帶了行車紀錄器所錄下的音檔，但她不打算公開。雖然這能夠揭開事件的來龍去脈，但她不能讓司機阿姨再次受辱。

昨夜海娜和汝敬通話到很晚，她說明了召開學暴委的緣由、自己的計畫並拜託汝敬三件事。

第一，無論任何情況，都要成為海娜的監護人。

第二，無論任何情況，都不要受到侮辱。

第三，無論任何情況，都必須公開海娜的計畫。

汝敬表現得很好，充分地讓「她」慌了手腳，也以監護人的身分保護了海娜，也沒有遭受任何侮辱。現在剩下的，就是由汝敬公開海娜的計畫。

班導用輕柔的聲音問道：

「海娜，妳能不能說自己為什麼這樣對朋友呢？」
海娜直視有振，說：
「我絕對不會說出你在車上講的話。你應該也知道我並不是為了你，你一定要為那件事道歉，這是為你好。」
有振氣呼呼地說：
「笑死人了！」
只有海娜和有振知道，那個字眼會瞬間把有振變成壞孩子。
「啊，那個，身為兩個孩子的班導……我認為無論如何……是不是得先讓孩子和解呢？先讓海娜向有振道歉，然後有振接受海娜的道歉，怎麼樣呢？」
只要海娜發自真心地說出一句對不起，就不必接受任何處罰，這間源自法國的名校也就不會有什麼學暴委的紀錄。此外，只要海娜的一句道歉，有振也仍會是個笑起來時露出整齊牙齒的好孩子，而她也會一直是學生家長心目中的女王蜂。
這場學暴委的原本目的就在於此——讓以滿分入學的孩子還有她的父母知道真正的主角是誰。但她對汝敬來說，不過是個一眼就能看穿所有伎倆的愚蠢女人。除了汝敬，所有人都在等待海娜道歉。
有振用挖苦的口氣說：
「只要妳真心道歉，我會接受。」
汝敬轉頭看著海娜說：
「妳想怎麼做就怎麼做。」

「對不起……但就算我道歉了，那也不是出自真心。」

雖然有那麼一刻，大家很困惑海娜究竟是道了歉，還是沒有道歉，但有振漲紅了臉，猛然從座位上起身，這也代表海娜並沒有道歉。

「快道歉！快點為那天妳對我說的話道歉！」

有振希望海娜道歉的，不是用石子打他頭的「行為」而是「某句話」，唯一聽懂這話的人就只有海娜。

事情演變至此，就連自始至終都掛著相同微笑的她，表情也開始變僵。

「很遺憾，從現在必須以學暴委的方向去進行了。校長，請您別把這當成九歲孩子們打打鬧鬧，道完歉就了結的狀況，而是當成這所學校的兩名學生之間發生的暴力事件來進行。怎麼樣？海娜媽媽，您同意嗎？」

「我哪有什麼權勢呢？就依有振媽媽您的想法。」

「夫人，別這樣……」

「就海娜媽媽您來看，預謀對同學施暴的孩子真的有資格繼續留在這所學校嗎？」

當她不帶感情起伏地問完後，汝敬就像在模仿先前的她一樣，優雅地端起茶杯啜了一口，然後喀的一聲擱在桌面上並說：

「沒有，完全沒有資格。雖然這次她手上拿的是石子，但我怎麼會知道這個小不點以後會拿什麼呢？所以說……」

現在輪到第三件事，也就是公布海娜的計畫了。

汝敬一轉頭，海娜便像是下定決心似的點頭。

「我身為陳海娜的監護人，對這所有情況負起責任，並考慮讓海娜自主退學。」

席間再度傳出一聲驚呼，這次也是班導。

汝敬突來的發言，導致她與有振即便在這場合都無法成為主角。就為了一句道歉，而要放棄這所必須突破一百三十四比一的競爭率才能考進的學校？

「不、不，海娜媽媽，您怎麼說要自主退學呢？您這是在說什麼呀！孩子們打打鬧鬧，哪裡需要到自主退學呢？再說了，怎能在義務教育中的小學就自主退學！這是不可能的。」

校長大聲斥責道，班導則是眼看下一秒就要哭出來了。

「既然海娜媽媽已經做出決定，雖然我深表遺憾，但會尊重海娜媽媽的意思。那麼事情告一段落，我就先告辭了。」

她丟下獨自一人的有振，離開了會議室。

獨自留下的有振愣愣地盯著監視器畫面。他內心有種奇怪的感覺，在自己的後腦杓流血時，守在自己身旁的人不是媽媽，而是祕書。另一方面，他看著海娜媽媽正為了海娜自主退學的問題和校長起爭執，突然羨慕起被保護的海娜。那一刻，海娜與有振四目相交，她的眼神如此說著：

「你的弱點不是游泳，而是你媽媽。」

海娜在教室裡整理個人物品時，汝敬脫下皮鞋丟開後，欣賞貼在布告欄的「介紹我的家人」畫作，海娜的畫作也在裡頭。

背景看起來是在森林，是個充滿樹木和花朵的地方，畫中身穿粉色洋裝的媽媽、圍著圍裙拉著小提琴的爸爸，以及年幼的海娜露出了幸福的笑容。

上頭寫著這樣的介紹——我的漂亮媽媽的興趣是種植物，我溫柔的爸爸是製作小提琴的專家，還有我。

「往後我要做的也是這類工作嗎？」

汝敬的聲音中可以感覺到帶著某種不安。

「妳覺得我今天做了什麼？」

「做了該做的工作。當然，我也會支付合理的報酬。怎麼了？您覺得不舒服嗎？我沒關係的，您請說。」

「如妳說的，我會收到合理的……不對，妳給的金額的確超出了合理範圍。總之，我只要工作並拿到報酬就行了。」

「往後您也這麼想會比較自在。」

「這就是問題，因為我不覺得自在。我讓一個九歲的孩子自主退學，怎麼會覺得自在？至少在初次見到妳時，我沒想到妳需要的會是這種幫助。」

「我需要幫助，姊姊也需要我的幫助。」

「哦，沒錯，但假如以後我也得對這種事閉嘴，無條件替妳說話，那我打算就此為止。」

海娜想起自己費了多大的功夫才找到汝敬，又是鼓起多大的勇氣才跟她聯繫，但汝敬卻不以為意地隨時說要辭掉工作並離開自己，海娜瞬間發起了脾氣。

「姊姊根本什麼都不知道！我沒有做錯事！」

「不，妳做錯了，妳打算傷害別人。」

「姊姊不也傷害了別人嗎？不是嗎？」

「……」

有口無心的難聽話已經說了出來，擊倒了汝敬。傍晚火紅的晚霞染紅了教室窗簾，也染紅了兩人之間的沉默。

「喂，小不點，我是不曉得妳對我做了哪些調查，但妳別胡說八道，至少我直到最後都向被我傷害的人道了歉。妳也必須道歉。」

「……」

海娜為自己說的話感到後悔，內心開始反覆祈禱，拜託千萬別說那句話，但汝敬準確地說出了那句話。

「我是不知道妳有什麼隱情，所以才需要演這齣奇怪的戲，但我相信肯定會有人比我更適合這份工作。我絕對不是那個人，這也不適合我。」

事實上，只要汝敬想要，她隨時都可以不做這份工作。

「好的，我知道了，反正接這份工作的人要多少有多少。」

但做這份工作的人非得是汝敬不可。

海娜沒辦法揭開理由，卻又已經獨自承擔太多，她累了，於是說出了違心之論。

「妳也知道，這身衣服不符合我的喜好，我會寄回去給妳，那就掰囉，小不點。」

汝敬把海娜獨自留下，離開了教室。

海娜獨自留在空蕩蕩的教室內，默默地整理好物品後，傳了訊息要司機阿姨來接她。她揹著跟自己的身體一樣大的書包起身，但似乎覺得很吃力，又一屁股坐在椅子上。海娜有一段時間一動也不動，任由自己待在變得更加火紅的晚霞之中。後來，她站到椅子上，開始把貼在布告欄上的全家福畫作撕成一條又一條的碎片。

「妳什麼都不知道！根本什麼都不懂！」

這句話是什麼都不能說的海娜，唯一想對汝敬說的話。

＊＊＊

養母的溫室是我這輩子看過最美的地方。確定領養後，在我第一次來到這個家的路上，當車子離開市中心並進入郊區時，兩側高聳的樹木隨風搖曳，在汽車上頭撒下了銀色的雪粉。

由養父駕駛的車子經過小小的村莊，駛入通往森林的小路後，樹幹的白色影子便以一定的間隔躺在小路的地面上。我降下車窗，把手伸了出去，樹影依次從我的小手上飛馳而過。

不久後，車子停在小路的盡頭，大門另一邊可看見兩層樓高的住宅屋頂。住宅周圍沒有其他房子，剛才經過的村莊在下方一覽無遺。伴隨著鈍重的聲響，兩扇古色古香的鐵門大大地敞開，兩層樓高的木造住宅現身了。在寬敞的庭院裡，老舊鞦韆椅上的積雪堆成了圓弧狀，彷彿下一秒就會垮下來。這個有著長型窗戶、小巧陽臺、雅致煙囪的家，猶如童話書中會出現的房子。

養父母和我，我們三個人住的房子，要比三十二個人住的育幼院還要大上好多。

我跟著高興地從玄關赤腳跑出來歡迎我的養母走進屋裡。走過充滿溫馨色彩的飯廳、廚房、養父母的寢室後，走上通往二樓的階梯，養母打開了走廊第二間房間的門，是在外頭看到的有陽臺的房間。

裡面有我見過的最高的床、被各種色彩填滿的書櫃，以及掛著各式連身裙的衣櫃。二樓階梯旁的第一扇門是間浴室，裡面放了配合我身高訂做的洗手臺、浴缸和馬桶。

「海娜，妳喜歡嗎？覺得哪裡不方便，隨時都可以說出來哦。」

「怎麼會呢？」

正當我覺得一切都像是夢，還在迷迷糊糊的時候，養父母拉著我的手走向了後院。那裡有個屋頂呈三角形的巨大玻璃溫室。打開門一走進去，鳥鳴聲、混在溫暖潮濕的空氣中的花香與草香瞬間竄進鼻腔，彷彿全身上下隨即會有新芽長出來似的。溫室十分華麗，彷彿世上那些在冬季隱身的所有顏色都回到了故鄉。花朵與植物擁有我從未想像過的各種色澤與形狀，好像只要用手去碰一下，顏色就會直接沾在手上。

從小小的噴水池不斷湧出的水柱上頭，小巧玲瓏的彩虹如幻影般出現又消失。我脫下身上穿的米白色毛衣和藍色圍巾後，養母接過去後圍在手臂上，笑得十分開心。

跨越鋪滿青苔的黑色石橋，走進溫室的中央，有一張用槲樹打造、非常長的餐桌，上面擺了跟花朵一樣華麗的眾多佳餚。

那一刻，我有種預感，覺得自己的人生將會因為養父母而變得全然不同（不幸的是，我的預感是對的，只不過是從另一種角度來說）。不知從哪裡傳出聖誕頌歌，養父替我拉開椅子，我帶著輕鬆的心情坐下並接受他的服務，享用不知名的美味佳餚。多虧了溫暖的食物與包圍我的眾多溫室色彩，我開始覺得內心蠢蠢欲動，彷彿自己可以順利變成大人。

聽說這裡本來不是溫室，而是低溫室。是因為前主人特別喜愛高山地區的植物和花朵，所以才打造了這個空間。地面上設置了能調節土壤溫度的管線，抽風及遮光設施也一應俱全，不管外頭狀況如何，都能調節內部溫度。後來，他們去了子女們所在的外國，把這間房子讓給了養父母。

養父母搬進這棟房子之後，最先著手進行把低溫室改成溫室的作業。養母在色彩搭配上的直覺敏銳，因此溫室內無論下雪或颱風肆虐，都像通向另一個世界的通道一樣美麗耀眼。畢竟地處偏僻，所以也無處可去，加上我也沒有朋友，所以經常與照顧花園的養母待在這裡。每一次養母都會把花語或與花朵有關的故事說給我聽。

有一天，我正要伸手去碰不在溫室內，而是在大門前的路口綻放、散發鳳仙花色澤的花朵時，養母趕緊抓起了我的手臂。

「抱歉，妳嚇到了吧？但是海娜，這種植物不管是根部、花朵或葉片都絕對不能摸，因為會讓人受傷。」

「可是它長得這麼漂亮。」

「就是呀，聽說以前希臘的某些魔法師就利用這種漂亮的花殺害他人呢。」

我遠離這種殘忍的花朵一步，問道：

「這種花也有花語嗎？」

「當然有囉。」

「是什麼呢？」

「掉以輕心是大忌。不覺得很適合它嗎？」

那時我並沒有問她為什麼要在路旁種這種危險的有毒花朵。花朵開到夏末為止，隨著冬天逐漸到來，花瓣全都凋謝了，但它的根莖依然高挺地站立。

養母依然足不出戶，她只會待在家裡或溫室，至多也只是到家門前的小路散步。外出就只有我因為低血糖暈倒送醫的那天，還有開學時送我到學校的時候。

偶爾我會好奇，除了我們三人之外，還有誰會坐在溫室那張用槲樹打造的十人用餐桌。

當天氣好得耀眼或有些涼颼颼時，我們經常會在這裡用餐，但那天很特別，是由養父負責掌廚。他曾長期在匈牙利留學，料理手藝非常出色。當時我們三個人的確很幸福，儘管時間短暫，但我很努力成為他們心目中的女兒，他們也同樣以溫暖的眼神看著我。只是，當圍繞雙層木造住宅的森林下起初霜時，溫室的花朵開始慢慢凋零，而我比養父母都要先發現了這個事實。

還有，那天到來了，十二月二十四日，聖誕夜。

那是我們三人最後一次活著坐在十人用的餐桌，在黃昏時分享用晚餐，也是養父應養母的要求，最後一次製作作為聖誕節大餐的匈牙利燉牛肉佐鄉村麵包。當我醒來時，兩人之中有一人手裡握著湯匙，另一人則是睜著雙眼盯著我，趴在餐桌上。

那天是這個地方以溫室存在的最後一天。

-30℃／-22℉

如今這個地方再度成了當初建造時的低溫室，植物和花朵不是無法戰勝嚴寒的氣溫死去，不然就是被急速冷凍，以寒霜包覆的狀態凍結。

也因為這樣，低溫室依然綠意盎然。在中央的槲樹餐桌上，時間彷彿靜止似的，養父母以那天的模樣趴在上頭，整個人凍得硬邦邦的。

養母似乎直到斷氣的最後一刻都睜大眼睛盯著我。瞪大的眼睛並沒有再次闔上。我偶爾會感到好奇，最後一刻，她看著我想的會是什麼？

萬一這個地方重新變成溫室，他們會以原來的模樣甦醒過來嗎？每次把溫度開關調高一階，養母凍僵發青的臉上就會開始泛起紅暈，落在花朵上的寒霜也會變成清涼的水滴甦醒過來。

我再將開關往上調了一階，頓時，五顏六色的魚兒用嘴巴敲碎了蓮花池結凍的池面，不知何處再次響起鳥兒啁啾聲。過一會兒，養母僵硬的手指一節一節動了起來，最後傳來心臟的跳動聲。

我將開關調到最大值之後，覆蓋她髮絲的寒霜融化了，陽光灑落在光澤閃動的髮絲上頭，徹底結凍的匈牙利燉牛肉餐盤中冒出了裊裊熱氣。

當餐桌上籃子內的各式水果紛紛散發出香甜好聞的香氣，養父咬下一口青蘋果，並拿來剛完成的小提琴向我們炫耀。用完餐後，養父母帶我上床睡覺，在我的額頭上印下一吻，然後充滿憐愛地輕撫我圓嘟嘟的雙頰，直到我跌入夢鄉之前都待在我身旁細看著我。

養母端詳、撫摸我的眼睛、鼻子、嘴巴許久，眼眸中瞬間充滿了悲傷與絕望。養父輕輕拍了拍養母的肩膀，但她就像血管內注入痛苦似的，將疼痛擁入懷中，連著好幾天無法下床。如今我明白了，在他們的眼眸中那不是我的眼睛、鼻子、嘴巴，而是屬於跟我長得一模一樣的那個孩子。

嗶——

連續血糖監測儀響起，我立即從想像中回神，將低溫室的溫度調低一階後，一個箭步衝向我房間所在的二樓，拉起上衣，在肚子上注射胰島素。

等到呼吸平穩下來，我走到陽臺上俯視低溫室。在沒有半盞路燈的漆黑森林之夜，落下的月光刺在低溫室的最高點。

下方依稀映照出那張槲樹餐桌。

他們依然在那裡。

但無人知曉。

叮鈴鈴。

這是我來到這個家之後，會客室的電話聲第一次響起。沒人會打給幾乎過著隱遁生活的養父母。我來到一樓會客室，遲疑了許久。我可以接這通電話嗎？不管是誰，只要聽見我的聲音後肯定會這樣問吧：

「能叫妳媽媽來聽嗎？」

還是就等電話聲自行斷掉？

但說不定會有人親自跑來家裡。

就在我猶豫不決時，電話聲斷掉了，就在我懷著更加不安的心情打算走上二樓階梯時，電話聲再次響起。這次我趕緊過去接起了電話。我沒有先說「喂？」而是維持了幾秒的沉默。不一會兒，我聽見對方深深地嘆了口氣，說：

「陳海娜，是妳對吧？我是尹有振。」

這人這時間為什麼打電話來家裡？

先不說這個，他是怎麼知道家裡的電話？

「尹有振？」

「幸好是妳接的，因為時間很晚了，所以我一直苦惱該不該打。」

「你怎麼知道我家的電話？」

「喔，我拜託班導告訴我的，剛開始班導說絕對不能告訴我……但我一直哀求。」

「有什麼事？」

「……就是，我跟Ate道歉了，還有我也想跟妳的司機道歉。」

有振說完後，就再也沒有說話。

「尹有振。」

「哦？」

「我也可以跟你道歉嗎？」

「……嗯。」

在召開學暴委的會議室裡，有振大喊要我快點道歉，並不是因為我害他後腦杓流血，而是因為那天在大樓廣場時我詛咒他——

「我覺得你很可憐，因為顯然以後你只會變成沒有用的壞大人，我百分之百肯定。」

「我為那天說的話道歉，對不起。」

「……我啊，在妳那樣講了之後，真的超怕自己會變成那樣。」

有振的聲音在顫抖。

「我承認我說得太過分了。」

「我接受妳的道歉。陳海娜，不用上學覺得怎麼樣？很棒嗎？」

「不怎麼樣。」

「那不能重新來上學嗎？」

「不行，因為某些因素，我不能去上學。」

道歉完之後就沒有要說的了，但有振沒有掛斷電話，而我畢竟是道歉的人，所以也沒辦法先掛斷。

「……」

「……」

「那個，陳海娜，我真的超怕水的，知道這件事的就只有媽媽和妳。」

「抱歉，我會當作不知道。」

「不是啦，陳海娜，不是那樣……」

「……？」

「我很開心……可以不用在某個人面前隱藏自己。」

有振說，他很開心可以不必在某個人面前隱藏自己。

要是我也把一堆隱藏的事情都說出來，我會覺得開心嗎？

「有振，雖然你會怕水，但我連進入水裡都覺得害怕，我也怕黑漆漆的夜晚。我害怕自己跟一般的孩子不太一樣，害怕死掉的人，害怕血糖數值會在一天內上上下下，害怕我身邊一個人都沒有，害怕要獨自面對所有真相，也害怕總有一天這一切會被拆穿，還有……」

「還有？」

「……我怕這樣下去，最後我會沒辦法變成大人。」

「不用擔心，我們會變成大人的，我跟妳保證。」

「有振，現在你變成唯一知道我所有弱點的人了。」

「我一定會保密。」

「嗯，謝謝。」

我不知道自己為什麼突然向有振吐露自己的不安和恐懼。是因為我隨便詛咒他會變成壞大人之後，卻只用一句道歉就想扯平，所以覺得愧疚嗎？又或者我期望「能有一個人」了解我的恐懼，不管那會是誰嗎？再不然，是因為聽到有振說他很開心可以不必在某個人面前隱藏自己，所以被迷惑了嗎？

如果這些都不是，說不定我是真的開始害怕了。

＊＊＊

我在超商買了一瓶自己根本喝不了的酒大口灌下，希望藉由酒精洗去內心不舒服的疙瘩，但是卻失敗了。從學校回來之後，這個疙瘩遲遲沒有消失。認真說起來，自己不過見過這孩子兩次、通過三次電話，雙方的關係淡薄到不曾分享一絲一毫的情緒。

初次見到孩子的那天（海娜擅自稱那天為「面試」），因為保護觀察官的面試拖太久，導致我比約定時間晚到，但我一打開咖啡廳的大門，一眼就認出了那個孩子，即便我事先完全沒想到會是那麼小的孩子。為了不引起任何人注意，從頭髮到皮鞋尖都徹底僵住的孩子就只有海娜。

就像那時期的我。

對於這個孩子，我無能為力。此外，孩子有個打點玫瑰庭園的媽媽，還有個製作小提琴的專家爸爸，可是，我為什麼老是從孩子身上發現十二歲的我？

我又快速地將剩下的半瓶酒大口灌下。直到噁心感湧上時，手機響起了。會是以「限制來電顯示」打電話的人嗎？此時我迫切需要他的沉默，但液晶螢幕上顯示的號碼是海娜。我就像等待已久似的趕緊按下通話鍵。

「我看了《亞當斯一家》。」

「是嗎？」

海娜什麼話也沒說。

是因為我之前說她長得像電影中古怪陰沉的女孩，所以生氣了嗎？要趁現在趕緊說她長得不像嗎？

「雖然不是我先說的……」

「嗯。」

「可是……我……」

「嗯，妳怎樣？」

「我跟有振道歉了。」

「……」

「我沒有說謊，是真心道歉了。」

「知道，我想也是這樣。」

孩子以自己向有振道了歉這句話在向我道歉，我可以把這句話理解為「請您再次回來」嗎？和海娜通完電話後，心中久久不散的疙瘩消失了，但我卻莫名的感到鼻酸與哀傷。是酒精使然嗎？就連我也搞不懂這種心情源自何處。

海里蒂奇

是因為感受到溫暖嗎？

司機阿姨聽到往後我要在家自學，知道自己是最後一天上班，因此下車抱住了我。

「希望這個選擇對妳來說是好的，早知道今天是最後一天，我就準備個小禮物了。」

代替無能的丈夫，獨自撫養照片中三個女兒的她，因為我的自主退學而在一夕之間失去了固定收入，但她沒有露出惋惜的表情，而是緊緊抱住了我。我覺得好溫暖。是因為這樣嗎？所以當她轉過身時，我不自覺地抓住了她的衣角。

「媽媽要我問您，以後是不是可以全權負責接送？」

「那是什麼意思？」

「媽媽要我問您，若是我需要外出時，您可不可以陪同，還有這個。」

我遞出了信封，其實這筆錢本來是資遣費。

「媽媽要我拿給您。」

司機阿姨確認信封內的金額後，彷彿受到極大恩惠似的，以顫抖的雙臂訴說無聲的話語。

「真的可以嗎？」

「媽媽說她很抱歉，因為自己目前還沒辦法外出，所以沒辦法親自拿給您。」

「不，沒關係，妳一定要替我跟媽媽說聲謝謝。」

感覺壓在司機阿姨肩頭上的重擔也跟著融化了。這都多虧了妳給予的溫暖。真是幸好。

其實開學前就決定要自主退學了。由於這所學校的學生家長活動與外部活動特別多，危險因素也很多，就在我思考要如何擺脫這種狀況時發生了「有振事件」，接著又借助汝敬的力量確定要自主退學。

按照校長所說，作為義務教育一環的小學教育沒有自主退學的概念，因此我被稱為「校外管理對象[5]」。在最後一刻說服他們的不是「有振事件」，反而是我百分之零點一的智能測驗結果。我拿這件事當藉口說要去留學，才勉強說服了他們。

我的最終目的是在春意盎然之前完全離開這裡。結論果然還是留學。相較於利害關係複雜的韓國，那感覺要安全多了。

儘管留學機構介紹的名校都宣傳有百分之五以上的新生是韓國學生，但這對我來說反而不利。我整整找了一星期，最後找到了位於威斯康辛州，由天主教修道會營運的寄宿女校。最令我滿意的一點，是假期要比其他學校短上許多，而且只要學生願意，可以隨時住在宿舍，對於無處可去的我來說，這是最合適的場所。

唯一的問題就是入學前的學生家長面試。假如汝敬能來這裡幫忙，我已經做好往後要自行長

5　韓國實施九年義務教育，若在小學或國中自主退學的學生，會被歸類為校外管理對象。

大的準備了。

如今該來整理汝敬的狀況了。直到我平安無事地離開這裡之前，她必須充當我的代理媽媽兼監護人，因此不能讓她繼續待在庇護所，至於讓她住在藏有層層祕密的雙層木造住宅就更不可能了。所以方法只有一個。

只能去那個地方，去海里蒂奇大廈。

位於首爾市中心的頂級住商兩用大樓，這裡是我的養父母突然離開首爾、搬來京畿郊區之前住的地方。進入海里蒂奇大廈之前，必須通過大廳的住戶證明手續，因此我和汝敬約好在大廳碰面。

我環顧四周，卻沒看到汝敬的身影。今天不是她遲到，而是我太心急了。

在充滿現代感的大廳，掛了一幅完全不相襯、讓人看了頭暈目眩的巨幅畫作。上頭有座錯綜複雜的螺旋狀階梯，不管從哪個方向下來，最後都會再繞回上面，給人一種彷彿莫比烏斯帶般的窒息感。分別站在階梯最左側與下方的少女都是背對的，所以看不到她們的臉。

「妳站在最後一個階梯上嗎？」

「沒有，妳站的地方是出發點嗎？」

「沒有，妳看到了什麼？」

「我看到妳的背影。」

「不可能啊。」

「怎麼說？」

「因為我看到的也是妳的背影。」

被困在階梯上的兩個孩子互相看著對方的背影。

就在我伸出手臂打算把畫中的其中一個少女轉向，好讓兩個少女能夠面對面時，背後傳來了陌生的聲音。

「嗨！海娜。」

身穿奶油色套裝的女人配合我的身高壓低身子，她從在櫃臺時就一直盯著我。從佩戴於左胸的金色名牌可知女人是這裡的經理。韓素允，這是她的名字。女人朝我露出喜出望外的笑容，雖然她知道我的名字，但我卻想不起她。

「您好。」

「真的好久不見了，對吧？妳長好大了呢！」

女人邊說邊將自己的手掌舉到我頭上。

「妳記得我吧？」

說自己記得似乎比較有利，因此我點了點頭。

「有段時間都沒見到妳，還以為現在都不來海里蒂奇了呢。」

「因為我很喜歡新家。」

「果然是因為那樣吧？父母過得好嗎？」

「他們過得很好。」

「妳應該上學了吧？」

「我讀二年級。」

「天啊，時間居然過這麼快了。我就只記得嬰兒時期的海娜、個子很小的海娜，沒想到長這麼大了。不過，妳媽媽呢？」

女人環視周圍。

「媽媽在家裡。」

「那……妳是跟爸爸來的嗎？」

「跟阿姨一起。」

總覺得她的臉閃過了一抹失望。

「哦，阿姨？原來海娜妳有阿姨啊。我還是第一次見到呢。」

「阿姨馬上就到了。」

這時汝敬正好走進了大廳。在百貨公司買的衣服不知道都拿去哪兒扔了，只見她草率地穿了件褪色牛仔褲與帽T，外頭穿了件有帽子的大衣，頭髮則是被毛線帽壓住了（到底是有幾頂帽子？），任誰看了都會覺得汝敬跟海里蒂奇的格調不搭。

果不其然，在櫃臺的壯碩職員走向汝敬並傳了無線電給素允。

「感覺需要管制出入吧？」他說。

我朝汝敬跑了過去，立即抓住了她的右手臂。

「阿姨！」

「今天我的任務是當阿姨嗎？」汝敬喃喃自語。

素允很鄭重地向汝敬介紹自己。

「我不曉得海娜有個阿姨呢。」

「您好。」

不需要另外的住戶證明手續，素允直接護送我們，並用自己的卡替我們打開了待機的電梯門後，很熟悉也很理所當然地按下四十八樓的按鈕。

「海娜，太高興見到妳了，下次見哦。」

「好的。」

房子內部就像直到昨天都還有人住，而且明天誰來都能直接入住一樣，家具和廚具全都整理得一塵不染。似乎有人定期來打掃吧。大概是覺得房子太無趣了，汝敬貼在窗邊俯視下方，說：

「在這裡，感覺我所居住的世界遠離了我。」

「覺得心情不好嗎？」

「倒不是好不好的問題，因為我這輩子都只往上看，原來往下看是這種心情啊。不過，這是哪裡？」

現在是時候開口了。

「您覺得搬出庇護所怎麼樣？」

「這是為什麼？」

聽到我的問題後，汝敬依然沒有把搬出庇護所和住在這裡兜在一起。

「暫時住在這個家裡怎麼樣？反正是個空房。」

「所以說為什麼要這樣做？」

「感覺您現在待的地方，並不適合這份工作。只要想成是公司宿舍之類的地方……」

「在這裡時，我是妳的阿姨？」
「對。」
「我有個條件。」
能從位於陡坡的老舊受刑人庇護所，搬到位於首爾市中心的四十八樓、八十坪大的房子，汝敬卻提出了條件。
「對我來說，家就必須是家，而不是工作的一部分。換句話說，我待在這個空間時，妳不能干涉我。」
「好的，我不會干涉您。」
「還有這個。」
汝敬的目光停留在我手腕上的智慧型手錶。
「這個？」
「我查了一下，我的手機也可以確認妳的血糖數值，對嗎？」
「對。」
汝敬把手機遞給我。
「幫我弄。」
我替汝敬的手機下載相關應用程式後，設定成能自動接收連續血糖監測儀的數據。
「只要按這裡就能隨時確認。」
汝敬東按西按，按了好一陣子，慢慢熟悉了應用程式的功能。她說：
「以前的數值也會跑出來啊。」

「對，這樣無論何時何地都可以確認我的狀態，要是有什麼問題，警示音會立刻響起。因為也有GPS功能，所以可以確認大概的位置。」

我莫名地興奮起來。

「去年十二月，大概對妳來說是非常特別的日子。」

什麼意思呢？

「原來是在聖誕節那時候啊。」

「……怎麼了嗎？」

「那天妳的血糖數值圖表一團糟。」

＊＊＊

從那個叫做海里蒂奇還是什麼的地方回到庇護所，一打開房門，上鋪的女人就立即拉起棉被蓋住頭。

我已經看到了，而女人的動作遲了。我用力扯下蓋住女人的棉被。

女人嚇了一大跳，反射性地縮起身子躲進角落。她的手臂上橫著畫了三公分多的細細血痕，數量多到數不清。她在自殘。她趕緊將手臂藏到背後，用棉被蓋住自己的頭，而我離開了房間。

我也跟上鋪的女人沒有兩樣。至少在那一刻，我不受一切拘束，只有我才能攻擊自己，因此就其他意義來說，自殘是一種守護自己的防禦法，是確認自己活著的唯一行為。但隨著紅線一條條增加，我的靈魂被刀子劃傷，這也意味著傷痕累累的過去綑綁了我，因此我停止了。自行停止是不可能的。我有個不是以收押編號，而是以名字喊我的獄警，上鋪的女人也需要有個人來幫她。

在外頭吹了吹冷風後，我回到房裡開始整理行李。我所擁有的行李，扣除為了這次任務所購買的服裝和飾品，就連一個登山用的背包都裝不滿。離開前，我將窗戶徹底敞開，拿了拖把開始仔細打掃每個角落。

上鋪的女人從剛才就只把眼睛露出棉被外頭，不停追逐我的動線，她突然把整顆頭伸出床鋪外，接著小聲喃喃：

「我……也想一起去……」

我漫不經心地把拖把浸入水桶再拿出，一瞟眼女人已經從床鋪上下來，站在我的背後扭扭捏捏的。女人握緊雙拳，使勁抬高肩膀，然後稍微拉高了音量嘟噥道：

「那、那個！……我也……想！」

「不行！」

女人嚇到了，聳高的肩膀停在半空中。

「那不是我家，而是去寄人籬下，所以不能隨便帶人過去。再說了，我們不是連彼此的名字都不知道嗎？」

「我的名字是……潔妮……」

我裝作沒聽到，開始拖起地板，女人再度爬回上鋪，用棉被蓋住自己的頭，就連半點呼吸聲都沒有。

連名字都不知道的陌生人，女人怎麼不由分說地就要跟我走？瞬間，女人替我打的耳洞突然一陣刺痛。

我把自己要退宿的消息告知館長修女。修女祝賀我是住宿者中最快離開的，但並沒有問我要去哪裡。仔細想想，我住進庇護所時，修女除了問候替我介紹這個地方的獄警近況，也沒問其他的。這是經營庇護所的過程中自行悟得的一種不成文規定嗎？

「我的那位室友……」

「潔妮？」

「潔妮？她真的叫做潔妮？」

「二十年前被領養到美國，去年才被驅逐出境。」

「驅逐出境？罪名是什麼？」

「罪名？哈哈，若硬要找個罪名，大概是非法滯留吧？」

「那是什麼……」

「很好笑吧？明明被領養到美國，也在那裡長大，可是一夕之間就變成了非法滯留者。說來複雜，潔妮被領養時還沒修訂兒童公民法。簡單來說，本來以為被領養就應該會自動變成美國人。」

「看來不是囉？」

「嗯，聽說不是。其實就是在韓國被賣掉了，但美國卻說我們沒有買。大概是因為成人之後也沒有選舉權，所以才覺得奇怪吧。那時就知道了。要怎麼在沒有權利也沒有資格的國家生存？所以就被驅逐出境了。現在不管是好是壞，都得在這裡生活了。幸好她不知道在哪兒學的，韓語說得還不錯。」

「在美國不是應該有家人嗎？」

「明明是他們領養手續沒辦好，可是卻毫不在乎。」

「原來是被拋棄了。」

「是啊，同時被兩邊拋棄了。」

女人不肯從上鋪下來，是因為踏上這塊土地的雙腳感覺還不熟悉嗎？早知道就不問了，現在反而心裡有了疙瘩。這不是我能作主的事，她就是個跟我無關的人。我打定主意，等天一亮就趕緊離開這裡，便拉起棉被蓋住了頭，這時卻看到手腕上留下的自殘痕跡。

不行，周汝敬，停下來！我雖然試著阻止自己，卻已經太遲了，最後我一把掀開了潔妮的棉被。潔妮正在用耳洞專用針戳著自己的手臂，說時遲那時快，她趕緊將針藏在背後，整個人貼在角落坐著。現在已經別無選擇了。

「我有條件，我不能接受跟在這裡時一樣，更不允許妳現在做的那件事。聽懂我的話了嗎？妳做得到嗎？」

潔妮激烈地點頭，連忙起身整理行李。

潔妮的行李多到把三個移民用行李箱都塞爆了還不夠，又把髮捲塞進了我的背包。與此同時，我將潔妮入住的消息告知海娜。過了許久，就在潔妮大致整理好行李時，海娜傳來了回覆：

「好的，就依照姊姊的意思，我不會干涉。」

那天晚上潔妮沒有睡在自己的床上，而是爬到我的上鋪睡，第一次打起了鼾聲。啊，這個決定真的是對的嗎？我感到好混亂。就在我輾轉難眠時，手機電話鈴聲響起，是「限制來電顯示者」打來的。難道我也在無形中被制約了嗎？我趕緊接起電話，脫口問了絕對不該問的問題：

「請問您是誰？」

***

準備好要下班的素允呆站著，望著掛在大廳的畫作出神。

「前輩，妳在做什麼？不下班嗎？」

「哦，要了。」

「那幅畫是前幾天那位住在四十八樓的人家贈送的吧？那位畫家名氣非常響亮，肯定價格不菲才是。我一直都以為那一戶沒人住呢。」

「對啊，空了很長一段時間，聽說現在會有個阿姨進來住。」

素允像是想起了什麼，拿出櫃臺下的收納盒開始東翻西找。

「妳在找什麼？」

「卡片，我明明放在這裡啊……」

素允快速地翻找，接著面露喜色把卡片拿在手上。打開畫有聖誕老人的卡片後，聖誕頌歌〈Let It Snow〉的旋律響起，一個可愛小女生的聲音也跟著傳出。

——素允阿姨，聖誕快樂！阿姨已經是大人了，所以我代替阿姨跟聖誕老公公說，要他送一個帥叔叔給妳。愛妳的海娜敬上。

素允頓時沉浸在回憶裡，眼眶也變得有些濕潤。

「那是誰呀？」

「這孩子曾經是海里蒂奇大廈的天使。」

「看來是我還沒到職之前吧，因為我在這裡就只見到一群小惡魔。」

「今天再次見到她實在太開心了，可是孩子卻不記得我了，讓我好失望。」

「孩子們都忘得很快嘛。」

「對吧？可是啊……」

「嗯。」

「雖然有孩子從左撇子變成右撇子，但也有從右撇子變成左撇子的嗎？」

「什麼意思？」

「沒有啦，沒什麼。」

海娜打算碰觸掛在大廳的畫作時，伸出的是左手。

素允的腦海中老是浮現海娜的左手，也因此遲遲沒有下班。

媽媽

「請問您是誰？」

一問完，「限制來電顯示」的電話隨即掛斷。

對方完全沒有想要表明身分，而我也沒有非得知道對方是誰，不過電話掛斷之後我卻莫名感到懊悔。

往後對方可能不會再打來了。就在我感到萬念俱灰的時候，收到了夾帶一張照片的訊息。那是個保存於某個高級靈骨塔、奢華的玉色骨灰罈，底下清楚地寫了一個既熟悉又陌生的名字——周美敬。

那是過世母親的名字。隨後，我又收到另一封訊息。

——很遺憾，您母親是遭人殺害的。

九年前，媽媽在首爾的五星級飯店套房身亡後，過了兩天才被女性房務員發現。從散落於屍體周圍的麻醉藥品，以及手臂上殘留的針頭痕跡，推定是藥物中毒引起的心臟驟停，因此未經任何相驗程序，以單純意外事件處理。

入獄一星期內就獲得休假出來的我，在停屍間指認了媽媽的屍體。區廳職員詢問我是否要接手屍體，而連兩隻手腕上的手銬重量都無力承擔的我，在無主屍體處理同意書上簽了名。

媽媽的棺材是由廉價膠合板打造而成，地方政府找來的葬儀社把媽媽的棺材堆上白色小貨車，放在與其他相似遭遇的死者棺材上頭。之後，她的白骨被輾碎，在空氣中消失得無影無蹤，而我也深信她與我的緣分就像打從一開始便不存在似地結束了。這樣的她，依然以一把粉末的物質狀態存在於世界上。如此明目張膽地抓著她不放的人會是誰？「限制來電顯示者」為什麼要傳這訊息給我？

「限制來電顯示者」只傳了一張照片和一句話，其他什麼資訊都沒有。隔天我去了區廳，找了九年前負責處理媽媽葬禮的福利支援科。

一名白髮蒼蒼的男人原本打算去刷牙，但一發現我的存在，隨即神經質地將杯子喀的一聲放下，再次坐了下來。

我表明來意後，白髮男子以煩躁的語氣應答。

「喂，小姐，妳不是說九年前在屍體處理委託書上簽名了嗎？」

「對，我簽了。」

白髮男子的眼神正在問我——既然如此，現在妳又想知道什麼？

「妳去市立昇華園看看吧，無主死者都是由那邊處理的。九年前的應該還在。」

我把手機中「限制來電顯示者」傳來的照片拿給他看。

「這是那個地方嗎？」

「這是哪裡？」

「剛才說的地方，不是這裡嗎？」

「喂，趙成鎮，這裡不是市立昇華園吧？」

他的話音剛落，隔壁戴著紅框眼鏡的年輕男人走了過來，確認手機中的照片。

「一看就知道是價格高昂的骨灰罈耶，設施也比一般高級許多。」

「看吧，我就說感覺不是那裡了。」

「看來應該是換地方了，您說有多久了？」

「九年。」

「一般都是由這邊保管十年，之後才會合葬。照片中的骨灰罈可以肯定不是昇華園的物品。」

「那……」

「也有非常罕見的情況，就是等到手頭上比較寬裕了，之後才來拿回骨灰罈的。這看起來好像就屬於這類。」

究竟是誰去取走了媽媽的骨灰罈？

會是「限制來電顯示者」嗎？這人和媽媽會是什麼關係？

「可是，如果是這樣，辦理者就非得是家人不可。」

突然插入對話的白髮男子用數落的語氣說：

「喂，小姐，妳不是家人嗎？可是妳不知道？」

「對，完全不知道。」

白髮男子單刀直入地問：

「往生者是妳的誰？」

「我媽媽。」
白髮男子一邊搖頭一邊咂舌。
「請問……您是為了保險金的問題嗎？」
戴紅框眼鏡的男人小心翼翼地問道。
「不是，不是那樣的，是我想查一件事。」
「總之，我們不知道。」
白髮男子不耐煩地擺了擺手，戴紅框眼鏡的男人便回到自己座位上，做出要我過去的手勢。
「取走骨灰罈的人一定有留下紀錄，您記得往生者的身分證號碼嗎？」
「記得。」
十二歲的我必須把她的身分證號碼背得滾瓜爛熟，因為要代替擅自離家出走的她處理的事情比想像中更多。雖然我在成年之後也有了身分證號碼，但由於媽媽的身分證號碼已經深深烙印在腦海，導致我經常會混淆兩者，也因此不時遭到懷疑。
戴紅框眼鏡的男人看著螢幕，不知道在找什麼。
「去年十一月有申請歸還的紀錄呢。」
「去年十一月的話，就是三個月之前了？歸還申請人的姓名是？」
「上面寫的是周汝敬。」
我並沒有來拿走媽媽的骨灰罈。
白髮男子刷著牙，滿嘴泡沫地問我：
「知道是誰嗎？」

「我就是周汝敬。」
「什麼?那就是小姐妳拿走的啊。」
「不是我。」
「還說什麼不是,這裡明明寫了妳的名字。」
「不可能,因為那時我在服刑。」
究竟這能不能讓白髮男子閉嘴?
「那會是誰?」
「不知道。」
「怎麼不知道?如果不是家人就不能領取啊,當然是其中一個家人了。」
戴紅框眼鏡的男人盯著螢幕,表情頓時亮了起來。
「啊,這裡有留領取人的聯繫方式!」
戴紅框眼鏡的男人把電話寫在便條紙上遞給我。一拿到號碼我就連續撥了兩通電話,但對方都沒有接。
「對方不接嗎?」
「是啊,反正我等一下再打,謝謝兩位。」
我轉過身後,刷牙刷到一半的白髮男子說了一句:
「唉唷,世界末日要到啦。」
但我停下腳步轉過身,他又趕緊做出刷牙的動作,迴避我的視線。我在飲水機前拿了個紙杯裝滿了水,放在泡沫都已經從嘴巴溢出來的白髮男子面前。

「喂，大叔，別再刷了，趕快漱口吧，因為讓人看了覺得很噁心！」

「什麼……」

白髮男子皺眉要說「這臭女人說什麼！」的時候，泡沫也從雙脣之間流了下來。我不想再跟他浪費時間，所以就轉過身，但突然後方傳來「砰！」的一聲和驚呼聲，人群之間頓時一陣騷動。我回身，只見白髮男子抓著自己的胸口倒在了地上。

戴紅框眼鏡的男人趕緊打電話給一一九，剩下的人則只能跺腳乾著急。

我蹲在白髮男子的頭部旁邊，俯視痛苦呻吟的他混濁的眼睛。由於血壓飆升，男人的臉和脖子開始漲紅，他痛苦地抓著自己的胸口，在生死之間擺盪。

「喂，大叔，現在這邊能救你的人好像就只有我了，那你要給我多少？」

他的瞳孔開始放大，抓著胸口的手也逐漸失去力氣。

「我要多少就給我嗎？那大叔十分鐘後就能再去刷牙了。要是你猶豫了，四分鐘內就會穿透屋頂飛到另一個世界去。你做選擇吧。」

白髮男子以顫抖的手抓著我的衣角，努力做出點頭的樣子。

「這裡的人都是證人，我跟你做了約定。」

我趕緊解開男子的襯衫，開始做起心肺復甦術，對戴紅框眼鏡的男人大喊：

「趕快拿自動體外心臟去顫器過來，應該就放在這裡的某處！」

「我、我知道在哪裡！」

女人喊道，領著戴紅框眼鏡的男人去拿了，我用盡全力按壓白髮男子的胸口並進行ＣＰＲ。才過了兩分鐘左右，額頭就已經有汗珠凝結，指尖也開始抽筋了。

自動體外心臟去顫器一送達，我就將貼片貼在男人的胸口上，接著按下按鈕啟動。反覆這個動作幾次，直到凝結於額頭的汗珠沿著鼻梁滴落在男人的胸口上，他的鼻子和嘴巴才開始有了微弱的氣息。

男子的呼吸慢慢穩定下來時，救護員抵達了，將男子抬到擔架上。我在被抬走的男人的耳邊悄聲說道：

「喂，大叔，我會把銀行帳號留在書桌上。」

周汝敬、周汝敬、周汝敬……。

我一邊等待公車一邊在心底覆誦我的名字。取走媽媽骨灰罈的人留下的名字是周汝敬。

是啊！那女人的名字也是周汝敬！

「小姐，妳不搭嗎？」

我的名字之所以為周汝敬的原因。

「小姐？」

那個令人倒胃口的丫頭。

公車丟下我駛離了。

她是媽媽離家出走後，直到我高中畢業為止，透過房東奶奶提供每個月最低生活費的人。當我結束孤單的高中畢業典禮回到家裡時，房東奶奶把講到一半的話筒遞給了我。

那天是我第一次也是最後一次和她短暫通話。

周汝敬，她說的第一句話很簡單。

「背下銀行帳號了嗎？」
「記下了。」
「唸出來。」
在她寫下我唸出的銀行帳號時，我的腦中浮現了太多問題，卻猶豫著不知道應該先問什麼。
您能聯繫得上媽媽嗎？
我還有別的家人嗎？
怎麼都沒人來找我呢？
……謝謝您一直幫助我到現在。
就在我決定開口要先表達我的感謝時，她重重地嘆了口氣說：
「希望妳千萬不要活得跟妳媽一樣，就這樣。」
接著電話就掛斷了，不到一分鐘，戶頭就有一千萬韓元入帳。那是最後一次。
不管是通話或每個月支付的生活費都是。
戶頭上顯示轉帳者的名字為「周汝敬」。
周汝敬匯了錢給周汝敬。
拿走媽媽骨灰罈的女人是周汝敬，我的阿姨。
她會是「限制來電顯示者」嗎？那麼阿姨為什麼要隱藏自己的真實身分打電話給我？她會是戴紅框眼鏡的男人告訴我的電話號碼的主人嗎？阿姨為什麼現在才要將媽媽的骨灰罈移到更高級的靈骨塔？
我得見她一面。

***

我跟有振約好每週四下午兩點在圖書館前面碰面。有振說既然我不去學校，會需要一個定期外出的地方，所以就推薦了圖書館。司機阿姨送我到圖書館之後便去接女兒們放學了。

育幼院時期，那邊有的書籍大部分都是人家捐贈的，所以有時會發現相同的書就有三本。由於種類不多，早早就把所有書都讀完的我，對於有粗糙插圖及無聊文字的書失去了興趣。

直到有一天，育幼院播放了一部叫做《哈利波特》的電影（主角是個小男孩，孤兒的設定讓人毫不意外，是部讓人無謂地相信總有一天能開啟魔法之門進入全新世界的電影），但讓我連著好幾天都興奮得難以入眠的不是魔法，而是圖書館。

我經常閉上眼睛，想像自己搖身變成在拍攝場景的愛爾蘭三一學院圖書館讀上一整天書的妙麗，一頁一頁翻閱著長走廊的櫟樹書架上成排的書本。幾天後，我拜託格外疼愛我的大學生志工姊姊帶我去圖書館，後來她跟剛交往的男友一起拜訪育幼院，取得院長的許可後，帶我去了附近的區立圖書館。

雖然比不上三一學院圖書館，但這輩子第一次看到數量這麼可觀的書籍，我覺得自己到死前都有事情可做了，不禁高興得快要掉下眼淚。大部分的孩子都是和父母在一起，但這是我第一次一點也不羨慕他們。

我一整天沉浸在讀這讀那的，志工姊姊和男友則是兩人甜甜蜜蜜地約會。到了下午，眼見逐漸接近回育幼院的時間，我急著想把看到一半的書看完，可是因為還剩下一半以上，所以我只能乾著急。

「這麼有趣啊？」

「對、對！要是停在這裡，我整個禮拜都會很難過的。」

「那當然不行啦。只要借走就可以了，妳可以自己來還書吧？」

竟然可以借走這些書，如果這是真的，往後的每一天都會像是聖誕節。我開心地又多挑了幾本想借的書拿在手上，和他們一起在借閱窗口等待。

排隊的父母遞出某樣東西後，圖書館的職員用條碼掃描器確認後，將書交給了他們。手續非常簡單。終於輪到了我們。

「啊……可能不行耶。」

必須要有借書證才行。若是未滿十四歲的孩童想要辦理借書證，就必須和監護人同行，還要帶著家庭關係證明書、身分證和照片。她當然不是我的法定監護人，而我也不是任何人的孩子，所以也沒有家庭關係證明書。書借不到了。我快速地把拿在手上的書放回原位，卻聽到了她對圖書館的職員說的話。

「其實那個孩子沒有父母，因為是育幼院的孩子。」

「唉呀，那只要育幼院的負責人成為代理人就可以借書了。」

「總之今天是借不到了呢。」

「是啊。」

志工大感惋惜，男友則是摟著她的肩膀。

「怎麼辦，她好可憐……」

「對啊，唉……」

回育幼院的路上，我就像個剛開心完成冒險的人似的嘰哩呱啦說個不停，但在他們的眼中我就是個「可憐的孩子」。之後他們沒有再來育幼院，而我也有好一段時間沒去圖書館。

有振準時在兩點到達，我們去了圖書館前面的手工漢堡店。有振點了手工漢堡套餐，我點了地中海式沙拉。

「趕快，海娜，時間快到了。」

幾天前通電話時，有振就一直很興奮地談論圖書館的小型公演。我還以為是什麼了不起的公演，結果不過就是老掉牙的傳統故事兒童劇，無聊到我連內容都記不得。

相較之下，有振看表演時從頭到尾都非常專注，直到短劇結束後，他的鼓掌聲也比任何人都要大聲。

「不覺得那些人很帥嗎？聽說全部都是戲劇系的大學生。他們一個月大概會有兩場公演，真的太帥了。」

這時我才意會過來，令有振著迷的不是傳統故事。

「這也是祕密哦，我偶爾會一個人在家裡練習。」

「剛才看到的那個？」

「嗯。」

「好玩嗎？」

「超好玩，只要我想要，我可以成為任何人，什麼都能做。」
我記得一年級時，有振上臺報告時說自己將來的夢想明明是成為「宇宙科學家」。二十六名學生中，除了有振之外，還有三個人說要成為宇宙科學家。
「你也想變得跟那些人一樣嗎？」
「什麼？妳是在問我想不想成為演員嗎？」
「不是嗎？」
有振笑得很大聲，大到讓我無法理解。
「我的天啊，當然不是了，我會成為知名的科學家。」
「我還以為你想跟那些人一樣成為演員。」
「也不是完全不想，但不可能。」
很奇怪，我馬上就理解了，所以沒有再問下去。有振想成為宇宙科學家的夢想，跟那些看科幻動畫的孩子們天馬行空地做夢不一樣，他是真的只能成為宇宙科學家，那是「她」所期望的。
「陳海娜，妳呢？」
「我？」
「明明有聽妳上臺報告，可是卻想不起來，妳那時說什麼？」
我也想不起來自己在將來的夢想那欄寫了什麼。
老師？護士？醫生？大概就那類的？
在圖書館看書看到一半，隨著Ate與司機阿姨來接我們的時間逐漸到來，我們只好闔上沒讀完的書。

「要借嗎？」

我沒跟有振說我沒辦法辦借書證。

「不了，這本書不怎麼樣。」

米歇爾・恩德的書會有可能不怎麼樣嗎？其實我讀得正高興。

年紀跟我相仿的女生沒有監護人的陪同，拿出借書證順利借了書。過程簡單到令我生氣。我在等去上廁所的有振時，腦中突然跳出了「那個名字」，於是走向了借閱窗口。

「我忘記帶借書證了，不能下次再拿來嗎？」

「這恐怕有困難，不過妳知道會員編號嗎？」

「知道，082613。」

「高恩律，對嗎？」

高恩律，在第一個領養的家中替我取的第二個名字。

「對，是高恩律。」

我用三年前的那個名字，輕而易舉地借到了書。

從圖書館回來後，我換了衣服，吃了預訂的控制血糖餐盒。為了幫助消化，我播放影片，跟著做了簡單的伸展動作後，更換了胰島素幫浦的軟針，接著洗完澡之後，我將智子抱在懷裡並躺在床上。

大約過了兩小時吧，今天也同樣睡不著。

我爬起來閱讀借回來的書，這時收到了有振的訊息。

——我找了一下，妳的未來夢想寫的是媽媽，真的好特別。

——有什麼特別的？

——媽媽是自然而然就變成媽媽了啊，這怎麼會是未來的夢想？

自然而然？有振果然跟我活在不同的世界。

結束對話後，我關燈把智子緊緊抱在懷裡，又把棉被拉到了鼻尖，接著暗自悄悄地說了：

「媽媽……」

和生下我的她所共度的時光，僅有在她肚子裡的十個月，那幾乎就是全部了。她是在很久以前就死掉的人。

準確來說，她是被殺死的。

被綠意盎然的低溫室中央，趴在櫸樹餐桌上死去的我的養母……。

＊＊＊

來到這個家之後，潔妮就鼾聲連連，但因為她再也沒有把棉被蓋到頭上（現在反而是一腳踢開了棉被），所以我決定什麼也不說。

不知道是不是潔妮的鼾聲有什麼奇妙的催眠效果，我夢見了「多年前的那天」。夢中的我依序碰見了童年時期最幸福與最不幸的一天。

那是夏季梅雨綿綿數日剛停歇的隔日。

就算每天清掃也依然髒亂不堪，整個村子就只有上下坡路的月亮村[6]巷弄難得變得乾淨起來。總是因為有人在爭吵而喧鬧不已的村子，那天卻不知為何整日都靜悄悄的。那是個唯一的騷動就只有貓咪打哈欠的罕見日子，一切是如此祥和。

那是個藍色喇叭花堅忍地戰勝豆大的雨滴，在牆面之間成排列隊，就連在地面裂縫長出的雜草也顯得清新的夏日午後。凌晨時分，喝得酩酊大醉的媽媽踩著踉蹌的腳步回來時吐出來的嘔吐物，也同樣被雨水沖洗得乾乾淨淨。

房東奶奶去探望剛分娩的媳婦，家裡就只有媽媽和我兩人。我在院子的角落摘了房東奶奶種的鳳仙花，正在用碎石搗碎花瓣，打算替媽媽和我的小拇指指甲上色。

通常這時間媽媽不是在睡覺，就是和某人滔滔不絕地通電話，但那天不曉得是否因為晚霞散發出神祕紫光，媽媽躺在涼床上望著天空哼著歌。

那天即便我走近，媽媽也沒有走開。我很想說點什麼好將媽媽留在身邊，但很可惜的，我對媽媽一無所知，媽媽也對我完全不感到好奇，以致於我能說的話是如此微不足道。

「我的名字為什麼是周汝敬？」

媽媽冷笑了一下，說出的第一句是：

「倒胃口的丫頭，看了就討厭。」

---

6 月亮村是貧民村的另一種說法，有別於一般貧民窟，它是在急速近代化與都市化過程中，由無力遷移市區的窮苦人家在山坡上組成的村落。因位處高處，靠近月亮而得名。

我並不是在問媽媽我為什麼叫做汝敬，而是我的姓怎麼會跟媽媽一樣都姓周，媽媽回答的卻是我為什麼是「汝敬」。

「我們明明是在同一個時間從同一個肚子裡出生的，不對，我早了大約一分鐘出來吧。總之很奇怪，我好像打從一開始就知道了。」

「知道什麼？」

「知道我們絕對無法成為姊妹，她好像也知道。」

周汝敬是媽媽的雙胞胎妹妹，也是我從未見過的阿姨。媽媽替自己的女兒取了雙胞胎妹妹的名字。

媽媽的小拇指指甲比我想的要長，所以需要更多的花瓣。我怕媽媽說完話後就會走開，所以趕緊再去摘了些花瓣來搗碎。

「可是我們怎麼沒有見過阿姨？」

「我們？哪是啊，是只有妳沒見過吧，我偶爾會見到她啊。當然，不管是妳阿姨或外婆都不怎麼高興見到我。」

「為什麼？」

「因為那些人跟我們不一樣，非常不一樣。」

「怎麼不一樣？」

「要是妳外婆現在見到妳在搗碎花瓣，肯定會嚇得倒抽一口氣。」

媽媽咯咯發笑，不知道是覺得哪裡有趣。

「因為我把花折斷嗎？」

「不，是嫌髒。」

「可是我已經洗了好幾次手……」

「沒差，那些人覺得髒就是髒。他們那種貴族不只絕對不會靠近髒的東西，還會嚇得花容失色，我也才會被趕出來。」

我突然覺得很生氣，停下搗花瓣的動作。

「媽媽……哪裡髒了！」

「我？嗯，第一我不會唸書，很早就學會化妝，還有很早就跟男人交往，他們說那樣很髒。」

媽媽不知道為什麼老是笑個不停。已經分辨不出形體的紅花碎渣散發出腥味。

「周汝敬阿姨呢？」

嘻。我覺得講出自己的名字很好笑，所以笑了一下，但媽媽臉上的笑容卻消失了。

「倒胃口的丫頭，那丫頭不管在學校或在路上都裝作不認識我。要是我想伸手去碰她，她就會像是沾到髒東西似的洗個不停。她怕跟我有任何相似的地方，所以沒事就戴上眼鏡，一下子把頭髮剪了，一下子又留長，一下子綁起來，一下子又放下，根本是在發神經。」

「為什麼？」

「她怕看起來跟我一樣。」

阿姨為什麼要那樣做？

「瘋女人，因為她越是那樣做，我就越會裝得跟她一樣，就連老師們，有時候連妳外婆都會被騙過去。」

我將剛搗好的花瓣泥放在媽媽的小拇指指甲上頭，一想到要在上頭蓋上剪下的薄塑膠袋並用線固定好，心裡不免著急起來。

幾天前，同班同學賢珠的小拇指指甲上塗了猩紅色的花液。

「聽說在下初雪的那天，如果雪片掉在一起塗鳳仙花花液的兩人的小拇指指甲上，就一輩子不會分開。」賢珠說。

「誰說的？」

「我媽媽。」

賢珠說她和媽媽一起用花液替小拇指指甲染了顏色，所以回家後我就一直等著房東奶奶種在菜園的鳳仙花趕快長大。奶奶說等今年秋天一過就要把菜園的花全部清掉，撒下生菜與辣椒種子。幸好鳳仙花長得十分茂盛，綻放的豔紅花朵輕輕搖曳，但媽媽總是喝得酩酊大醉後睡得不醒人事，不然就是突如其來大發脾氣，然後又沒來由的哭個不停，所以我沒有勇氣在媽媽的小拇指指甲上放上花瓣泥。

但在村子裡撒下魔法的此刻，媽媽正安靜地躺在我身旁。在魔法失效之前，我必須趕緊替媽媽的小拇指指甲染色。

幸好媽媽還繼續在說話，而我只知道我的名字跟媽媽的妹妹，也就是跟「那個倒胃口的丫頭」一樣。現在該把搗好的花瓣放上小拇指指甲了。

「有一次我隔了好幾天才回家，結果那丫頭卻在妳外婆面前哭得一把眼淚一把鼻涕。我還心想她在發什麼神經，但後來覺得這也無可厚非。」

媽媽噗哧笑了出來。

「為什麼？」

現在只要用線固定就完成了，可是濕掉的絲線卻老是綁不起來，害得我好焦躁。

「她說有人在路上喊她『周美敬』。」

周美敬是媽媽的名字。有人把阿姨誤認為媽媽，阿姨覺得很委屈，所以才哭得那麼傷心。

媽媽說完後並沒有笑。紫光晚霞轉為靛藍色的夜幕，媽媽的故事也說完了，而我好不容易才打好了結。

媽媽突然轉身側躺，直勾勾地盯著我，接著一把摟住我的後頸，在我的耳畔悄聲說道：

「妳喊媽媽的人是我，但為什麼妳身上卻散發出周汝敬的味道？」

媽媽一如往常化好妝後出門去了。

雖然花瓣泥掉光了，但媽媽的小拇指指甲上依然帶有淡淡的鳳仙花色，而第一次和沒有喝醉的媽媽聊這麼久的我，覺得一切都好令人滿足。

隔天是週日，所以我和賢珠去了教會，但回來之後卻發現媽媽放在化妝臺的化妝品全都不見了。媽媽有好一段時間都沒有回家，和我名字相同的阿姨透過房東奶奶傳達的內容是這樣的——

媽媽沒打算再回這個家，直到我完成高中學業為止，阿姨會支援房租和生活費。

條件只有一個，就是不能告訴任何人我被獨自留下。

在我的請求下，房東奶奶有好幾天沒有鎖上大門，但一過半個月，奶奶就把大門鎖上了，到了凌晨，我就會揉著惺忪的雙眼偷偷跑去打開大門的鎖。

阿姨依約透過房東奶奶寄給我房租和生活費，到了秋天，房東奶奶就把鳳仙花全部拔光，在上頭撒了白菜和蘿蔔的種子。

根據晚間新聞的天氣預報，明天會下初雪。

我的小拇指指甲上依然還殘留朱紅色鳳仙花花液，但媽媽的指甲呢？要是明天的初雪能飄落在我們兩人的小拇指指甲上，那該有多好呢？

果然如天氣預報所說，從隔天傍晚就開始下起初雪。正當我去院子打算先把大門打開時，卻看到媽媽身穿宛如大熊般的大衣，塗成大紅色的嘴唇笑得很燦爛。那真是個奇蹟。白色雪花一片片落在毛茸茸的褐色絨毛上頭沒有融化，媽媽戴著墨鏡，眼睛周圍青一塊紫一塊。

我雖然非常好奇媽媽的小拇指指甲變成什麼樣子，但媽媽戴著藍色皮手套，所以看不見她的手指。媽媽似乎沒打算進入屋子內，杵在大門外不動，但停在巷口的汽車車頭燈像在打信號似的閃爍不停。

「妳身上有錢吧？妳阿姨寄來的。」

「有。」

那天是阿姨說好要寄房租和生活費的日子。

黃色燈光再次閃爍，映照在巷弄的牆面上。

「我現在急需那筆錢。」

我趕緊回到房裡，把收進抽屜的裝錢信封拿在手上，赤腳跑出來站在媽媽面前。媽媽塗著厚厚口紅的紅色嘴唇笑得很開心，伸出了戴著手套的手。

「這筆錢是我拜託她的，是為了妳。知道吧？」

「知道。」

「就說錢被偷了，那她就會再給妳。」

「好的，我會這樣講。」

「好，那……」

媽媽大概是覺得已經說服我了，所以就晃了晃手要我交出信封。我踩在積雪上頭許久的腳底板開始發疼刺痛。

「脫掉手套。」

「喂，妳是在說什麼啊？趕快交出來。」

「把手套脫掉，讓我看一下手。」

「妳真是莫名其妙。趕快把信封給我。」

「……媽媽先脫掉手套。」

等到車頭燈再次閃爍，媽媽便神經質地脫掉手套，伸出了手掌。

我伸出顫抖的手，將我的手疊在媽媽的手上。從天而降的雪花在我的小拇指指甲上稍作逗留，然後很快就融化了。好，現在換媽媽了。我握住媽媽的手翻了過來。原本覺得刺痛的腳底板失去了知覺。片片雪花落在媽媽以紫紅色指甲油華麗裝飾的指甲上頭。她像是忍無可忍似的一把劫走信封，接著把手套進手套。

「不要說我來過，知道嗎？」

「……」

她對著低下頭沒有回答的我說：

「那再見了。」

她和我還會有再見的一天嗎？

她離開之後，我在原地站了許久，最後鎖上了大門。

痕跡

有時，一切照舊是很可怕的。

狹窄的巷弄、在雜亂堆疊的石頭上隨意潑灑水泥形成的階梯、長滿黴菌與苔蘚並散發霉臭味的牆面，還有因為未經修剪以致於枝葉亂竄的樹木長得跟人一樣高，妨礙行走。

大部分的房子大門與牆面上不是用紅色噴漆標示了「×」，就是潦草寫上了「歡迎都更」、「此有居民」等紅色字體。就像在證明這裡的空屋依然有人居住似的，每個角落都有成堆或碎裂的煤灰在滾動，某人爭吵的聲音亦如回音般傳來。

我做夢也沒想到會自發性地再次回到這裡。走上階梯的我就像踩著泥濘般的過去，站在它流出的汙水上頭，每一步都令人痛苦又作嘔。

終於我來到那棟房子，站在它的大門前，雙腳頓時感到冰涼發疼。我打開因為生鏽而發出「嘰咿」聲的綠色大門，一走進院子，就看到曾經種植鳳仙花的小小菜園早已雜草叢生，在院子的涼床上灰塵形成了如波浪般的紋路。由於長年無人居住，那些毀損故障的生活用品失去了作用，散落於各種讓人意想不到的角落，殘破半敞開的大門之間，與牆壁分離的壁紙隨時都會脫落。

這個家的一絲一毫都不值得回憶。

曾是廚房的地方凌亂不堪，可看見破碗、生鏽的餐具與桌腳斷了的飯桌。一看見占領流理臺的黴菌和蜘蛛絲，我就忍不住連連咳嗽。我把手機的手電筒湊近牆面與天花板之間的縫隙內。那個東西，還在這裡嗎？

我撿起地板上的一雙筷子，開始把夾在牆面縫隙的東西拉了出來。接著，筷子的前端拉出來的是一張老舊的照片，是我小時候偷偷藏起來，當成寶物般珍藏的照片。

我來到院子，用袖子把灰塵撢乾淨後，照片也變得清晰可見。是媽媽剛分娩後背對躺著的背影，和房東奶奶面無表情地抱著剛出生的我的樣子。

這張照片是她和我唯一的合照。

小時候的我在媽媽的化妝臺抽屜發現了這張皺巴巴的照片後，因為擔心會被發現或被搶走，所以把照片藏在廚房天花板的縫隙。我會偷偷拿出來看，內心暗自祈禱媽媽能轉身看看嬰兒，那時，我的祈禱近乎乞求。

就在我打開大門正要出去時，某處傳來噴漆噴灑的聲音，畫在綠色大門上頭的「×」簌簌流下了紅色液體。

「喂！不能擅自進入空屋！」

發現我的口罩男不耐煩地說。

「您知道原本住在這裡的奶奶去哪裡了嗎？」

男人以狐疑的眼神打量我。

「怎麼，妳是誰啊？看起來不像來討債的啊。」

「我是曾經跟奶奶租房子的人，想來找房東奶奶。」

男人看著我的狐疑眼神中多了一種「不會吧」的意味。

「妳是那個一個人住在這的丫頭？是耶。」
男人脫下口罩，但我不認得他的臉。
「您認識我嗎？」
「這裡哪有人不知道妳。一個人住的孩子，哇，現在是個大人了，歲月不饒人啊，對吧？」
過度表現欣喜之情的男人，不知為何語調瞬間冷卻下來。
「傳聞說……妳有出現在什麼新聞上，是嗎？」
「對，我剛出獄沒多久，奶奶還在世嗎？」
男人似乎下了「到頭來，孤零零長大的孩子成了罪犯啊」的結論，用不悅的表情盯著我。
「妳找那個奶奶做什麼？」
「我有事想問她。」
「奶奶很長壽，所以是還在世……但她人在一個不太吉利的地方。」
該死，只要不是得失智症就好。
「在哪裡？那個不太吉利的地方。」

真沒想到我會這麼快又來這裡。

房東奶奶被抓去關了，事情大致上是這樣的。在我小的時候，房東奶奶也經常替街坊鄰居燙髮，後來她萬元韓元燙髮「效果持久」的傳聞傳了出去，轉眼間奶奶家就成了附近女人家串門子的地方。房東奶奶一如往常起了會，多虧她為人誠實，所以就連鄰村的居民也紛紛加入，奶奶的手上因此有一筆為數不小的錢在周轉。

問題出在房東奶奶的小兒子把會錢拿去當種子基金做生意失敗了，損失金額少說有二十五億韓元。

即便是這種到了冬天，就會因為水管結凍而必須用熱水替水龍頭解凍的社區，竟然也能擠出二十五億韓元，著實教人吃驚。也因為這樣，即將邁入八旬的七十九歲奶奶，帶著詐欺罪的罪名鋃鐺入獄。

數十年不見，房東奶奶的眼神依舊冷漠，就跟照片中初次接過嬰兒時一樣。過去她不曾分過一片替孫子們烤的肉給我，要是我因為感冒而咳個不停，她會先把電視音量調大。畢竟我是個就連生母也狠心拋棄的孩子，所以房東奶奶的行為倒也不曾令我覺得難過或冷酷無情。

我對她來說依然是那個「以前租她家房子獨自居住的小女生」，所以我也覺得很自在，只簡單扼要地表明來意。

「妳臉上確實還留有小時候的樣子。」

「我有事想請教，您還留著那女人的聯絡方式嗎？」

「誰？妳是說妳阿姨嗎？沒有，當然沒有了，妳離開之後就沒理由跟她聯繫了。」

「好的。」

「妳是知道了什麼，找她幹什麼？」

這反應倒是我沒預料到的。是我的錯覺嗎？怎麼覺得她是在叫我「別去找阿姨」。

「只是有件事想確認。」

我故意裝傻，她便轉移了話題。

「妳過得怎麼樣？聽傳聞……」

「對，直到不久前我也在裡面。」
「那家裡……」
「算是萬幸囉，我看會全部拆掉呢。」
房東奶奶彷彿聽見老家被轟炸的消息似的，臉上短暫浮現一抹惋惜。
「那您保重身體……」
走出接見室的我，總覺得房東奶奶的反應很微妙。
奶奶竟然說，我是知道了什麼，找她幹什麼。
我應該要知道什麼，又是基於什麼理由不該找那個人？
如今我必須知道，媽媽為什麼偏偏要用「那個倒胃口的丫頭」的名字來替我命名。

＊＊＊

為了海娜的定期檢查，一週我會以監護人的身分去醫院一次。看著等候室另一頭忙碌奔走的護理人員，想到我也曾以相似的模樣存在於某處，不由得發出慨嘆的輕笑。我能否回到那時呢？
我那些可愛純樸的患者，他們不曾皺眉或一臉不安地來到醫院，反而是要離開療養院的人情緒非常激動，而我為他們竭盡了全力。也因為這樣，我那猶如黃金般珍貴的二十代就這麼飛了。
「楚仁慧小姐。」
海娜撞了我的側腰一下。
「輪到我們了，因為換了主治醫師，所以她認不出來，但還是要小心。」

「知道了。」

接受各種檢查後，海娜看起來十分疲憊。走進診間，一名介於四十五歲到五十歲之間的女醫師露出親切的微笑迎接我們。正在看檢查報告的醫師將閉上的嘴脣嘟向一側，然後又回到原位。

「換主治醫師是有什麼特別的理由嗎？金醫師在兒童糖尿病這一塊也是赫赫有名的。」

我說出了事先準備好的答案。

「兒童糖尿病論壇的媽媽們對醫師您稱讚有加……而且畢竟海娜是個女孩子，所以面對男醫師也有些不自在。」

「哈哈，這麼快呀？不過海娜媽媽，最近海娜經常有睡不好或吃不下飯的情況嗎？」

這些我倒是不知道。

「因為如果血糖圖表一直出現這麼大的落差就會有問題。您看喔，圖表上經常出現突然往上升或下降的情況，就算數值偏高，但能持平的話還是比較好。雖然您現在也肯定盡了全力，不過仍然要再費點心，還有我看看……啊，去年曾經因為低血糖入院呢。」

「……」

其實這就是個沒有特別對策的病，要記得注射胰島素、調整飲食、適當運動，還有不能有壓力，這些建議都已經聽了無數遍。

醫師急忙叫住了正打算走出診間的我們。

「海娜媽媽？」

「咦？」

「啊，海娜的爸爸是陳相元先生嗎？」

就跟「楚仁慧」這個名字一樣，「陳相元」這個名字對我來說也很陌生。

「對，他是我爸爸。」

「哈哈，因為我家大兒子的小提琴是陳大師的作品。啊，這真是太榮幸了，今天晚上我得跟兒子炫耀一下了。」

雖然醫師很高興見到我們，但聽到醫師的話後，我們想的卻是又得重找醫院了。

一走出診間，海娜的臉就開始發白，手和臉上都滲出了冷汗。我讓海娜躺在走廊的長椅上，從自動販賣機取出運動飲料讓她喝下。

我把渾身無力的海娜抱在懷裡，說：

「什麼都不用擔心，因為醫院多到數不完。」

眼睛瞇成一條線的海娜沒有說話，只是緩緩地眨著眼睛。

＊＊＊

潔妮在睡夢中喃喃說著陌生的外語。明明就有好多間擺了床的房間，我們卻放著不睡，而是在客廳鋪上毯子起居活動。反正我很習慣在地板上生活，但潔妮究竟為什麼要這樣做呢？

值得慶幸的一點是，儘管生活的一切暴露在彼此面前，但並沒有感覺到哪裡不方便。在我所知道的幾件關於潔妮的事中，包括了她只有在說韓語時會結結巴巴，她對電腦很拿手，還有由於人在美國的男友是墨西哥人，所以她的西班牙語說得頗為流利。

儘管一天的時間都被她拿來浪費在寫郵件或打電話給男友，但很不幸的，在美國的墨西哥男友卻杳無音信。

「這年頭還有可能斷訊？是他想斷絕往來吧。」

聽到我的話後，潔妮又把棉被蓋到了頭上，但我知道她會守約，不會發生跟以前一樣的事，所以就任由她去了。

從不久前開始，潔妮就不再自殘，而是改成被食慾占領，一見食物就抓來吃，不管我再怎麼努力填滿冰箱，過了兩天就又會被徹底清空。有一天我見到好不容易去買菜並填滿的冰箱，竟然一天不到就已經空了，於是把潔妮叫來我面前（雖然我知道這樣很小氣）。

「我分明說過了，妳不能再過得跟以前一樣。說說看，妳有什麼想做的事？」

「我……我沒有想……想做的事。」

「我也是，但還是要做，不管是妳或我不是都活著嗎？」

「那我……我應該死……死嗎？」

「妳知道這裡是四十八樓吧？」

「知道。」

「跳下去就一了百了。妳那些針扎了也就是滴幾滴血，就別磨蹭了，乾脆一口氣跳下去。妳想要的話我可以替妳開窗戶，我是可以給予這點方便的。」

「……我、我有懼……懼高症。」

「怎麼可能？妳不是都睡在上鋪嗎？」

「那是不……不得已的，如……如果待、待在下面……」

「待在下面怎樣？」

「……會一直被摸……」
不用再聽下去，也能感覺到自己親眼目睹了潔妮過去生活的一幕，但正如同那件事並非她的武器，我也同樣無法成為她的盾牌。
「那不關我的事。」
潔妮嘟起了嘴巴。
「妳三個月後就會離開這個家了，而且是一個人。萬一妳說要回庇護所，我會把那個上鋪的腳都鋸下來，讓它變成單層床鋪。」
「姊……姊姊是壞……壞人嗎？」
「有時，還算滿常的。」
又過了幾天，大廳櫃臺那個叫經理的女人聯繫了我。她擅自稱我為「海娜的阿姨」，要我留意一下潔妮在電梯貼傳單的事情，又說如果我們有意願，她可以幫忙在三樓的海里蒂奇俱樂部開課，我還納悶她是在說什麼。後來，潔妮的西班牙語民謠課程（比起潔妮會說西班牙語，她教人唱歌這件事更令我吃驚）開課，而且一天內就額滿了。
這時我才開始覺得，或許過去潔妮跟那個墨西哥男人確實談了一段真摯的感情。不久後，潔妮開始把冰箱塞得滿滿的，甚至她眼見冰箱沒空間放食物了，又多訂了一臺冰箱。之後只要我打開冰箱門，潔妮就會直瞅著我，像要讓我想起先前自己有多小氣似的，然後一邊舔著冰淇淋一邊說：
「盡、盡情吃吧，因為往後我、我會一直跟姊、姊姊在一起的。」
到櫃臺領取潔妮的包裹時，櫃臺經理看到我的簽名後瞪大了眼睛。

「海娜的阿姨，您的名字真的叫做周汝敬嗎？」
「怎麼了嗎？」
她用手指著掛在大廳的畫作。
海娜每次在大廳等我時，都會目不轉睛地盯著那幅畫作。
「那邊那個。」
「那幅感覺很陰沉的畫嗎？」
「您不知道嗎？那位畫家的名氣很響亮。」
「因為我沒閒到有空去欣賞什麼畫作，那我先走一步。」
我正打算拿著包裹離開，她開口說了：
「周汝敬。」
搞什麼？居然隨便叫別人的名字。
「那位畫家的名字，和您的名字一樣。」
難道是那個女人？
女人走了過來，像是看穿了我的心思。
「您的姊夫在您入住之前捐贈了這幅畫作，我還以為是您的喬遷之禮呢，您沒有聽說嗎？」
「在哪裡能見到那個人？」
「周老師嗎？運氣好的話，應該能在展覽上見上一面吧？啊，正好我們住戶送了幾張展覽招待券，要給您嗎？」
「好的，請給我兩張。」

展覽

VIP展覽邀請函。

美術館入口有著以圓形牆面裝飾的獨特外型，混凝土與樹木的質感形成絕妙的平衡，身穿黑西裝的男人們正在此替為數不多的入場賓客確認邀請函。

在盛裝打扮的人們一邊享用大廳備有的簡單茶點、一邊等待入場時，偶爾會傳出咀嚼餅乾的聲音，而那些不快目光的聚集處，正好是海娜和汝敬並肩而坐之處。

汝敬身穿與展覽很不搭調的橘色飛行夾克，搭配破洞緊身褲，一邊持續抖動左腳、一邊吃著蝦條；而在她身旁的海娜則是紮了兩條辮子，穿著腰上繫著紅緞帶的草綠天鵝絨洋裝和黑色漆皮皮鞋，猶如洋娃娃般靜靜地坐著。

餅乾屑從汝敬的手上掉到膝蓋，海娜隨即從手提包拿出手帕，攤開鋪在她的膝蓋上。

「這樣很失禮。」

「妳幹麼跟來這裡嘮叨啊！」

「妳好像忘了，今天可是工作日。」

「妳也要吃嗎？」

「肚子餓的話，請吃那邊的東西。」

「那都是免費的喔？不早說！」

海娜還沒來得及點頭，汝敬就已經拿起一個可頌三明治塞滿了嘴巴。

廣播宣布導覽即將開始，穿著時髦套裝的女人站在人群之中，打開了耳麥的開關。

「大家好，歡迎各位今日大駕光臨，我是負責解說周汝敬老師的『消失的雙胞胎（Vanishing Twin）』系列的策展人，金京真。在開放給大眾參觀之前，我們邀請了一直以來贊助我們美術館的特別貴賓，也使得今天格外意義非凡。導覽預計進行三十分鐘左右，導覽過程中如果有任何與作品相關的問題，也請各位隨意提問，那就請大家多多指教了。」

女人環顧一圈，目光停留在汝敬手上拿的餅乾袋，其他人見狀，也不快地默默發出咂舌聲。

「啊，想必各位都知道……當然了！就展覽禮儀來說，包含飲料在內的食物都禁止攜入，餅乾也一樣，對吧？」

聽到女人的話後，汝敬抱著餅乾袋說：

「畢竟我這輩子不知道有這麼當然的事。那就先寄放在這了，因為還剩下很多，丟掉不是太可惜了嗎？」

「好的，沒問題。我們會好好保管，讓您在展覽結束後能立即取回。」

其他員工過來拿走餅乾袋後，女人便甩了一下手，戴上白手套，帶著包含汝敬和海娜在內的觀眾走進了展廳。

在她的所有畫作與雕塑作品中，都有兩名少女出現。

兩名少女在水霧氤氳的平靜江河上步行，也在波濤洶湧的巨浪中，站在險象環生的船隻兩端；她們坐在衝破雲層的階梯的某處，也飄浮在空無一物的半空中。幾乎是身處空間兩極的兩名少女背對著觀眾，完全只以背影示人。也因為這樣，她們兩人也沒有面對面。既無法看到她們的臉，而且因為兩人一模一樣，所以找不到任何能夠區分兩人的其他特徵。

導覽過程中，包括海娜在內的觀眾都沉靜認真地欣賞作品，但只能看到這兩個猶如幽靈般的小女生的後腦杓，汝敬逐漸感到煩躁。

「導覽老師！」

「是的！您請說。」

「什麼時候可以看到她們的臉？因為我悶得發慌了。」

正當其他人都在竊竊私語說這是什麼怪問題時，女人倒是稱讚這是個好問題。

「想必大家都很好奇兩位少女的長相或表情吧。一般來說，當畫家有意隱藏人物的某種樣貌時，鑑賞者都會主動代替畫家描繪自己想像的表情或臺詞。對某些人來說，這位少女可能在笑；對其他人來說，少女也可能是處於怒氣沖沖的狀態。這位發問的觀眾，您覺得這兩位少女正在對看不到的彼此說些什麼樣的話呢？」

當眾人投來毫無期待的目光時，汝敬噗哧笑了出來，回答道：

「大概是『倒胃口的丫頭，看了就討厭』那類的？」

大家像是被汝敬吊兒郎當的態度冒犯似的瞪著她，但海娜卻用手摀嘴發出了「噗！」的笑聲。

走進主題為「分離」的第二展廳時，汝敬要比任何人都要早發現區分兩名少女的特徵，那就是緊握的拳頭。

一名少女握緊了右手拳頭，另一名少女則是握緊左手拳頭，但在第二展廳的所有畫作中卻反覆出現了相同的行為。女人解釋，這是兩名少女透過創造出某種「差異」才得以與對方分離、獨立的過程。汝敬很好奇，在已經保持距離又不看著彼此的兩人之間，分離到底有什麼意義？

走進以「贖罪」為題的第三展廳，眾人發出了小小的驚嘆聲。超過二十坪的展廳形成一個傾斜的六面體，猶如窗櫺般的長條陰影從天花板延伸至地面。觀眾會產生彷彿自己被困於六面體的錯覺，但延伸至天花板與地面的長條陰影，最後在展廳中央凝聚成點，創造出全新的立體空間。

在那些點的中心處，一名始終受困於畫中的少女蜷縮著身子蹲坐在那裡。這是一幅引發全像投影錯視的畫作。正當所有觀眾都沉浸於這幅作品時，汝敬卻很好奇兩名少女之間發生了什麼事，以致於只有一名少女孤零零地被留下來。獨自留下的少女將臉完全埋進雙膝之間，所以也無法看到她的臉。

這次是海娜舉起了手。

「另一個人呢？怎麼沒有看到。」

「大概是消失了吧。」

「死了嗎？」

女人似乎想多看看大家的反應，並未在第一時間回答。這時汝敬若無其事地自言自語：

「沒有消失啊，是被抓去吃掉了。」

大家開始議論紛紛，女人問汝敬：

「您為什麼會這樣想呢？」

汝敬在少女全像投影的周圍繞了一圈，舉起手指著某處。

「這裡，左右手不是都握著拳頭嗎？」

答對了。女人說，少女之所以被獨自留下是一種「Vanishing Twin現象」，也就是「雙胞胎消失現象」。這是一種極為罕見的現象，原本確認有兩個胎盤與心臟的雙胞胎，在母親懷孕兩、三個月內，因不明原因導致其中一個自然消失，在心理學上也意味著雙胞胎迫切希望另一方消失的原始恐懼。最終，對於生命抱有更大渴望的那一個除去了原始恐懼，獨自留了下來。

萬一這幅作品意味著媽媽與阿姨的話，

對生命的渴望更為強烈的人會是誰？

大概是阿姨吧，因為消失的是媽媽。

那麼汝敬就更好奇了。

這名爭取到兩個拳頭的「勝者」為何不抬起頭，要將臉埋進雙膝之間？

女人似乎看出了汝敬的疑問，接著說了下去。她說，無論是哪個少女被選上，我們內心都會因為消失的少女而遭受必然的孤單與罪惡感，還說了少女蜷縮著身子就是由此引起的。汝敬很好奇將臉埋進雙膝之間的少女會是什麼表情。導覽結束，少女的背後傳出了非常微弱的歌聲。

是歌曲，是那首歌。

我知道這首歌。

是小時候的我用鳳仙花液替媽媽染指甲時，

媽媽哼唱的那首，跟她非常不相襯的歌曲。

汝敬跟著哼起歌曲，女人說了：

「這首歌沒有發表過，您怎麼會知道呢？看來您對周老師的作品特別感興趣呢。」
「只是因為一直想起了某個人。」
「如果不會太失禮，能請問那是誰嗎？」
「我媽。」
「啊，請您一定要帶她來看，她一定會喜歡的。」
「真的是這樣嗎？先不說這個，我想見見這個人，不知道哪裡能見到她？」
「周老師平時很忌諱露臉，除了幾位特別購買作品的人……」
這時，在大人腰際之間有隻小手突然舉了起來。大家的視線都從汝敬身上轉移到腰間繫著紅緞帶的小女生身上。
「小朋友，有什麼事嗎？」
「我要買畫。」
海娜看了汝敬一眼，汝敬揚起了嘴角。
「嗯，就是這樣。」
女人帶領汝敬和海娜來到有著高級皮革沙發的房間後，急急忙忙地不知打電話給誰，大概是要跟畫家聯繫吧。
一名員工開門進來，手上端的托盤上有兩杯香檳。發現海娜後，員工露出為難的表情，將兩杯香檳都放在汝敬面前。
「我只聽說是兩位，不曉得有孩子，我會再準備其他飲品。」

汝敬以手機確認海娜的血糖後問她：

「還好嗎？」

「嗯。」

通完電話的女人走向兩人。

「老師現在外出了，說若是您能留下姓名和聯繫方式，她會跟您聯繫，不知您意下如何？」

「那就沒辦法囉。」

「請問貴姓大名？」

「周汝敬。」

「什麼？」

汝敬起身，一口氣灌下香檳後，將另一杯香檳也喝光。

「很神奇吧？我的名字也是周汝敬，所以作品才會這麼深得我心嗎？」

汝敬把分不清楚她是發自真心還是開玩笑的女人拋在後頭，朝海娜伸出了手。

「現在走吧。」

從座位起身的海娜對員工說：

「請把剛才寄放的餅乾還給我們。」

女人點了點頭，員工趕緊走出了辦公室。

「您是真的打算買畫嗎？如果只是開玩笑……」

「老實說我對那種陰沉的畫作不怎麼感興趣，表達的內容又難懂到不行，可是我必須見到那個人不可。」

汝敬剛說完話，女人就皺起了眉頭，厲聲說道：

「喂，妳現在是在做什麼？甚至還帶了孩子！我到底為什麼要跟妳這種人……」

話說到一半，女人的手機響了。

「是，我是金京真。我正想打電話給您，買畫作的事就當作沒有發生，是我沒有好好確認……什麼？您說什麼？是……是，我會這樣轉達的。」

通完電話後的女人又恢復了原先的態度。

「周汝敬小姐，周老師麻煩您務必留下聯繫方式。」

這樣就確定了。

這個叫阿姨的人不知道汝敬的手機號碼。

因此她不是「限制來電顯示者」。

這個叫阿姨的人就跟以前只能透過房東奶奶和汝敬聯繫一樣，依然沒有告知自己的聯繫方式，但單方面苦等電話的時期已經結束了。

「我不打算留聯繫方式。請轉告她星期三的一點左右我會過來，希望到時能見到她，不然我可能會發點脾氣。」

走出美術館後，汝敬一句話也沒說，海娜也沒有打擾她。在沙拉專賣店用餐時，兩人也保持沉默，頂多只有當汝敬在麵包上塗鷹嘴豆泥並咬了一口，隨即吐出舌頭用衛生紙擦掉時，海娜咯咯發笑而已。

這樣的對話就足夠了。

當窗外開始滴滴答答下起雨時，司機傳來了抵達大樓前的訊息。

從走出美術館就一直沒有說話的汝敬，望著沿著電梯玻璃牆流下的雨水說：

「星期三啊，妳能一起來嗎？」

「好的。」

電梯停了下來，一對推著嬰兒車的夫妻搭上電梯。

寶寶正酣睡，兩隻小巧的手臂伸到了嬰兒車外頭。

那對夫妻在三樓下了電梯，電梯內再次只剩下兩人。

雖然雨勢逐漸加劇，但汝敬沒有帶傘。

監視

聽說是吸食毒品後點燃了蜂窩煤。

響亮的警笛聲大作，警車紊亂地停放。天空雨雪齊下，此地就像許久前就已經停止營運的遊樂園般寂寥。

兩名年輕警官在旋轉木馬和操縱室附近圍起黃色警戒線。不久後昌秀的車也抵達了。發現他的車警監，手裡拿著番茄醬滴滴答答流個不停的熱狗，一邊扭動肥胖的大屁股、一邊揮手。

在勉強能讓一個人進去的狹小操縱室座位上，一名衣衫襤褸的男人低垂著頭倒向前方。從生鏽的操縱室天花板上滴落的雨水，蓄積在男人戴的登山帽帽簷上，直到帽簷再也承受不住重量，往男人的背部嘩啦嘩啦流下。昌秀確認男人的臉之後，露出了淒涼的表情。

「是他嗎？」

車警監邊問邊用舌頭快速舔起眼見就要滴落在地上的番茄醬，昌秀點了點頭。

「喂！」車警監舉起手叫來現場鑑識小組，小心翼翼地將男人的屍體從操縱室拉了出來。由於空間狹小，在拉出男人屍體的過程中，男人垂下的手臂不知道撞到了什麼，周圍響起令人聽了不快的鈍重機械噪音，接著遊樂園特有的喧鬧旋律響起，案發現場亮起了五顏六色的燈光。

旋轉盤使勁地推開停滯歲月的重量，伴隨著「嘰」的聲響開始轉動，從靜止的木馬張著的嘴巴中發出了彷彿慘叫般的金屬聲。直到昌秀找到操縱室的紅色按鈕按下後，旋轉木馬才停止下來。

「真夢幻啊，是吧？」

「……」

「這男的該不會是來搭這個的吧？」

「這個嘛，我就不曉得囉。」

車警監從男人的老舊外套口袋中拉出手機，按下最近的通話紀錄後，昌秀的手機立即響起。男人死前最後通話的人，正是他的保護觀察官具昌秀。

死者韓某曾任職京畿道某物流倉庫，因酒醉強暴當時擔任經理、比自己大七歲多的有夫之婦，而被判處五年有期徒刑，在服刑期滿後出獄。

有著混濁的瞳孔、凹陷的顴骨，身上總帶著一處傷口的他，出獄後連個像樣的工作都沒有，只會用在餐廳做粗活的老母親賺來的錢喝酒，虛度人生。每次喝醉酒，韓某就會隨便發酒瘋，說要去向身為被害者的有夫之婦報仇。到保護觀察所上性犯罪教育課程時，韓某在播放教育影片時從頭到尾都緊閉著眼睛，理由是因為自己沒有犯罪，所以沒有看的必要。

不管是神智清醒或喝醉時，他總會宣稱自己是「無辜的」。韓某出獄前是由昌秀負責照料他的生活（並不是相信他的話，而是因為這是昌秀的工作），他對於過去韓某滴酒不沾感到很驚訝，但卻沒有能幫得上忙的地方。韓某的老母親始終相信兒子會回到從前正直健康的模樣，因此持續守護著兒子四分五裂的人生，可是就在今天，他卻死了。

昨天下午，韓某走出家門後便越過社區山坡，來到廢棄多時的遊樂園，這時在位置追蹤管制中心進行監控的人員向昌秀報告。

昌秀立即打電話給韓某，命令他立刻回家。身為性犯罪前科犯的韓某，腳踝上戴著電子腳鐐，他以醉醺醺的口氣開起玩笑說「我不能去騎馬啊？」、「老子有錢啊！」之後見他在同一個空間逗留好幾個小時，昌秀再次致電，他則是高興地接起電話。

「嘿，保護觀察官大人，今天要不要跟我喝杯酒啊？都沒人要跟我碰杯呢。要是下雨了，我就去買份煎餅，老子這點錢還是有的。」

「韓永哲先生，您還記得下次拜訪前要做酒精依賴性檢查嗎？」

就在韓某喃喃說些聽不懂的話時，手機的液晶螢幕上顯示已離婚的妻子來電。昌秀必須接起這通電話。

「韓永哲先生，我不說第二遍，請趕快回家。」

「具昌秀保護觀察官，我從小就想搭搭看這個，可是這實在太重了，重到我回不了家，也騎不上這馬，你能不能幫我拆掉啊？」

韓某說很重的東西，是戴在腳踝上才一百五十克的電子腳鐐。

「那個絕對不能亂動，會出大事的。」

「真的會出大事哦？」

韓某吊兒郎當地回應時，昌秀擔心在線上的妻子會掛斷電話，不免心生急躁。

「真的不行嗎？」

「真的不要碰那個！知道了吧？我有緊急電話進來，先掛斷了。」

昌秀趕緊結束通話，接起妻子的插播，但妻子已經掛斷了。他原本打算按下重撥鍵，這時收到了妻子的訊息。

——秀仁加入了團體家教，兩科一百五十。

距離蓋下離婚章已經六個月，昌秀至今仍不習慣自己與妻子變成了毫不相干的人。某天，妻子沒來由地劈頭說了一句：

「這樣好像不對。」

離婚後，兩人勉強還能靠女兒秀仁延續關係，但如果隨時有哪一方停下來，關係就徹底結束了。妻子不接電話，昌秀於是打給秀仁。

「是爸爸。」

秀仁不知道從什麼時候開始突然和昌秀變得疏遠。昌秀既不曾偷吃，也沒有去賭博導致傾家蕩產，更沒有動粗打過人，但不知怎麼搞的，母女倆似乎都把離婚的責任推到昌秀身上。雖然離婚協議書上頭寫了「性格差異」這個明確的理由，但兩人冰冷的眼神卻讓昌秀覺得離婚真的是自己的錯，因此經常放低姿態。

「媽媽呢？在家嗎？」

「不在。」

「吃過飯了嗎？」

「嗯。」

「吃了什麼？」

「……」

「跟媽媽說爸爸有打電話。」

「哦。」

經常是這個樣子。雖然昌秀一方面對這種反應感到失落，但他也從某一刻開始覺得尷尬，所以有時覺得這種單調的對話倒也自在。而妻子依然沒接電話。

他看了看天空，又開始下起雨雪了。碰到這種日子，就會迫切地想來一杯過去與恩師載錫一起在明太魚餐廳喝的燒酒。

儘管職場要求載錫和保護監視對象保持適當距離，但刑警出身的載錫卻經常與他們一起喝酒。具有草根氣息的載錫，並不當他們是監視對象，而是保護對象，也深信比起各式各樣的教化課程，和他們一起把酒言歡更好。儘管昌秀剛開始對恩師的這種舉動感到不滿，但不知不覺的，他也繼承了恩師的這套狗屁理論，經常與保護監視對象喝酒，彼此在酒意驅使下稱兄道弟，但載錫這位恩師卻不在了。

去年，一群未成年人搶劫停放在超市的車輛，在既無駕照又酒後駕駛的狀態下，當場撞死了下班的載錫又肇事逃逸。在那之後過了半個月，昌秀成了那個人的保護觀察官，那個事故當天手握方向盤的傢伙。

這也就等於自己變成了那傢伙的保護者，那個殺死載錫的人。是因為載錫死得太過突然嗎？又或者妻子說出了自己早有心理準備的離婚宣言所致？不知道從什麼時候開始，昌秀覺得自己內心的情感被逐一腐蝕後消失了。韓某的情況也是如此，他已經是第三個死亡的保護觀察對象了。

替第一個死去的保護對象解開腳踝上的電子腳鐐那天，痛苦不堪的昌秀喝酒喝到天明。在此之前，昌秀對他們來說明明是「保護者」，但在無謂的情感益發強烈的此時，昌秀卻只是他們的

「監控者」。

「你們兩個在最後通了電話呢。」

「對。」

「沒有奇怪的聲音？」

「倒是沒有。」

「那個很貴嗎？」

「嗯，也不貴。」

昌秀彎下身子，拆解戴在韓某腳踝上的電子腳鐐裝置。

昌秀穿過警戒線回到車上，發現韓某的老母親剛抵達案發現場。或許是匆忙趕來，老母親的身上圍著一條寫有「日子真美好」的某燒酒品牌文案的綠色圍裙，一臉茫然若失地站著。在老母親的眼中絲毫察覺不到悲傷或憤怒之類的情緒，在她呆呆凝視的目光盡頭，有著靜止不動的旋轉木馬。在傾瀉而下的雨雪之中，老母親只是目不轉睛地望著旋轉木馬，一雙年邁的手用力交扣著。

當昌秀經過韓某的老母親身旁時，腦中閃過了韓某說的話。

「我從小就想搭搭看這個。」

搭上車的昌秀趕緊離開案發現場，朝著母親所在的療養院踩下油門。

前年春天，母親的失智症開始變得像健忘症一樣，到了今年甚至奪走了昌秀的名字。無力獨自照顧母親的昌秀，想到如今總算能把母親送到療養院，心中產生了一種不自在的安心感。每天早上母親問他的那句：「大叔，您是誰啊？」多少淡化了他的罪惡感。

去年妹妹尹靜說丈夫找到很棒的投資標的，邀昌秀一起投資。那是關於未來以昆蟲糧食為替代糧食的議題。聯合國已經透過世界人口白皮書正式發表，過不了多久蛋白質供給將面臨困難，因此這個提案讓人格外心動。

經歷妻子的離婚宣言、母親的失智症、恩師突如其來的過世，昌秀很想把自己徹底堵死的人生連根拔起、丟得遠遠的。相較於未來糧食的不明價值與可信度，他卻帶著兵來將擋、水來土掩的心情，把自己的財產幾乎都投資進去了。向來對金錢總是小心謹慎的哥哥做出如此果敢的決定，讓妹妹尹靜驚訝不已。

之後他們夫妻倆持續寄來用昆蟲製作的餅乾和麵包之類的，按部就班地籌備事業，直到有一天他們只留下一句「哥哥，真的很抱歉」，就消失得無影無蹤。那一刻，昌秀正好接受離婚的最終判決，走出法院。

妹妹夫婦倆只留下出國紀錄就人間蒸發了，投資者轉而三天兩頭就跑來找昌秀。不只是昌秀的薪水，就連要給妻子的贍養費也都被一掃而空。

眼見連下個月療養院的費用都付不出來了，昌秀在前往母親所在的療養院時不禁感到茫然，心想自己要去哪裡籌措秀仁超過百萬韓元的家教費。幾天前昌秀從睡夢中醒來，甚至開始翻找自己買的各種保險單，合計了自己的死亡保險金。他夢寐以求的變化最終使他掉入了地獄。

母親用單手抱著蛋糕盒，狼吞虎嚥地把蛋糕往嘴裡塞，有一半掉出來了，僅有一半勉強進了嘴裡。看見昌秀，母親的眼神瞬間一變。在母親的大腦中，昌秀正從買蛋糕給自己的親切大叔，轉變成企圖把她扔到窗外的壞人。昌秀避開躲在護理人員背後哇哇大叫的母親，走出了病房。

昌秀在療養院到處走動，開始尋找某個人。這裡也是周汝敬，一個不久前假釋出獄的女人的工作地點。昌秀對於身為保護觀察對象之一的汝敬沒有特別的印象，只在面談時得知她的工作地點是以失智老人為對象的專門療養院，因此昌秀針對設施問了各種問題，但汝敬只是不耐煩地說了「還可以」。雖然不知道「還可以」這幾個字究竟指的是工作環境，還是老人療養設施，但當時昌秀急著打聽能夠照顧母親的療養院，所以就選擇了這裡。從母親住院後，這是昌秀第二次來訪。第一次來訪時，昌秀到醫院大樓後面抽菸，結果遇到汝敬蹲在焚化場拿著菸一根接一根地抽，卻又咳個不停。

這雖然是第二次，但拜訪保護觀察對象的工作地點、查看其工作環境，也屬於昌秀的工作範圍，因此雖然是平常日，但他並沒有另外提出休假申請。

在觀察這棟五層樓的大樓時，昌秀並未發現汝敬的身影，正在做清掃工作的外籍女性移工也不知道汝敬是誰。

最後昌秀來到院長室並表明自己的身分，問起了關於汝敬的事。女人一聽到汝敬的名字便面紅耳赤、大動肝火，說他怎麼隨便把那種罪犯送到醫院來。雖然正值春寒料峭的時節，氣呼呼的女人卻不停用手替自己搧風，走出辦公室的昌秀轉過身問女人：

「是誰？」

「什麼？」

「打電話告訴您周汝敬是因為藥物才入獄服刑的人。」

「我怎麼會知道？就下班前突然接到了電話啊。不過那有什麼重要的？反正重要的是我們知道了那女人是罪犯，這不就該謝天謝地嗎？」

這種反應熟悉到令人厭煩。總是以這種方式被驅逐的他們，最後又回到了自己熟悉的世界，對此人們會說「不用想也知道」、「我就知道會這樣」。

昌秀打了電話給汝敬。

「周汝敬小姐，我現在來到您工作的地點了，能見個面嗎？」

「我辭掉工作了。嗯，準確來說，是被趕出來的。」

「真令人遺憾。碰到這種情況，您應該立即向身為保護觀察官的我報告才對。我應該說過，若在假釋期違反保護觀察官的指示事項，情況就會變得棘手。明天上午十點方便拜訪您嗎？」

這時汝敬的電話那頭傳來聲音。

「楚仁慧小姐！陳海娜小朋友的監護人，楚仁慧小姐！」

昌秀心想，好特別的姓氏，同時習慣性地拿出便條紙記錄下這個擁有特殊姓氏的名字。

接著聽見了汝敬身旁有個小女生的聲音。

「媽媽！輪到我們了。」

這時汝敬回答了：

「在這邊！」

汝敬隨即著急地對昌秀說：

「我現在正在工作。我知道了，就明天十點。」

電話掛斷了。楚仁慧？好像有人在喊「楚仁慧」，但汝敬卻回應了，而且小女孩好像叫汝敬「媽媽」。假如昌秀的記憶沒錯，汝敬是未婚，看來明天有必要跟汝敬見上一面了。

＊＊＊

「有振，最近你也有跟海娜見面嗎？」

有振抬頭看著班導延秀，一臉「為什麼要問我這種問題？」的樣子。

「那天跟海娜和好了嗎？」

「對。」

面對有振訴說著「怎麼了嗎？」的眼神，延秀摸了摸他的頭說：「你真是個溫柔的孩子。」

有振總覺得這不是全部。果不其然，延秀又叫住了準備放學回家的有振。

「有振啊，那天之後你也有再見到海娜的媽媽嗎？」

「沒有，因為我們都是約在外頭碰面。如果海娜邀請我去他們家的話，那就見得到了吧。怎麼了嗎？」

「只是好奇海娜過得怎麼樣。」

「她好像過得滿好的。」

「海娜是媽媽親自教她讀書嗎？」

「沒提到那些，所以不知道。」

有振總覺得問題的焦點不是海娜，而是海娜的媽媽。

在學暴委時見到的海娜媽媽，與至今延秀所接觸過的媽媽們的氣質截然不同，而且以加害學生的父母來說，她的態度又更讓人陌生了。

一般加害學生的父母就只有兩種，向受害者父母承認孩子的錯誤並祈求原諒，又或者尚未分出對錯之前不由分說地護著子女，但海娜媽媽的態度卻完全不同。

她雖然站在海娜那一邊，但並沒有無條件地袒護她。她似乎信賴也相信自己才九歲的年幼女兒，也很客觀地看待整起事件。如此信賴孩子，這是有可能的嗎？

當天校長和延秀既沒有反駁，也沒有同意海娜媽媽的話，就讓兩個人離開了。由於海娜媽媽平時沒有參加學生家長聚會，所以延秀對她一無所知，後來在海娜自主退學之後，延秀為了刪除學生紀錄卡而打開了檔案，這才知道了幾項關於她的資料。

楚仁慧，在韓國國內是很特別的姓氏。這是延秀第一次知道有「楚」這個姓氏。延秀在查看仁慧的紀錄時，得知了仁慧是大自己五屆的教育大學學姊。

幾天後延秀去參加大學校友會，就在與同學們閒聊起關於分發學校的各種話題時，當然提到了延秀任職的學校，以及關於海娜與有振的學暴委事件。延秀問其他人有沒有聽過「楚仁慧」這個名字，其中有位學姊說她記得。

「楚仁慧？我知道她啊。」

學姊之所以記得仁慧，卻與她特別的姓氏毫不相干。學姊說起入學後第一次新生見面會時發生的事。學長姊詢問新生們申請教育大學的理由，就在大家都不斷重複千篇一律的回答時，接著輪到仁慧了。擁有一張毫無修飾的清秀臉龐、綁了條馬尾的仁慧，帶著清澈的笑容回答：

「因為我想當個真正的好媽媽，所以我才申請的！」

才二十歲不到的女生，竟然說為了成為好媽媽而進入教育大學，雖然多數人都批評說很肉麻，但仁慧跟其他在就讀期間忙著準備教師考試的朋友們不同，每天以日記形式寫信給自己將來出生的孩子，不然就是學習烘焙餅乾或編織等，還取得了遊戲師證書。

「怎麼說……就很像早已見過未來自己會生下的小孩，每天都在數著日子等待再次見到那孩子一樣，大概畢業後就立刻結婚了吧？」

如果按照學姊所說，仁慧應該會比任何家長都要積極參加學校活動才對，可是為什麼她一次也沒有露臉？從這時開始，延秀心中冒出了更多的疑問。

「不過妳們班上孩子的媽媽是仁慧喔？」

「對。」

「她還是老樣子吧？婚是最早結的，但記得過了很久才有孩子，聽說是個女兒。」

「對，沒錯，叫做陳海娜。」

「這樣說起來有點怪耶，不管是孩子滿周歲、同學會甚至是結婚典禮，自從那之後就再也沒見過她了。」

「那是指什麼時候？」

「大概是高正守教授的退休儀式吧……等等，當時拍的團體照應該有儲存在雲端。」

就延秀所知，包括SNS在內的社群網站，仁慧都沒在使用。前輩用手機搜尋雲端時，話題轉移到了退休恩師的近期葬禮。除了延秀，誰都對仁慧沒有太大興趣。不久後，學姊喊道：

「在這耶！啊，這時我們太年輕了，根本就是個孩子嘛。」

照片中一臉稚氣、二十歲出頭的在學生與畢業生圍繞在教授身旁笑得很燦爛。延秀目不轉睛地盯著照片，最後卻沒辦法在他們之中找到仁慧。

「楚仁慧學姊是哪一個？」

「不就在這嗎？啊，仁慧那時真的很漂亮。」

學姊用指尖指出仁慧後，延秀接過手機，把照片放大。

「妳說是這個人？」

「嗯，穿黃色連身裙的就是楚仁慧。」

這個露出迷人酒窩，笑得十分開朗的女人，跟學暴委時看到的那個人完全是不同的人。就算歲月不饒人，照片中的人也絕對不是自己在學暴委上見到的海娜媽媽。

延秀想起了海娜入學前，曾在事前面談見過海娜的爸爸陳相元。他是個頗具知名度的人士，所以能在網路上輕易找到他的資料。延秀見到的海娜父親是真的，那麼以海娜媽媽身分出現的女人究竟是誰？

萬一海娜並非在父母同意下，而是在來歷不明的女人的同意下決定自主退學，而學校卻對此一無所知，直接讓海娜辦理手續，這在學校的立場上會是非常麻煩的問題。還有最重要的，是必須知道年幼的海娜身上發生了什麼事。延秀考慮過後，決定將這件事告知校長。

隔天，延秀一邊等著還沒來上班的校長，一邊替自己泡了杯熱茶好鎮定心情。延秀在特殊造型馬克杯內放入茶葉並注入熱水，這個杯子是與自己關係匪淺的家長贈送的，她再次想著那女人扮演「海娜媽媽」的演技真是出色。因為延秀在女人的眼神中看到了她對年幼海娜的憐憫和擔憂。那也有可能演得出來嗎？此時電話鈴聲響起，是校長打來的。校長說路上塞車，會晚五分鐘左右抵達。

掛斷電話後，延秀悠閒地享受著從特殊造型馬克杯擴散到整個手掌的溫度，這時訊息提示音響起，是「限制來電顯示者」傳來的訊息。

就在延秀心想肯定是垃圾訊息吧，而打算按下刪除鍵時，卻因為看到顯示於訊息上方的名字而開始心跳加快。打開訊息後，熟悉的男人名字下方附了一張照片。延秀拿在手上的馬克杯頓時掉到了地上並摔得四分五裂。這個熟悉的男人名字，正是把特殊造型馬克杯送給延秀的學生家長之一。照片中是孩子的爸爸和她在某家度假飯店的浴池中泡澡，兩人摟抱著彼此親吻的樣子。

隨後，「限制來電顯示者」又傳來一封訊息。

——到・此・為・止。

日常

滴答、滴答、滴答。

時鐘的指針經過了上午六點五十八分十四秒。

雖然一小時前就早早地睜開了眼睛，但我躺在床上動也不動，一心等待著七點的鬧鈴響起。

當七點鬧鈴響起，媽媽會打開房門進來，等到窗簾徹底拉開後，晨間的陽光就會直接灑落在臉上吧。

當海娜嘟噥著說要再多睡一會兒時，若是調皮地輕咬她的肚子和手，海娜就會因為怕癢而咯咯笑個不停，這時媽媽會貼著她的耳朵悄聲說道：

「海娜，今天我們也會度過非常棒的一天哦。」

鬧鈴準時在七點響起，我起身關掉鬧鐘，拉開窗簾、打開窗戶。如梅雨般連下兩天的雨水，在低溫室的玻璃天花板上敲打出嘈雜的聲響。我起身對自己悄聲說道：

「但願今天也平安無事地度過，不被任何人發現。」

即便是在嚴冬，浴室內也很溫暖。媽媽在叫醒海娜之前就先把浴室的電暖器開關打開，在浴缸內放入熱水後，又在海娜小小的牙刷上頭擠好了牙膏。

當海娜把身體泡在熱氣裊裊上升的浴缸中，媽媽會用散發好聞香氣的洗髮精替海娜洗頭。結束短暫的洗澡時間後，這次輪到輪到爸爸的吹髮時間。

他特別喜歡這段親手替女兒吹頭髮、打理整齊的時光。等到她的頭髮差不多乾了的時候，早餐的香氣就會從打開的浴室門縫竄入。兩人透過氣味猜測菜單是什麼，興沖沖地走向廚房。

從幾天前浴室的燈就不亮了，所以海娜從養父母的寢室拿閱讀用的檯燈來使用。她擠了牙膏、刷好牙之後，在浴缸放滿了水。明明同時按下了熱水和冷水的按鈕，可是有時水溫太燙，有時又太冷。海娜將身體泡進浴缸，在裡面蹲坐了許久，然後才起身洗頭。由於看到廣告後訂購的洗髮精一整天四處飄散化學花香，腦袋也跟著昏昏沉沉，海娜決定乾脆用肥皂洗頭。

洗完澡之後得把頭髮吹乾，可是要用單手拿著吹風機吹乾頭髮，自己的手又太小了。海娜隨便用毛巾壓乾頭髮，心想著要找一天去把頭髮剪短。

浴室的門開著，卻沒有任何晨間的香氣傳進來，填滿家裡的，就只有冬末陰雨不斷帶來的潮濕氣味。

早餐總會有米飯、湯，而且一定會有魚。媽媽會把魚刺挑乾淨後才放到海娜面前的碟子。

雖然不擅於挑魚刺的爸爸悄悄地將筷子移到海娜的碟子內，但在媽媽的筷子防禦攻勢下縮了回去。遇到這種情況，海娜就會避開媽媽的視線，迅速地將挑掉刺的魚肉放在爸爸的湯匙上。直到用餐結束，湯都沒有涼掉。

網路訂購的食物已擺放在大門前，是控制血糖餐盒。一名兒子患有兒童糖尿病的女性營養師替兒子開發了專屬菜單，後來兒子的病情好轉，營養師便將菜單與食譜分享給大眾，之後在眾人的要求下將其事業化。儘管廣告上宣稱使用了有機食材，料理方法與醬料也都經過精確計算，但養母看著營養師的網站懷疑她所推出的餐盒是否也對自己的孩子有用。

我從不久前開始訂購營養師的餐盒來吃，但是體重掉得更多了，說不定養母的懷疑是對的。一週配送兩次的箱子中，食物永遠都是冷的。放進微波爐加熱再裝到盤子上時明明還不停冒著熱氣，卻不知道為什麼才吃了幾口就涼掉了，所以每次我都沒辦法把一盤的飯吃完。

吃完早餐後，就是媽媽和海娜最享受的時光了。海娜趕緊刷完牙、換好衣服，接著跑到客廳，在媽媽的雙腿之間坐好。

媽媽脫下穿了一整個早上的圍裙，準備三種梳子，開始替海娜梳頭。她先以輕柔的力道梳了好幾次之後，再用細梳劃分區域，開始編起辮子。原本分成兩條的頭髮先是增加成三條，轉眼間又在中間收攏成一條，如此便完成了。

在一旁觀看的爸爸每每讚嘆不已。那是讓人無法否認的幸福日子，或許世界上的所有孩子都是父母的王國，而父母是孩子們的幸福侍女。

育幼院的女生們大部分都是短髮，我的頭髮長度從來沒超過下巴。院長沒辦法忍受有纏繞的髮絲在地上滾來滾去。我們很羨慕綁頭髮或編辮子的孩子們，所以經常把毛巾末端打結戴在頭上，假裝自己是長髮公主。

有一天，有個比我大兩歲的姊姊拿來三條線，教我怎麼編辮子。姊姊說只要過了十五天，媽媽就會來帶她回去，但是直到我第三次被領養為止，姊姊都待在那裡。姊姊對離開的我說，以後我可以留長頭髮了。確實如姊姊說的，被這戶人家領養之後，我就再也沒剪過頭髮。

我從衣櫃取出外出服穿上。我穿上了一件沉穩的酒紅色、肩膀有蕾絲荷葉邊的棉質洋裝和檸檬色大衣，結果發現袖子變短了。是我長大了嗎？還是衣服縮水了呢？仔細一看，洋裝的裙襬也跑到膝蓋上頭了。與汝敬見面之後，我一點一點地長大了。

——今天也得去一趟美容院和百貨公司。

——妳真是個沒辦法一個人做任何事的孩子啊。

汝敬總會用這種方式來表達「我知道了」。要是她知道我一個人做了多少事，大概也會嚇得昏過去吧。當然，那種事是不會發生的。

有訊息傳來。我以為是司機阿姨，結果是有振。

——班導師辭掉工作了。

——是喔？有說是什麼事嗎？

——我也不知道，還有俊河也要轉學了。

她也真是的，何必做到這種地步。

懷疑

「保姆？」

滑鼠游標在汝敬空著的職業欄位上閃爍。昌秀輪流看著汝敬和坐在她身旁，看起來像六歲左右的小女孩。

究竟哪種父母會把自己的孩子臨時託付給有前科，而且還在假釋期間的年輕女性？昌秀提心吊膽地將這個問題壓在心裡，在汝敬的個人紀錄職業欄上寫上了「保姆」。

汝敬準時在約定的時間，也就是上午十點走入了面談室，還帶了個小女生。

這個小女孩就是電話裡喊汝敬為媽媽的孩子嗎？

昌秀在養樂多上頭插了根吸管遞給孩子，汝敬又把養樂多推回昌秀面前。

「她在控制血糖。」

「啊，那要給妳牛奶嗎？」

「不用了，因為馬上就得離開了。」

汝敬代替孩子回答。

這小女孩就跟別的孩子沒兩樣，站起來散漫地在面談室東張西望。雖然汝敬提醒了她幾次，但孩子仍不以為意地把不同的物品拿起又放下，不時製造出聲響。

「沒關係，孩子都這樣。」

「因為在工作，所以沒辦法把她一個人丟著。」

「工作是從什麼時候開始的？」

「被療養院趕出來之後。」

「嗯，我聽說那件事了。那位打電話到療養院把您有前科的事告訴院長的人，您有猜想到是誰嗎？」

「沒有。」

「雖然會有那樣的人，但大部分是受害者或……」

「絕對不是他們。」

汝敬怒視昌秀，像是要他不要侮辱那些受害者，身為加害者卻竟然流露出亟欲保護受害者的罕見眼神。

「聽說您還搬出庇護所了，是遇上什麼問題了嗎？」

最後，放在書桌上的筆筒嘩啦一聲打翻在地上，孩子以驚恐的眼神輪流看著兩人。就在昌秀打算起身撿起散落一地的物品時，汝敬果斷地說：

「妳弄翻的，妳自己清。」

孩子一言不發地開始撿起掉在地上的物品，汝敬繼續說了下去。

「問題？我不管是在工作上或在庇護所都不曾引起問題耶。」

「啊，原來如此，那為什麼……」

「是因為朋友提供我住處。」

「您也應該知道更改居住地之前需要報告才對，為什麼沒有聯繫呢？」

就在孩子打算伸手去拿桌面上的養樂多時，汝敬率先叼著插在養樂多上頭的吸管吸了一大口，兩側臉頰因此鼓了起來。孩子皺起眉頭，不高興地瞪著汝敬。

「您也知道照顧孩子不簡單，所以我都忙昏了頭。再說了，她本來就是個刁鑽的孩子。」

「工作是職業介紹所或相關人士介紹的，還是？」

「認識的人介紹的，雖然面試是滿嚴苛的。」

「原來如此。小朋友，可以跟我說妳叫什麼名字嗎？」

「陳海娜，我九歲。」

「為什麼要問孩子的名字？」

汝敬似乎有所提防，昌秀拿出名片遞給海娜。

「海娜，這個很重要，妳可以替叔叔拿給媽媽嗎？」

「怎麼了？是想確認她是不是真的把孩子託付給前科犯嗎？」

「請您別誤會，事實上是保護觀察期間不能承接照顧孩童的工作。雖然需要再詳細了解，但這可能會構成問題。為了避免這種情況，所以我也有義務必須事先告知孩子的父母。總之，海娜，這個一定要交給媽媽，還有妳能替叔叔傳達一下，等媽媽有空時打個電話給叔叔嗎？」

「跟叔叔通完電話後，阿姨就會離開我嗎？」

「嗯，這還不清楚，那是媽媽要決定的事。」

「我依然還是罪犯吧？」

「目前還是假釋狀態，因此沒辦法說完全不是。」

「那我從什麼時候開始會是普通人？」

「等到我與周汝敬小姐您變成毫不相關的人的時候。」

「我可以起身了吧？因為還有約。」

「是的，在這之前請您留下目前的住處地址。」

汝敬在白紙上揮筆潦草地寫下地址後，兩人便走出了面談室。昌秀打開入口網站視窗，搜尋起汝敬寫下的大樓，發現果然自己有聽過這個地方。那是昌秀就算一輩子不吃不喝地存錢，也不敢妄想買下的高級豪宅。是多麼成就非凡的朋友願意提供這樣的住處？說來也奇怪，比起汝敬，昌秀反而開始好奇起孩子的父母究竟是什麼樣的人物。

***

星期三一點，這是汝敬單方面提出的約定時間。

汝敬和海娜走進美術館入口時，先前負責導覽的女人已經來到外頭。女人朝著兩人恭敬地鞠了個躬後便替她們帶路。

三人搭上美術館的電梯後，女人按下位於最上方的按鈕。一走下電梯，在走廊兩側的玻璃牆外可見多棵赤松朝著天際拔高。

七層樓高的建築物頂樓竟然有松樹林。看著未受土地庇蔭而失去生氣的松樹，海娜想像起這些松樹的根部穿透水泥牆往下竄，與正在欣賞展覽的觀眾的頭髮糾纏在一起的畫面，突然覺得毛骨悚然。

走廊的盡頭似乎無路可走了，眼前矗立著一面黑牆，但女人使勁地推了牆面，黑牆便一分為二並往左右滑開，眼前出現鋪著朱紅大理石地板的房間，讓人感覺很不真實。

環顧四周，卻不見任何窗戶。在間接照明的燈光下，這裡不像是頂樓，反而讓人覺得像是走進了某個陰森地下洞窟的祕密空間。走進和房間相連的另一個房間後，有個人坐在朱紅大理石桌子前，以嚴厲的眼神注視著剛進入的兩人。

將銀髮優雅盤起的她，身穿蓬鬆白色罩衫與十分相襯的黑色長裙，脖子上戴著一條珍珠頸帶，但由於中間掛著大顆的祖母綠寶石，散發出一種既嚴肅又奇妙的氛圍。

「館長，我帶兩位過來了。」

銀髮夫人點了一下頭，女人便留下汝敬和海娜轉身出去。

汝敬是來見阿姨的，對於女人帶自己來見這位銀髮夫人感到莫名其妙。

「原來是妳啊。」

初次見到的這位夫人，聲音中露骨地透露出對汝敬的指責。

「您是誰？」

「她是誰？」

「您認識我嗎？」

兩人都不回答彼此提出的問題。銀髮夫人從象牙盒中取出細長的香菸濾嘴，固定在菸托上點了火。

在沒有任何窗戶的紅色空間中，從夫人口中吐出的白色煙霧緩緩地擴散開來，彷彿想用這煙霧抹去兩人的存在似的。

夫人並不是汝敬的阿姨。她到底是誰，何以如此明目張膽地對初次見面的人表現出輕蔑？就在汝敬承受這份莫名的侮辱感時，海娜緊張得連口水都不敢吞。

夫人吐出的白煙猶如在空氣中遊蕩的白蛇，緩緩地朝海娜靠近，嚇得她動彈不得。白蛇舞動著長長的蛇信，直逼海娜鼻尖。雖然海娜很努力想要移動指尖，可是能夠移動的就只有她的意志。就在白蛇的舌信碰觸到海娜鼻尖的那一刻，海娜終於忍不住咳了起來。

說時遲那時快，汝敬大步走向夫人，突然縱身跳上紅色桌面。汝敬以單腿屈膝的姿勢彎下身子，用兩根手指捻熄了菸托上燃燒的菸頭。燒到一半的灰燼無力地在空氣中飄散，在接觸到地板之前就消失了。

「真是的，還有孩子在場呢，大人怎麼這樣。」

即便面對汝敬突如其來的行為，銀髮夫人卻連眼睛都沒有眨。她只是緩緩地、仔細地輪流看著兩人，吐出含在嘴裡的最後一口煙。

「看來妳，最後變得跟妳媽一樣啊。」

光是聽到「媽媽」這個字眼，汝敬一下子就明白了這位夫人單方面表露輕蔑的理由，不禁噗哧笑了。

「您怎麼把這麼可怕的話講得這麼若無其事呢？還是對初次見面的孫女。是不是，外婆？」

聽到「外婆」二字，夫人像是在咀嚼厭惡食物似的撇了撇嘴。過了一會兒，門猛然開啟，一道腳步聲喀噠喀噠踩著大理石地板，直接走到了汝敬縱身跳上的紅桌前。

汝敬轉頭看著腳步聲的主人，露出百感交集的表情。

究竟汝敬看到了什麼？

「媽……媽？」

女人像是要把那句話拍掉似的，舉高手臂使勁地甩了汝敬巴掌，說：

「妳竟敢！」

就這樣，汝敬遇見了媽媽口中說的「那個倒胃口的丫頭」。

輕蔑

「為什麼來找我們?」

眼前這個叫做阿姨的人,戴在手指上的鑽石戒指掃過我的臉頰,撕裂了我的嘴角。帶著腥味的鮮血流進了嘴裡。雖然用膝蓋想也知道她們不會歡迎我,但沒想到會是這種程度。我用手臂隨便抹了抹嘴,從紅桌上跳了下來,跟這個叫做阿姨的人對視。

「您好,周汝敬老師,我是周汝敬。」

我各將對方和我的名字說了一遍。

無原罪的輕蔑猶如一股惡臭,瀰漫在整個紅色房間。

「我不是問了,妳為什麼要找我們?」

她和媽媽就像同一個模子印出來的,甚至讓我不禁懷疑媽媽之死是造假的。因此老實說,是啊,我非常老實地承認,有那麼一、兩秒我露出了欣喜之情——直到她在我的嘴脣上弄出傷口為止。事實上她們沒有恨我的理由。媽媽和她們之間發生的事情(而且還是我完全想不到的事)跟我毫不相干。她們與我之間不存在任何歷史,但即便是這樣,兩人對我表現出如此強烈的輕蔑,我想理由只有一個。

我是媽媽的女兒。

身為媽媽女兒的我，竟然踏入了她們的空間。

「為什麼要去找我媽？」

「妳在說什麼啊？」

銀髮夫人以高壓式的口吻插嘴問道。瞪著我的阿姨便露出混雜了驚慌與委屈的眼神回望著銀髮夫人。

「我不是在問妳話嗎？」

「您不是去找媽媽的骨灰罈嗎？去年的時候。告訴我那是在哪裡。」

「妳在說什麼啊？光是想到妳媽的骨灰都覺得毛骨悚然了，我為什麼要去找！」

當媽媽稱呼她為「倒胃口的丫頭」時，經常可以感覺到厭惡之中參雜了淡淡的愛憐。我記得很清楚，因為那是我唯一感受過的嫉妒。相反的，這個叫做阿姨的人卻說媽媽是「光是想到就覺得毛骨悚然」的存在。

「骨灰罈？這都是在說什麼！」

該不會銀髮夫人不知道媽媽死了？

這有可能嗎？就連雙手被銬上手銬的我都知道這件事耶！那個叫做阿姨的人嚥了嚥口水，以顫抖的聲音說：

「美敬……九年前死了，死因判定為服藥過量引起的心臟驟停。我接到警察的聯繫後去了現場，把後事妥善處理好了。我認為媽不知道比較好，對不起。」

她去了媽媽身亡的那間飯店？把後事妥善處理好了？這個當外婆的人整整九年的時間都不知道自己的女兒死了？這有可能嗎？先不說這個好了，假如她說的話全部屬實，那究竟是誰用阿姨的名字移走了媽媽的骨灰罈？

啊，不對，一開始那也可能是我的名字。

是有人簽了我的名字，移走了媽媽的骨灰罈。

「雖然很失望，但這事也不怎麼讓人吃驚。」

銀髮夫人針對媽媽的死亡下了簡單的結論。

看著兩人毫無情緒地說起曾是女兒、曾是姊姊的家人，我第一次對媽媽產生了憐憫。

我拿出手機，打電話撥給戴紅框眼鏡的男人給我的號碼，但任何人的手機都沒有響。拿走媽媽骨灰罈的人不在這裡。

「妳媽的骨灰罈怎麼樣，我們不感興趣。說出妳來這裡的真正用意。因為妳媽，我們都受夠了，所以也不覺得驚訝了。」

「您對人真是充滿了不信任呢。我是真的好奇那個骨灰罈在哪裡才來的。」

「那已經有結論了，關於她的一切，我們一無所知。」

「也對，連我媽死了都不知道，裝著她骨灰的罈子在哪又有什麼關係呢？」

「看看妳說話的樣子，確實是美敬的女兒啊。」

「就是說啊，我以前真的很討厭像媽媽，但又有什麼辦法呢？有其母必有其女啊。」

「雖然妳聽了可能會受傷，但老實說我們對美敬的死倒不怎麼吃驚。九年啊……嗯，那麼長的時間都沒來要錢，說不定我也大致猜到了那孩子死了。總之，她畢竟曾經是我女兒，聽到這令人沉痛的消息，心情確實也好不起來。要是妳想知道的事已經打聽到了，可以先離開嗎？」

「其實我對您女兒的記憶也不是那麼美好。說得更精準一點，該說她是個惡毒的母親嗎？可是啊，過去我以為媽媽是因為恨我入骨才逃跑的，但現在看到兩位，忍不住覺得她說不定是因為害怕有家人所以才離開。她怕我哪天長大之後，用跟兩位一樣的眼神看著她。」

「現在就少說廢話，出去吧。」

「讓人看了就倒胃口的丫頭。」

「……什麼？妳剛才說什麼？」

這個叫阿姨的人想必聽懂了這句話。

帶有血腥味的怒火在燃燒，我覺得它就快從我嘴裡噴出了，所以硬是將嘴角竭力往上拉，但似乎下一秒就要被發現了。現在我需要有個人。對了，海娜，有海娜在。

只見海娜一臉緊張地抓緊背包帶，愣愣地注視著三名長得有些相似的成年女性。

「那個……」

海娜非常小聲地開口。

「她又是怎麼回事！」

銀髮夫人神經質地大吼，嚇得海娜縮起了肩膀。

「是我女兒。」

「果然啊，看來是無可救藥了吧。」

「您身上應該也流著這種無可救藥的血液才對啊。喔，還有，我會償還您寄來的生活費。」

「不必了，只要不必再見到妳就行了。」

「怎麼會再次發生這麼可怕的事呢？」

我轉過身打算走出房間，海娜卻像是雙腿黏在地板似的一動也不動。

「妳在做什麼，我們要出去了。」
「為什麼？」
「妳怎麼了，哪裡不舒服嗎？」
「因為很好奇。」
「好奇什麼？」
銀髮夫人問道。
「為什麼……沒人覺得傷心呢？」
海娜對著紅色房間丟出的純真問題，是不會收到回答的。先前對我展現的輕蔑，現在甚至衝著毫不相干的九歲小丫頭而來。
「立刻出去！」
我拉著海娜的手臂走出紅色房間後，女人已經在一旁等候。
搭上電梯後，我放開了一直抓住的（事實上是支撐我的）海娜的手臂。
「您的媽媽死了嗎？」
「妳不是都聽見了嗎？」
「我也是。」
「……」
「可是我覺得……她應該是遭人殺害的。」
＊＊＊

銀髮夫人再次點燃了菸。

一口長長的煙霧飄散而出，籠罩了女兒的臉。她彷彿被鎖鏈牢牢綁住似的喘不過氣，額頭開始滲出汗珠。

「妳該不會相信我什麼都不知道吧？」

「我都妥善處……」

「女兒啊，我現在問的可不是那個啊。」

她寧願銀髮夫人吐出的煙霧不要散去，懇切地盼望兩人可以不必對視。

「那天妳去見美敬了，不是嗎？」

「她一直要求我給她錢買藥，我是去狠狠拒絕她的。」

她越是極力想隱藏恐懼，但銀髮夫人就把她看得越透澈，一抹朦朧的香菸煙霧成了她唯一的防護牆。

「原來如此，沒錢買藥的孩子怎麼會有辦法住在飯店套房呢？」

銀髮夫人也知道美敬住在飯店裡的事。

「那我就不知道了，大概是攀上了哪個男人吧，好像是從美國回來之後。」

「到現在都還不知道她去美國的理由？」

「對。」

「我希望妳沒有隱瞞我任何事情，這樣我也才能幫助妳，是不是？」

「沒有，您不也知道嗎？那是不可能的。」

「我說那個孩子。」

「是的。」

「幸好完全不像美敬。妳看起來呢？」

「我……不太清楚。」

直到煙霧完全散去，她彷彿赤身裸體般暴露在銀髮夫人面前，嘴脣顫抖個不停。

重逢

「找、找到了！姊、姊姊死去的媽媽住、住的地方。」

把「限制來電顯示者」傳來的靈骨塔照片拿給潔妮看時，必須先解釋這個罈子的用途。之後雖然她發下豪語說，只要把這個上傳到她的ＳＮＳ上，二十四小時內就能找到靈骨塔的位置，但已經過了兩天，還是沒有任何進展。在這段時間內，潔妮逐一與七十多個人提到「是這個地方」的地點聯繫，將照片傳給對方確認，但最後都是白忙一場。就在打算放棄之際，有個男人提供的卻不是靈骨塔的位置，而是說自己知道關於照片中的骨灰罈的事情。

他是某位國寶瓷器藝師的弟子，他說這是去年有人向老師訂製的骨灰罈。訂購處是個叫做「耐火堂」的地方。

由於找不到任何關於耐火堂的情報，因此潔妮費了好大的功夫才說服男人，問出了他親自送達的住址與聯繫方式。

幾天後，汝敬、海娜和潔妮三人租車，開車到距離首爾兩小時車程的高級鄉村俱樂部之類的地方，這裡就是耐火堂。

把臉湊向入口的對講機並表明身分後，高大的鐵門開啟了。一望無際的草坪來到盡頭，眼前的四方形人工湖就像地毯一樣鋪著。

耐火堂整體是以幽靜韓屋為造型，與供奉王和王妃靈位的宗廟氛圍相似。一抵達玄關，身穿端莊玉色洋裝，身形圓潤、個子嬌小的中年女性帶著和藹的微笑迎接三人。

「很高興見到您。您是周汝敬小姐對嗎？」

海娜身穿附有白衣領的黑色連衣裙、綁了黑色蝴蝶結，潔妮則是穿著黑色雪紡襯衫搭配黑色牛仔褲；至於汝敬，儘管潔妮極力勸阻，依然固執地穿著印有華麗花紋的外套和藍色破洞牛仔褲。但這名中年女性卻一眼就指出了汝敬並露出了溫暖的笑容，像是早就在等待她的到來。

「是的，我就是周汝敬。」

人工湖岔成了三道水流，沿著其中一條小溪往前走，出現了不管是季節感或時間都彷彿靜止的空間，與帶路者臉上的微笑互相輝映，充滿了神聖的氛圍。

「這、這裡就像遊、遊戲中的天堂。」

媽媽在這種地方？

三人跟著帶路者經過中央的圓柱，沿著鋪設有石牆的竹林小徑一步步走進去，盡頭有間風格現代、小巧雅致的庵寺。

帶路者打開門後，看見了三、四個散發玲瓏玉色的骨灰罈安放在玻璃盒內，其中與汝敬的視線等高之處，用金色刻上了她的名字「周美敬」。

帶路者沉著地打開玻璃棺，取出美敬的骨灰罈，遞給汝敬。

「您能接著嗎？」

汝敬稍作猶豫，接過了骨灰罈，只是卻突然好奇起來——

我為什麼要追蹤媽媽之死？

媽媽，這個自從十二歲以後就被抹去的存在，卻因為一張猜不到是誰傳送的照片，猶如蟲子般悄悄地爬進了汝敬的人生。

在拜訪區廳、尋找兒時生活過的社區，還有跟名為阿姨和外婆的人見面的過程中，汝敬經歷的就只有輕蔑與回味過去的傷痛。

無法理解這個過程究竟是怎麼延續下去的。

是媽媽並非死於藥物中毒引起的心臟驟停，而且說不定還有他殺的可能性讓自己走到了這裡嗎？就算真相大白好了，不僅跟現在的自己無關，而且與其為她報仇之類的，還不如選擇沉默。她也沒有什麼想理解拋棄自己的母親，並化解心結的老掉牙目的。

汝敬俯視著骨灰罈，心想如今自己是該停止這沒有強烈的怨恨、沒有疑問也沒有目的的無謂追查了。

「我得繼續拿著嗎？一般都是怎麼做呢？」

帶路者和藹的微笑溫暖了汝敬。

「您要不要打開看看呢？」

汝敬用單手抱著骨灰罈，打開了上頭掛著玉雕蓮花裝飾的蓋子。

「就只是一堆粉末呢。」

「沒、沒什麼嘛，看、看這邊氣氛，我還、還以為打開蓋子會、會有精靈跑、跑出來。」

潔妮嘟起嘴巴，失望地說道。

「精靈？啊哈哈，就只是粉末而已。」

「請幫我放回去。」

海娜踮起腳尖，稍微拉了拉汝敬的衣服。

「我也要，我也想看。」

「好，給妳看。」

汝敬彎下身子，好讓海娜能看得清楚。

海娜望著骨灰罈內，左手突然伸進罈子抓了把骨灰。

誰也沒預期海娜會有這個動作，所以大家一時都慌了，但帶路者只是靜靜地任由海娜去做她想做的事，只有潔妮連聲喊著：「Oh my god!」

「Oh my god，妳真的是Wednesday Addams[7]吧？姊姊，她、她太、太奇怪了。」

「觸感怎麼樣？」

汝敬笑了一下問道，海娜抬頭望著帶路者。

「要是這樣用力握著，死去的人會有感覺嗎？」

「嗯，雖然我不清楚，可是卻莫名想要相信會有的。」

海娜張開握著的拳頭，結塊的骨灰頓時沉到骨灰罈之中。帶路者將骨灰罈放回玻璃棺，問汝敬道：

「您有想要一起保管在這裡頭的東西嗎？」

「沒有，完全沒有，我倒是想看一下合約。」

「沒問題，那我先去準備，請您慢慢參觀完後再出來。」

帶路者走出內室後，只剩三人留了下來。

「姊姊的媽、媽媽是有、有錢人嗎？這、這裡真的棒、棒呆了！」

汝敬把臉貼近保管母親骨灰罈的玻璃棺，近到口中呼出的熱氣都能在棺的表面形成霧氣，她將握成拳頭狀的雙手緊貼著玻璃棺，用沒人能聽見的聲音悄聲說：

「媽，我拜託妳了，下輩子千萬不要再當任何人的媽媽了，拜託。」

海娜雖然很好奇汝敬說了什麼，但她並沒有問。汝敬率先走出內室後，海娜只是跑去確認玻璃棺表面消失的霧氣，以及汝敬留下的鮮明嘴脣痕跡。

合約簽名欄上蓋著刻有汝敬名字的印章。

「您記得在這份合約上簽名的人長什麼樣子嗎？」

「是位年輕的女性，記得她看起來內心極為痛苦。來這裡的人大多數都是那樣，所以我並沒有覺得特別之處，不過……」

「有支付管理費的帳號嗎？」

「這看合約就會知道，但因為對方是以現金一次付清，所以並沒有另外留下帳號。」

「有當時的監視器畫面之類的……」

「耐火堂並未設置監視器，當然也沒有訪客錄或留下任何紀錄，只是……」

「您請說。」

「還有另外一位訪客，將往生者的骨灰罈送到耐火堂之後就立刻離開了，當時也是我負責帶路

7 電影《亞當斯一家》中女兒角色的名字，總是穿著黑色連身裙，面無表情地做出令人驚恐的行為，是個可愛的惡童角色，由演員克莉絲汀娜・蕾奇（Christina Ricci）所飾演。

的。」

「您還記得長相嗎？」

「這個嘛，我也不是……她戴著帽簷非常寬的帽子，又戴了墨鏡，加上什麼話也沒說……」

「哦？這、這裡面好、好像有什、什麼耶？」

查看合約袋的潔妮發現了一張小紙條。印有耐火堂名稱的便條紙被摺成一半，插在信封袋的騎縫之間。便條紙上用顫抖的手寫出了歪七扭八的筆跡，只留下一句話。

——我感到無比抱歉。

汝敬突然心想，或許「限制來電顯示者」並非揭發者，而是原罪者。萬一留下這張紙條的人真的是「限制來電顯示者」，那就等於是原罪者的她邀請汝敬來到這裡。儘管因為這麼一句話，讓長久度過服刑生活的汝敬甚至對她產生了奇妙的惺惺相惜之感，但到此為止了，汝敬已經厭倦了必須直面自身過去的情況。不管是媽媽的死，或是「限制來電顯示者」謎語般的話語，汝敬都不再感到好奇。

＊＊＊

在仁川的大型超市停車場遭到逮捕的青少年與他的同夥，在地區隊[8]的暖爐前嘻嘻哈哈。這次他們也是採用相同手法，先是搭乘贓車，撞倒正在跑外送的摩托車騎士後逃逸。雖然倒下的騎士後來被送往醫院，但目前尚未恢復意識。

昌秀的恩師載錫也是在相同的手法下受害。要是肇事者在撞了載錫後至少打電話叫救護車，或許他就不會喪命了。

這小子在笑。未滿十四歲的小子就只被判處少年保護處分第一號[9]，僅需接受委託監護六個月而已。當時這小子也在笑，而且初次見到昌秀時也露出了那種笑容。

這小子的笑聲非常特殊。他慢悠悠地搖擺放鬆的上半身，張著嘴巴咯咯笑著，彷彿世間的一切都顯得可笑、不足掛齒。

昌秀認為這小子還不知道什麼叫做恐懼。

昌秀打開地區隊的門走入時，這小子把兩手插進鬆垮的夏褲口袋，半躺在椅子上。他似乎很高興見到昌秀似的，從口袋抽出一隻手朝昌秀揮了揮手。昌秀向巡警表明自己的身分後，對方用一種流露沉痛的眼神看著昌秀。

「他的前科很華麗呢，您一定非常辛苦。唉唷，沒有什麼辦法可以把那種孩子一次全部都關進去嗎？」

「醫院到目前還沒有消息嗎？」

「對，還沒有，目前大概還在手術中。先不說這個，我打了好幾通電話給這小子的監護人，但

8 比派出所的規模大，但比警察局規模小的韓國警政機關。

9 對未成年人最輕的保護處分措施，主要是將未成年人交給其監護人（父母或法定監護人）進行監督和教育，透過家庭和監護人的力量，讓未成年人意識到自己的錯誤並改正，而不是直接採取更嚴厲的法律制裁措施。

他完全不接。」
「您是指他的父親嗎?」
「您了解得真清楚,您知道他工作地點的電話嗎?」
「沒有用的。」
「什麼?」
這小子趿拉著拖鞋走來,並排著沾滿汙垢的雙腳站在昌秀的皮鞋旁。這小子似乎完全不把這情況當成一回事,身體倒向巡警那邊,一邊抖腳一邊咧嘴笑著。
「這個大叔說得沒錯,沒有用的,那王八蛋現在八成在哪裡喝得不醒人事吧。就算我死了,他連眼睛都不會眨,是不是啊,大叔?」
「同學,你去坐好。」
「同學?哦?我不是學生耶。哇,他居然叫我同學。」
這小子和同夥咯咯笑了起來。
「既然這大叔來了,我現在可以走了吧?幹,餓死了。之前他們那邊的地區隊還會點雪濃湯之類的給我吃咧,這裡什麼屁都沒有。啊,那是哪裡?」
「那裡?啊!我想起來了,往十里。」
往十里。對他們來說,這不過是華麗的前科紀錄之一,對昌秀來說,他卻在那裡失去了猶如父親般存在的載錫。昌秀咬緊了牙關,以免自己衝動地殺了這個嘻皮笑臉的傢伙。
「既然科長您來了,我們是可以放他們走。雖然我自己也有孩子,但是,唉,看到他們只能搖頭啊。」

昌秀以監護人的身分簽了名，簡單的訓誡措施處理完畢後，就從這群青少年中拉出那小子來到了地區隊外頭。這小子不知道是不是覺得冷，把身上穿著的秋季夾克拉鍊拉到了脖子頂端後，穿著拖鞋的一雙腳不停跺腳，跟著昌秀走了出來。

昌秀立即走向車子。背後不停有令人不快的笑聲跟隨，讓昌秀的心臟劇烈跳個不停。他竭力裝作若無其事地啟動引擎，這小子卻突然匆忙跑過來敲了敲車窗。

「啊，幹！怎麼了，是沒看到我嗎？」

「……」

「哇塞，真的很無言耶，你應該要送我回家啊。我都要凍死了！你知道今天零下幾度嗎？好，就隨你的便吧。反正我隨便偷輛車回家就行了，我們很快就又能見到面了呢。」

這小子開始一邊笑、一邊扭動上半身。昌秀認為自己無法繼續擔任這小子在法律上的愚蠢幫手，從駕駛座走了下來，用單手掐住少年的脖子，將他推到了牆角。

面對意想不到的突擊，來不及反應的少年直接被推向後，破舊拖鞋也跟著掉了。他的鼻子周圍有幾根稀疏捲曲的鬍鬚，看起來很不起眼。

在這節骨眼，這小子依然還在長大。

「令人作嘔的臭小子。」

少年就算被人掐住了脖子，也沒有停止咯咯發笑。

「你應該因為今天的事故而去見閻羅王的。要是真能那樣，至少會是今年聽到的各種爛消息之中最令人開心的。你這跟臭水溝一樣的兔崽子，給我牢牢記住了，有個人非常迫切地希望你死掉。現在給我滾開。」

昌秀鬆開手轉身後，這小子撿起拖鞋穿上，但還是不改笑臉。

「唉唷，真是的，小孩子覺得冷，想搭一下大人的便車而已，幹麼激動成這樣啊？我真的身無分文啊，就連搭公車回家的錢也沒有，你看。」

少年拉出兩側口袋抖了抖。

昌秀從皮夾中拿出一張萬元韓元鈔票捏皺後往地上一丟，少年立即像狗一樣衝去撿起來，接著嘻皮笑臉地跑向了超商。

不管是觸法少年[10]或犯罪少年[11]，大家都深信他們能重新做人，但這卻成了他們最大的武器。這小子遲早又會傷害別人的。素昧平生的人會被這小子毀掉人生，有許多人會因此傷心欲絕。吞食他人痛苦與悲鳴長大的傢伙，正逐漸變成了怪物。

讓那種怪物誕生的他的父親，想必無論何時都喝得酩酊大醉吧。到頭來，是怪物生下了怪物嗎？此時昌秀什麼都不能做——除了盼望這小子死掉之外。昌秀把那個在超商狼吞虎嚥地吃著泡麵的小子拋在後頭，在導航上搜尋百貨公司的地址後出發了。

那是不久前因傷害致死罪服刑兩年，目前假釋出獄的七十八號保護觀察對象的工作地點，也是汝敬目前居住的海里蒂奇大樓所在的社區。

恐懼

「今、今天……是我……生日。」

潔妮將自己親手製作的蛋糕，拿到正忙著準備留學機構面試的海娜與汝敬面前。

「是喔？我會好好享用的。」

在潔妮還沒插上蠟燭之前，汝敬就把裝飾在蛋糕上頭的巧克力全都吃掉了。潔妮氣得再次將棉被蓋在頭上。

「潔妮好像生氣了耶。」

「潔妮她本來就很愛那條棉被。不過妳的生日是什麼時候？」

海娜不久前才知道自己的出生日。在這之前，海娜的生日跟育幼院的所有孩子一樣，都是三月三日。

10 在韓國有觸犯刑法之行為，十歲以上、未滿十四歲的青少年。由於不具刑事責任能力，因此就算有犯罪行為也不會受到處罰，成為保護處分的對象。

11 在韓國十四歲以上、未滿十九歲的犯罪青少年。

那一天，育幼院的孩子們會一起到中華料理餐廳，大家都興奮地大聲嚷嚷「能不能吃兩碗？」、「可以吃三碗嗎？」、「就是四碗我也吃得下！」。

因為熱水爐經常故障，所以孩子們即使是在嚴冬也必須洗冰水澡，但在這天，所有人會到村裡最大的澡堂，把身上的汙垢搓洗得乾乾淨淨，直到全身上下都發紅為止。他們全身光溜溜地戲水、興高采烈地跑跳。等到沐浴結束後，每個孩子的手上都拿了一罐香蕉牛奶在喝，走向了中華料理餐廳。等到他們轉過巷子，讓人心情愉悅的香皂香氣上頭立即又增添了一股濃濃的炸醬香氣。

用手撥開玄關入口長長垂掛、嘩啦嘩啦作響的竹簾走入後，看到餐桌上已經擺了炸醬麵與六人份的糖醋肉。散發光澤的黑色醬汁上頭放了豌豆與小黃瓜絲，還有切成對半的水煮蛋。

在煙霧繚繞的炸醬麵前，孩子們各就各位，所有人一如往常將手放在背後，一直等到育幼院的老師們點頭為止。終於，老師點頭了，孩子們便爭先恐後地抽出竹筷，開始攪拌炸醬麵。與米黃麵條上交融的醬汁之間可以看見黏著大塊肥肉的肉塊，她用竹筷子不停捲麵放進嘴裡，直到麵條斷掉為止。那真是彷彿置身夢境的美味。那天的炸醬麵美味到至今仍能回想起，當時就算是五碗、六碗也能吃得下。

至少在那一天的那一刻，大家彷彿成了普通的孩子——

會去澡堂把身體搓洗得紅通通的，開心玩水嬉鬧，喝完香蕉牛奶後再去吃炸醬麵的……普通孩子。

這時，老闆叔叔發現了海娜，走過來用憐憫的眼神摸了摸她的頭，說：

「她就是那個孩子吧？」

接著他就只在海娜那桌放了一盤煎餃，因此海娜一時誤以為他是自己的父親。

「長好大了呢。在妳還這麼一丁點大的時候就被丟在這前面，發現妳的時候不知道有多驚訝呢。孩子，慢慢吃，多吃一點。想吃多少，叔叔都會給妳。」

也因為這番發言，海娜知道了自己並非在迫不得已的狀況下被託付給育幼院，而是隨著外送的中華料理一起抵達的。

海娜就連被拋棄的時候都不平凡。

「我是十二月，姊姊呢？」

「我八月，可是反正到了十二月妳就不在韓國了。」

「是啊，大概是吧。」

「話說回來，潔妮，她該怎麼辦？」

「應該安撫她嗎？」

「喂，潔妮，出來，那條棉被現在已經有味道了，必須拿去洗。」

汝敬抓著潔妮的棉被，兩人在拉扯的時候，海娜在蛋糕上插上蠟燭並點燃了。等到潔妮半推半就地從棉被裡出來時，兩人便開始笨拙地唱起歌來，但汝敬是從「祝妳生日快樂」開始唱，海娜卻是從「妳是為愛誕生」開始唱起。

最後等歌曲唱完時，一臉不滿意的潔妮像是嘆氣似的「呼——」吹熄了蠟燭。

「我、我是一百……歲嗎？怎麼可以把、把蠟燭……全部插上？」

「潔妮，既然是妳生日，就說說看吧，妳想做什麼？」

***

從入口開始就人聲鼎沸，三人造訪的地方是遊樂園。海娜與汝敬已經覺得疲憊，潔妮卻恰好相反，心情來到了最高點。

潔妮一走進遊樂園就選了不同卡通人物的髮圈，替汝敬和海娜戴上，之後她們吃了潔妮挑選的冰淇淋、搭了潔妮選的遊樂設施。在這過程中，海娜也慢慢變得跟潔妮一樣開始綻放笑顏，到處跑來跑去。

因為海娜的年齡與身高未達標準，所以只有汝敬和潔妮搭乘驚險十足的遊樂設施。先前說自己有懼高症的潔妮舉高雙臂大聲歡呼，反倒是沒有懼高症的汝敬臉色發青，連髒話都飆出來了。

整個下午被拉著到處跑，基本上把遊樂設施都玩了一輪的三人玩到精疲力竭，最後在小吃區露臺找了座位坐下，點了餐點。汝敬覺得就連在眼前緩慢轉動的旋轉木馬都讓人頭暈。

「既然該搭的都搭了，吃完這個就走吧。」

「不行！」

說不行的人不是潔妮，而是海娜。

「為什麼不行！都已經玩到要吐了耶！」

這次潔妮和海娜同時回答：

「遊行！」

一年一次，遊樂園會邀請育幼院的孩子們入園，主要都是在人潮不擁擠的平日上午，大約三個小時。

孩子們必須以團體搭乘的遊樂設施為主，因為這樣才能拍下大家用力露出笑容的照片。隔天這些照片就會被刊登在遊樂園宣傳網頁的某個欄位上。因為必須在中午前離開遊樂園，所以即使孩子們每年都來到遊樂園，卻從來沒見過下午的遊行。

「海……海娜說得沒錯！遊……遊樂園的……高潮就是……遊行！」

「今天的工作是看遊行。」

「這麼突然？」

要是海娜擺出雇主的架式，汝敬也拿她沒辦法。

「好吧，不過我不要再搭讓人頭昏腦脹的設施了。腦袋老是被晃來晃去，我覺得自己都要變傻了。我就只適合搭旋轉木馬。」

「啊……不行！」

這次是潔妮。

「又怎麼了？什麼不行？」

「媽媽……把我……丟在那裡……逃、逃走了。」

潔妮說自己絕對不要搭旋轉木馬，坐在正面能看到旋轉木馬的小吃區露臺上喝著啤酒。就在汝敬去上廁所的時候，去追加點餐回來的潔妮彷彿凍結似的站在原地。因為她看到旋轉木馬前有個小男孩在哭鬧，不想放開身旁女人甩開他的手。

「喔、喔……啊……不要……那樣……」

轉眼間潔妮跑向他們，猛力抓住女人的手腕。

「您是誰啊？」
潔妮以顫抖的聲音哽咽地說：
「孩……孩子……在、在哭……」
「什麼？」
小男孩抱住女人的大腿，埋頭嚎啕大哭。
周圍的人都注視著這場騷動，用眼神斥責女人，只有女人無法理解目前是什麼情況，就連工作人員都跑來了。
女人這才噗哧笑了，一把抱起小男孩，用兩根彎起的手指捏了捏孩子的鼻子。
「你哭得這麼傷心，害媽媽變成了壞人啦。」
女人指著對面的冰淇淋店。
「是因為這小傢伙吵著要吃冰淇淋。」
潔妮一邊抽搭、一邊問：
「真……真的嗎？」
「哈哈哈哈，我不是那種人。」
女人拿出手帕遞給潔妮。
「這個……給您用。」
「不、不用……了，我……我要去……喝……喝啤酒。」
「什麼？哦，好。」
潔妮回到小吃區露臺時，桌上放著加點的啤酒和薯片，卻不見海娜的蹤影。

「海娜呢？」

剛回來的汝敬問道，但潔妮也不知道海娜在哪裡。

「打電話看看。」

桌面上放著海娜沒帶走的小提袋，失去主人的手機在袋子內獨自響個不停。

海娜從小吃區露臺消失四十分鐘了。雖然知道海娜不是會在哪裡迷路、哭哭啼啼地等待大人的普通九歲孩子，但汝敬仍當成九歲孩子走失一樣喊著孩子的名字四處找她，因為海娜絕對不會一聲不吭就消失。

汝敬找遍整個遊樂園的這段時間，遊客們的笑聲傳了過來。在同一個空間內，有著喜悅與恐懼兩種極端的空氣共存。

去廣播室通知有走失兒童的潔妮來了聯繫。

「怎麼到現在還沒廣播？」

「姊、姊姊……好像……得過來……一趟了。」

汝敬上氣不接下氣地走進廣播室後，他們說：

「小姐，您可以給我們看一下孩子的照片嗎？最近的照片。」

但汝敬手上沒有海娜的照片。

「沒有耶。」

雖然汝敬和海娜一起去醫院、用餐、分享祕密，也一起去了已故母親安息的靈骨塔，但除了手機號碼之外，汝敬對海娜一無所知。

不過汝敬仔細說明了海娜的外貌特徵和今天穿著的服裝，要求廣播尋找走失兒童，但相關人士表示無法為了廣播而將遊樂園內所有設施和商店的音樂聲全部關掉。簡單來說，不能因為走失兒童這種事而妨礙大家來到遊樂園遊玩的氣氛。很遺憾的，這竟然是遊樂園實際遵循的營運指南。在這節骨眼上，還有個女人走進錄音室打開麥克風開始廣播。

「由衷感謝各位來到遊樂園，稍後從八點三十分預計會進行我們精心準備的魔法師魯汀與朋友們的遊行，還請各位熱烈參與。再次……」

可以預先廣播遊行活動，卻無法為了失蹤的九歲小女孩暫時關掉所有音效，汝敬首先依照他們的要求，同意將海娜的外貌特徵與穿著放到電子螢幕上。

——姓名：陳海娜，九歲，女，身穿腰上綁著藍色緞帶的黑色連身裙，在旋轉木馬前的小吃區走失了。若是民眾看到或發現這位小朋友，請立即帶她到走失兒童中心或找離您最近的工作人員。

潔妮與汝敬移動到廣播室旁邊的監控室。

猶如棋盤般占據了整面牆的監視器畫面上，沒有人看起來對電子螢幕上的走失兒童公告感到興趣。

「那……那邊！是……是海娜！」

潔妮在查看海娜消失處附近的監視器畫面，大喊道。

畫面中有名女性牽著小女孩的手靠近海娜。由於孩子的手上拿著氣球，女人的臉被擋住了。

隨後海娜轉過頭，畫面外也能感覺到兩人之間瀰漫某種莫名的緊張感。汝敬知道海娜整個人僵住了。

海娜像是想要迴避女人，轉過身突然跑了起來，女人在後頭追著，但看到孩子手上的氣球飛走便停了下來。接著，海娜消失在一群身穿校服的學生之中，後來就再也看不到她的身影了。

看在汝敬的眼中，海娜是在逃跑。

「是認識的人嗎？」

「不認識……完全不認識。」

汝敬努力支撐的雙腿沒了力氣。

「請問……」

這時監控室的門開啟，一名中年女性牽著小女孩的手走入，她正是監視器中的那個女人。孩子的手上拿著新的氣球。

汝敬衝向女人，對著她的臉大吼：

「妳是誰！海娜在哪！」

領養

「所謂養女兒的滋味……」

善珠是女子大學家政系的最後一屆。她畢業後的第二年，家政系就遭到廢除，隨著相關科系一起被蓋下舊時代的烙印，併入其他學院後消失了。

大學畢業後，善珠在中學擔任兩年左右的教職，後來與相親認識、陸軍士官學校出身的丈夫結婚，便成為了家庭主婦，養育三個各差一歲的兒子。兒時互相爭奪媽媽手臂的幾個傢伙轉眼間長大了。去年老大入伍，老二目前在留學，老么就讀的高中是寄宿學校，所以現在家裡空蕩蕩的。老公除了用餐時間之外，大部分時間都待在書房。雖然善珠才四十六歲，卻覺得自己彷彿披著九十九歲老婆婆的外皮在生活。

和善珠差不多時間結婚的真敬就只有兩個女兒，但從小母女的感情就很親暱，經常如影隨形。去年真敬被診斷出患有膽囊癌，後來動手術時，兩個女兒一刻也沒有離開真敬的身邊，悉心照顧她。出院的那天，兩個女兒為媽媽布置了家裡，還特地做了菜。一打開玄關門，真敬還來不及脫掉鞋子，就在吹熄蛋糕的蠟燭時流下了感動的淚水。

真敬在女兒放假時會跟著她們一起去旅行，不久前三個人還一起訂做了母女戒指。真敬透過SNS把自己與女兒們的生活點滴傳達給親朋好友。

其他晚婚的朋友們的子女都還小，但她們都很羨慕不必再當學生家長的善珠與真敬，善珠卻覺得子女的獨立彷彿在宣告「媽媽角色扮演遊戲結束」般令人空虛。

孩子們在成長過程中的牙牙學語、奇妙的才藝、蹣跚學步、可愛的發音、鑽進媽媽懷裡等的點點滴滴，都只是善珠人生的一部分，並不存在於兒子們的記憶之中；相反的，真敬的兩個女兒卻是分出自己的青春，每天為真敬的人生注入光芒。真敬也因此跟女兒們一樣，變得越來越年輕。善珠覺得好像只有自己獨自老去，所以從某一刻開始便不再照鏡子。

才四十六歲，現在還有生理期，距離更年期也還早，但善珠的人生卻彷彿等待終點的人般無聊倦怠。

這時有人說了：

「現在還年輕嘛，之前我看也有人老年得子啊，不然就領養一個小孩。既然要領養，最好就領養個女孩子。」

說什麼領養啊。先前善珠只覺得這話聽來太過荒謬，擺了擺手一笑置之，但在處理洗碗、洗衣、吸地板等家務事時，那句話卻老是在耳畔縈繞不去。最讓人意外的是丈夫的反應，他也沒有考慮太久，就說要依善珠的決定。是因為覺得孩子反正時間到了就會自己長大，所以才輕易講出這樣的話嗎？於是善珠隔天帶著稍微參觀一下的心情，去了趟別人介紹的育幼院，後來跟一個小女孩對上了眼神。

小女孩的眼眸特別黑，長長的睫毛往下垂，嘟起了小巧的嘴唇。善珠走向了這個沒有和其他孩子們一起跑跳玩耍，而是獨自悶悶不樂地坐著摘花瓣的小女孩。

「小朋友，妳怎麼了嗎？」

「我今天第一次去圖書館，可是我沒辦法借書。」

「為什麼呢？」

「他們說不能把書借給像我這種的孩子。」

「阿姨家裡有很多書，妳下次要來玩嗎？」

「真的嗎？全部都可以看嗎？」

「嗯，全部都可以看。」

善珠從這個六歲小女孩身上發現了自己的影子。她從孩子身上看見了自己坐在大樓遊樂區的長椅上，呆呆地望著跑跳玩耍的孩子們與年輕媽媽們的淒涼模樣。

「阿姨叫做崔善珠，妳叫什麼名字呢？」

「子英，金子英。」

「子英妳……要不要當阿姨的女兒？」

善珠表達自己的領養意願後，兩個兒子果然跟丈夫一樣不假思索（只當是增加一個家人）就同意了。老么雖然短暫表示反對，但在答應他上大學之後可以休學一年的條件後，子英便成了善珠的么女。

善珠一邊整理正在留學的老二房間，一邊替子英添購需要的物品，感受到自己回到了睽違多時的「媽媽」身分。小女生的衣服、皮鞋和零件怎麼會這麼小巧精緻又漂亮呢？善珠這才體會到養女兒的滋味是什麼樣子，確實跟養兒子截然不同。

子英說好要來家裡的那天，善珠想要當個漂亮的媽媽，所以去了美容室化妝，穿上了淡雅的嫩綠色連身裙。等一切準備就緒，善珠照了照鏡子，瞬間不禁哽咽起來。鏡子中的善珠從九十九歲的老奶奶重新變成了年輕媽媽。

「我得為孩子買各種需要的東西，好好地照顧、疼愛她。我要把世界上漂亮美好的東西全都給孩子。等孩子長大後，我們就可以跟真敬的女兒們一樣一起去旅行、去洗三溫暖還有逛街。」善珠真的編織了許多與子英有關的夢想。她也替要成為自己女兒的孩子重新取了名字。

就這樣，「金子英」變成了「高恩律」。

雖然買了各種不同系列的迪士尼公主裙掛在衣櫃裡，但孩子卻連碰都不碰，她反而喜歡穿牛仔褲搭配毛衣或沒有圖案的T恤。大概是因為覺得陌生吧。善珠原本打算早點起床叫醒孩子、替孩子梳洗、餵孩子吃飯，替她穿上衣服之後送她去幼兒園，但孩子卻自行起床整理好床鋪，梳洗完之後還把浴室的水漬都擦乾淨了。她把事先準備好的食物吃個精光，把碗放入水槽浸泡，配合幼兒園接送巴士的時間穿好鞋子，等待善珠。

回到家後，恩律會立刻到浴室洗手，換好衣服後，在自己的房間裡看書。幼兒園的班導師稱讚恩律是任何事都會自動自發的孩子，對恩律讚不絕口，但善珠總覺得自己的生活跟先前沒有兩樣，感到很失落。

「有女兒的心情怎麼樣？」

「嗯……我也不確定，偶爾她又會表現得像個客人。」

「會不會是因為不知道自己有家人，特別是有媽媽是什麼樣的感覺呢？所以每件事都養成自動自發的習慣。就再等等看吧。」

時間越久，感覺恩律越來越像代替二兒子使用房間的客人，一個長期拜訪家裡的小小客人。

「請問……」

孩子依然沒有喊善珠為媽媽。

「怎麼了？妳說說看。」

「我想去圖書館，可以一起去嗎？」

去圖書館之前先去申請了家庭關係證明書，所以善珠第一次牽起了恩律的手。以這孩子的監護人、父母的身分申請圖書館的兒童借書證後，回來的路上善珠很興奮，向恩律表白希望她能喊自己媽媽，恩律也笑著爽快地喊了一聲媽媽。

正在放假的老二配合入伍的老大休假回到了韓國。將近一年沒有見面的一家人來到了一家中式餐廳，三個兒子對恩律沒有太大的興趣，丈夫則是到現在都覺得恩律很陌生。

老二看著媽媽將轉盤上的菜餚分到恩律的盤子上，還替她剪好方便她吃，忍不住說了一句：

「媽，妳就讓她自己吃吧，妳看她，自己也做得很好啊。」

兒子說得沒錯。恩律不會像同年紀的孩子吃得整張嘴沾滿醬汁，不然就是把菜撒在桌面上，反而因為善珠突然太過靠近，她必須努力隱藏自己的不自在。這時善珠才了解到，雖然她想要的是需要自己視線與關心的孩子，但反而要求他人視線與關心的人向來都是自己。

不管在她身旁做了再多也不會察覺到的孩子；就算不照顧她也一個人做得很好的孩子；只要待在一起就會感到不自在的孩子；一起生活六個月，就只有喊善珠一次媽媽的孩子；就算放著她不管，也能自行成長為大人的孩子——善珠不需要的孩子。善珠自從這天之後，開始討厭起這個宛如客人的孩子。

領養六個月後，雖然恩律的身高要比平均身高矮了一些，但也算是長大了不少，所以剛開始準備的衣服很快就穿不下了，鞋子也被長大的腳丫子塞滿。可是善珠看到明顯露出的腳踝和手腕後，卻沒有替恩律添購新衣。

恩律同樣把袖子拉得緊緊的，或是在善珠沒看見時踩著鞋後跟。之後善珠開始經常不替恩律準備餐點，不然就是準備對孩子來說過辣的菜色，甚至唯獨在孩子的湯裡頭多放一匙鹽巴。她把恩律獨自留在離家很遠的超市就回家，毀損在圖書館借的書，甚至在恩律洗澡時關掉了熱水。事實上就連善珠也無法理解自己為什麼會做出這麼惡劣的舉動。

雖然沒有口出惡言或對孩子動粗，但隨著折磨孩子的次數增加，善珠也慢慢變本加厲。為這個不向自己索求愛的孩子判下了可恨罪。

當討厭變成了憎惡，鏡子中的善珠開始再度變老。放學回家的老么看著媽媽這副模樣，在回學校的前一天留下了這樣的話：

「希望媽媽可以成為自己需要的人，現在就別再折磨她了……」

幼兒園的老師最先注意到恩律的袖子太短。關注恩律一段時間的她，將這個事實傳達給負責恩律的社工，他則是把恩律叫來，問了各種懷疑有虐待行為的情況，但恩律的回答始終如一。

「她就跟我的媽媽一樣。」

「跟媽媽一樣？恩律，跟媽媽一樣是什麼樣子？」

孩子稍作猶豫，回答道：

「我只是覺得有媽媽很重要。」

社工向恩律的養父母申請面談。

社工在觀察恩律的房間時發現了一個很微妙的狀態。現在剛滿七歲的孩子房間裡有各種給兩、三歲孩子玩的娃娃和遊樂器材；書桌上有國高中推薦好書之類的書籍，但大部分都是從圖書館借的書。感覺就像有個三、四歲的孩子和十七歲的青少年住在同一個房間。

善珠端出了熱茶和水果。善珠以淡然的態度接待社工，默默地轉動蘋果削下果皮。

「您只有三個兒子，現在有了女兒，一定很高興。」

「這就難說了。」

「聽幼兒園的老師說，恩律的智力明顯比其他孩子高，閱讀的書也是……才六歲的孩子就已經在閱讀歌德的小說，真讓人吃驚呢。」

「是嗎？」

「她本來是個瘦弱到一眼就會注意到的孩子，但大概是來這之後吃得很好，所以個子長高不少呢。現在才總算跟同年紀的孩子看起來差不多。媽媽您真是辛苦了。」

「請吃點蘋果。」

他咬了口蘋果，小心翼翼地接著說：

「不過恩律身上的衣服看起來有點小……這時期確實是最難買衣服的年紀，因為孩子本來就長得很快。」

「不，我看起來也覺得衣服小了。」

善珠只是讓聽到的話左耳進、右耳出，毫無誠意地給予答覆。社工覺得好像哪裡不太對勁，跟透過門縫偷聽兩人對話的恩律四目相交。

孩子的眼神絕對不是在打SOS信號。

反而像是在哀求讓她留在這個家。

「是不是有我能幫上忙的地方？」

善珠停下削蘋果的動作，盯著社工。

「真的能幫忙嗎？」

她的眼神則明確在打SOS訊號。

「當然了，恩律媽媽，這就是我在這裡的功能。」

善珠以果斷的眼神說道：

「請把那個孩子再次帶走。」

「……恩律媽媽！」

「我是真心想要棄養。」

社工回去幾天後，恩律趕緊讀了借回來的書，但最後還是沒讀完就得歸還圖書館了，她也向幼兒園的同學們道別。

「恩律現在沒有媽媽了嗎？」

「嗯。」

「也沒有爸爸了？」

「嗯。」

「妳現在還是個孩子，那誰要養妳？」

「……」

那天善珠來到睡著的恩律床邊坐下。

她用顫抖的手撫摸恩律的髮絲，後來將臉埋進她的頭髮，悄聲說道：

「妳還沒準備好要成為任何人的孩子。」

就這樣，高恩律再度變成了金子英。

蒸發

「妳是恩律吧？」

我搭的碰碰車是黃色、汝敬是綠色、潔妮是粉色，每當我們愉快地互相碰撞，從車上彈出的顏色就會混雜在一起開心跳舞。從不停轉圈的旋轉咖啡杯溢出的褐色液體，變成一個又一個甜甜圈，四處飄浮來去。聽到孩子們的笑聲，從空中飄浮的飛行氣球上掉落的彩虹色流到了甜甜圈上頭。搭乘阿拉伯商人的鞋子乘風破浪的冒險結束後，遮住女人們臉孔的絲綢散落在庭園草地上，開出五顏六色的花朵。世界上所有的東西都有了生命與色彩，都露出了笑顏。

直到有人喊了我的名字。

那是我在小吃區露臺等待潔妮與汝敬，同時傳訊息給司機阿姨說我們會看完晚上的遊行才離開的時候。

「沒錯耶，是恩律。」

一名中年女性牽著手裡抓著氣球的小女孩看著我。

她再次用那個名字喊我。

「是……恩律嗎？」

她是我的第一個媽媽，那名字是我的第二個名字。因為我現在已經不是恩律了，所以我不知道應該回答什麼才好。就在我認出她的那一刻，在眼前鋪展開來的繽紛色彩沿著牆面流下，在她的背後凝聚成一顆球。

「沒想到會在這裡看到妳。妳……過得好嗎？」

雖然很想把這段時間我是怎麼生活過來的逐一說給她聽，但我的嘴巴卻像拉上拉鍊一樣張都張不開。

女人掃視桌面上剩下的炸雞、空的啤酒杯和沙拉。

「妳和誰一起來的？」

女人環視周圍。我雖然內心迫切希望汝敬趕快回來，可是卻看不到她的人影。而潔妮從剛才就在旋轉木馬前啜泣。

女人找不到任何看起來像監護人的人，於是想繼續跟我搭話，這時牽著她手的孩子拉了拉她的手臂，指向陳設架上的冰淇淋。女人以充滿憐愛的眼神望著孩子。

「嗯，妳想吃冰淇淋？恩律，妳也要吃嗎？」

在女人的背後凝聚成球狀的各種色彩暗了下來，接著快速地膨脹。

「媽媽，這個姊姊是誰？」

「啊，她是恩律姊姊，跟姊姊打聲招呼。」

「恩律姊姊好。」

那個孩子……已經準備好成為某個人的孩子了嗎？

巨大無比的球發出轟隆轟隆的聲音經過了女人身旁，朝我滾了過來。我瞪著女人大喊：

「我不是恩律！不要那樣叫我！」

女人一臉哀傷地朝我伸出手臂，就好像打算將我身上剩餘的色彩全數吸收。我怕女人的指尖會碰到我的身體，所以開始往後退並跑了起來。那一瞬間，黑球開始加快速度朝我滾來。

孩子手上的氣球飛走了。

就算我跑了再跑，消失的顏色也沒有回來。

***

我究竟對那孩子做了些什麼？

想到我對那孩子做的事，就覺得應該裝作沒看到她才對，可是我還是喊了孩子的名字。而將我當作怪物的孩子不知道逃哪去了，我完全跟不上她。我正打算和女兒一起回家，卻看到電子螢幕上尋找走失兒童的公告。上頭沒有照片，孩子的名字也不一樣，但上頭描述的穿著打扮和我看到的恩律是相同的。

「妳是誰！海娜在哪！」

年輕女人情緒激動地大喊，女兒瞬間被嚇哭了。

「原來孩子的名字是海娜。我叫做崔善珠。」

我讓情緒激動的女人看我手機中恩律的照片。

「我來是因為電子螢幕上沒有放孩子的照片。雖然樣子要比現在年幼一點，但我在想或許能幫上忙……」

看到孩子的照片後，年輕女人瞪著我問道：

「大嬸……妳是誰！」

***

拿出六歲海娜照片的女人，表明自己曾經是海娜的媽媽，但我沒有時間追問這到底是怎麼一回事，因為必須先找到海娜。雖然電子螢幕上顯示了從女人手上拿到的海娜照片，但為了觀賞即將開始的遊行，人們紛紛開始移動，很難吸引到大家的目光。

工作人員表示，兒童失蹤事件超過一小時就必須報警，徵求了汝敬的同意。他們相信汝敬是海娜的媽媽。

汝敬囑咐潔妮，若是十五分鐘後還是沒有發現海娜就要報警，之後就前往監視器畫面中最後有人目睹海娜身影的地方。

那是在進行各種演出的童話舞臺附近。雖然電子螢幕上顯示了走失兒童的公告和海娜的照片，但等到遊行結束園區馬上就要清場關門了，因此那裡除了幾名在整理裝備的工作人員之外，沒有半個人。

汝敬手機上的血糖警示燈開始響起的同時，藏在熱鬧的遊行音樂中的一個細微噪音鑽入了汝敬的耳朵。汝敬死命地專注聽那個聲音，但微弱的聲音卻被進行曲徹底淹沒。

這時，因為沒有注入胰島素，加上情緒激動，所以海娜的身體快速轉為低血糖狀態。要是再這樣下去，很顯然她會休克，那就無法挽回了。要在這狀態下找到海娜是不可能的。汝敬開始朝著廣播室奔跑。

汝敬對著在廣播室前等待的潔妮說悄悄話後，不由分說地走進錄音室內並鎖上了門。

播報員正在介紹遊行角色，被汝敬突如其來的登場嚇到，瞬間錯過了說臺詞的時機，緊接著潔妮也鎖上了廣播室的門。雖然工作人員趕緊跑來敲門，但汝敬什麼也聽不見。

汝敬握住麥克風，朝著操控室的員工大喊：

「立刻關掉！把現在外面能聽到的聲音全部關掉！」

汝敬舉起手機，將上頭的血糖警示燈秀給拿不定主意的操縱室員工看。

「看到這個沒有！要是五分鐘內沒有找到，這孩子就會死！那就等於你殺死的！立刻關掉！」

見操縱室的員工站在紅色按鈕前猶豫不決，潔妮立刻以拳頭捶擊按鈕。

瞬間，散播在偌大童話國度的繽紛多彩聲音，就像被扒掉似的蒸發不見了。遊行音樂與播報員臺詞突然中斷，遊行的表演者及圍觀的遊客全都一頭霧水地愣愣望著空中，人們開始騷動。

汝敬一把推開播報員，抓住了麥克風。

「有兒童走失了，必須聽到走失兒童身上配戴的機器發出的聲音才行。拜託各位了，只要五分鐘就好，拜託大家沉默五分鐘。」

大家開始接二連三地閉上嘴巴。有個男人聽到女兒在哭鬧，甚至用手摀住了她的嘴巴。

在沉默之中，所有人都在等待一個不知道是什麼的聲音。

就在這時。

嗶——

在遊行隊伍的最後面，有個小男孩舉起手臂。

「那邊！那邊有聲音！」

人們不約而同地朝著孩子指的方向轉頭。聲音的來源是位於三樓的鐘樓。

衝出廣播室的汝敬開始跑了起來。在奔跑的這段時間，汝敬就只想著一件事。

別死，千萬不要死。

汝敬在鐘樓的角落發現了把身體蜷得像一顆球，逐漸失去意識的海娜。她把海娜揹在背上，一刻也不停歇地奔向潔妮呼叫的救護車在待命的地點。雖然孩子是找到了，但沒有一個人敢輕率地打破這沉默。

直到這個聲音在遊樂園消失為止。

嗶——

＊＊＊

「能請您確認一下，是不是有一個叫周汝敬的人住在這裡的四十八樓A呢？」

「很抱歉，關於住戶的相關問題，我們無法給予任何答覆，對不起。」

櫃臺女人的態度畢恭畢敬，卻給人一種遭到無視的感覺。昌秀雖然稍微思考了一下是否該表明自己是汝敬的保護觀察官，但要是這麼做，汝敬在這棟高級豪宅的處境就會非常為難，所以他很快就放棄這個念頭。昌秀沒有向櫃臺的女人多做解釋，而是留下自己的聯繫方式並說：

「若是發生什麼事，可以請您聯繫這個電話嗎？」

「發生……什麼樣的事？」

「嗯，好比說奇怪的事？」

「奇怪的事？」

「那我先走一步。」

昌秀走出大廳，取出便條紙寫下幾個字──

「海里蒂奇經理韓素允」。

昌秀來到附近的不動產公司，借了海里蒂奇大樓戶數標示圖，用手指逐一數了總樓層數，同時尋找汝敬的家。燈是暗的。昌秀決定就地等待，把車子停放在附近。都過了晚上十一點了，那戶人家還是沒有開燈，汝敬也沒有接電話。昌秀傳了幾次警告意味濃厚的訊息，但汝敬連讀都沒讀。

說自己住在這種高級豪宅，果然是在說謊？

她看起來不像會說這種無謂謊話的人啊。

昌秀等待汝敬的同時，決定開始尋找那位好心出借高級豪宅的親切友人。該地址登記簿謄本上標示的持有者姓名是陳相元，汝敬帶來的孩子也姓陳。

陳相元、海里蒂奇。搜尋這兩個關鍵字後，可以找到關於他的簡單資料。這個小提琴家出身，又被譽為小提琴製作大師的男人，在該領域是名氣十分響亮的人物，所以才讓人覺得奇怪。這對生活無虞的年輕夫婦，怎麼會二話不說就把這麼富麗堂皇的房子讓給照顧九歲子女、正在假釋中的保姆？

手機響了起來。是朴刑警打來的。昌秀拜託車警監，要到了九年前負責汝敬案件刑警的聯繫方式。雖然打了幾通電話，但電話都沒接通，現在換他打過來了。昌秀一邊接起電話，一邊拿出便條紙。

幸好朴刑警還記得案件的詳細內容，也記得汝敬。

「是個有點特殊的案件。」

「怎麼說呢？」

「因為那還是我擔任刑警以來，第一次看到那些受害者自發性地替加害者寫請願書的罕見情況，而且還是厚厚一疊，根本就是用請願書做成了一本書。要不然負責的檢察官又怎麼會說，交請願書的人是不是都吃了這女人拿的藥，得好好進行調查才行。當時有個男人因為那女人死了，要不是發生那件事，不然大概隨便關一下就出來了，但我記得判得還滿重的。先不說那個，聽說現在她在假釋期間，您是對什麼感到好奇呢？」

「就是一些有的沒的，因為我們也要做紀錄。您有沒有特別記得其他的呢？」

「啊，是被判刑後還沒被關進去之前嗎？還是之後？那女人的母親被人發現死於非命。」

「是……被人殺害了嗎？」

「我們只有帶那個女人到太平間，所以不知道詳細情況，但聽說死因是服藥過量，很好笑吧？女兒因為藥物濫用害死了一個人，母親卻因為服藥過量死亡。聽說她看到母親的遺體時眼睛連眨都沒貶。」

「可以問一下是哪個單位負責周汝敬小姐母親的事件嗎？」

「咦？這您不是很清楚嗎？」

「什麼？」

「是車警監啊。應該是車警監負責那個案件的，因為當時他在那個單位。不過，最近保護觀察官都要問這麼詳細喔？」

「確實因為在假釋期間，所以多花了點心思。而且……您不也知道嗎？畢竟她的前科跟藥物有關。」

「當然知道囉。我只見過癮君子不吃不喝，戒掉藥物卻是前所未聞。啊！不過那女人自己沒用藥，只有給別人而已。後來我才聽說，還是那些人死纏爛打跟她要的。」

與朴刑警通話快結束時，一輛車急忙駛向海里蒂奇入口前並停了下來。一個女人沒有熄火就下車了，著急地走進海里蒂奇內。

不久後，汝敬的家亮起了燈。時間已經接近午夜了。隨後，燈光熄滅，停車的年輕女人揹著行李袋衝出來，搭上車後離去了。女人走入的那戶確定是汝敬的家。昌秀尾隨在女人的車子後頭。

提著行李袋的女人抵達的是一家綜合醫院的兒童醫療大樓。女人在醫院走廊上和汝敬碰面，把行李袋交給她並聊了幾句話後，就一邊啜泣、一邊回去了。

女人的頭上一直戴著遊樂園卡通人物的髮圈。

汝敬走進的病房門上掛著寫有「陳海娜」的名牌。是汝敬帶來的那個孩子的名字。昌秀透過病房門上的小小窗格查看內部。

躺在病床上的孩子似乎睡著了，汝敬則是一臉憂心忡忡地守在一旁。汝敬坐著的椅子旁也同樣放了兩個遊樂園卡通人物的髮圈。

「請問您是海娜的父親嗎？」

護理人員手上抱著一條毯子站著。

「不是，我好像找錯病房了。」

昌秀在離開走廊之前，清楚地聽見拿著毯子的護理人員一邊打開病房的門，一邊呼喊汝敬的聲音。

「海娜媽媽。」

護理人員稱呼汝敬為孩子的媽媽。

上次與汝敬通話時，有人用其他名字喊了汝敬，孩子也喊她媽媽。昌秀拿出便條紙，確認當時寫下的姓名。楚仁慧，有人用那個名字喊汝敬。為什麼在這凌晨時分，不是父母而是汝敬守在生病的孩子身旁呢？孩子的父母在哪裡？汝敬為什麼要自稱是孩子的母親？

還有，楚仁慧又是誰？

＊＊＊

「唉，這什麼啊，髒死了。孩子的媽媽，妳快起來看看啊。」

我側臥在折疊床上打盹時，突然聽到某個阿姨的喝斥聲，嚇得睜開了眼睛。

睜眼後看見了病床尾有個水桶和拖把。抬起頭，發現某個陌生阿姨舉著依然未恢復意識的海娜的右手。

「我的天啊，孩子的指甲怎麼長短不齊的，就像孩子自己剪的，沒有一個指甲是完好漂亮的圓弧狀。真是的，孩子的媽！妳知道指甲底下有多少細菌在竄來竄去嗎？」

定睛一看，海娜剪得歪七扭八的指甲變長了不少。

「唉唷，妳是在做什麼？孩子的媽，還不趕快下樓去買支指甲剪，快點！」

面對阿姨的盛怒，還沒睡醒的我只好跑去位於醫院地下樓層的販賣部買了指甲剪和一杯咖啡上來。

回到病房時，已經不見阿姨的蹤影。

我一手拿著指甲剪、一手抬起海娜的手，過了許久都不知道該怎麼辦。

海娜的指甲比想像中小太多了，而我買的指甲剪太大，看起來又很鋒利。

我試著回想一下自己在海娜這個年紀是怎麼剪指甲的，很不可思議的，我想起了是媽媽替我剪的。那時她鋪了張報紙，替我剪指甲的動作也很笨拙，我還記得自己經常被指甲剪剪到肉而流血的事。

這份記憶太過新奇、格格不入，也跟她太不搭了，以致於我覺得這是捏造的記憶，但可笑的是，這是真的。

九歲時的我，確實是媽媽替我剪指甲的。

有人從我手中搶走了指甲剪。

是那位阿姨。打掃用推車就停放在病房門前。

「唉唷，看了真讓人心急。給我吧，與其在旁邊看，還不如由我來剪。」

阿姨把垃圾桶拉了過來，熟練地開始替海娜剪起指甲。喀、喀、喀，指甲隨著輕快的聲響掉進了垃圾桶。

「孩子的媽，妳看好了。這邊，這個是她在剪自己指甲時割傷的。我們家的孩子也曾經說要自己剪，結果老是割到這裡。不過，看來這孩子是左撇子呢。」

「您怎麼知道呢？」

「妳看這個，就是因為她右手用得不順，所以左手指甲的形狀長得更尖啊。來，都剪好了，怎麼樣？看起來很舒服吧？但妳還在做什麼？還不趕緊弄個濕毛巾替孩子擦一擦。」

「啊，是……」

我拿著濕毛巾從廁所出來時，已經沒看到阿姨與她的清掃用推車了。

點擊潔妮用手機傳來的連結後，畫面跳到了新聞頁面的最頂端。

採訪內容與兩天前發生在遊樂園的事件有關。

新聞中提及遊樂園與市民有多積極合作，同心協力尋找走失的兒童。但當我和潔妮鎖上廣播室的門後，在門外彷彿要把門砸碎似不斷拍打，還說要對我們提告的男人，此時正一臉興奮地接受採訪。

「經過此次事件，我們不僅會為兒童糖尿病患者設置專屬空間，而且我們遊樂園也將會是首度實施亞當警報[12]的公共設施。」

過了一會兒，新聞上開始解釋何謂亞當警報。

假如那天能夠早個十分鐘按下那顆紅色按鈕，此時海娜可能就不會躺在這裡了。

因低血糖休克暈倒後，海娜過了兩天才醒過來。一醒來，問的就是日期。接著她起身，像是什麼事都沒發生似的刷牙洗臉、換上衣服，也梳了頭髮。她看起來氣沖沖的，卻不知道為什麼。

「請給我手機，我得聯絡司機阿姨。」

「在那邊抽屜裡。」

接受主治醫師的簡單診斷後，辦理出院手續時，海娜依然皺緊眉頭，莫名發起脾氣。

「妳說說看，是怎麼了？問題出在哪裡？」

「留學機構的面試，是昨天。」

「這也沒辦法啊，只好重新預約……」

「問題就是沒有那麼簡單！說不定得再等一個月，不，說不定要等更久！妳根本就不懂！」

「別發脾氣。就是啊，誰叫妳要暈倒生病？」

稍後司機傳來訊息，海娜沒說一聲就逕自出去了。

我知道現在海娜會發脾氣，並不只是因為錯過了留學機構的面試。她是怕我會問她什麼，為了採取防禦而發脾氣。

這是在叫我不要問關於那天的事情。

我雖然不認識海娜的父母、不知道海娜住的地方、不知道她的指甲長了多長，手上也沒有一

12　先進國家中，透過封鎖設施等來防止兒童走失，並在十分鐘內尋找兒童的警報系統。

張她的照片。但我現在知道，當海娜感到害怕時會故意發脾氣，還有緊張時會不自覺地握緊拳頭。

「楚仁慧小姐。」

別人依然用那個陌生的名字叫我。我到櫃臺去批價結帳，職員說已經付清了。

「可以知道是誰付醫療費的嗎？」

是那個女人。

那個導致海娜在遊樂園逃跑，叫做善珠的女人。

＊＊＊

司機阿姨說那天一直在遊樂園入口等我。眼看早已過了約定時間，遊客也都已經散場，但我依然沒有現身，因此她聯繫了好幾次，可是都沒人回應。最後司機本來打算進入遊樂園找我，但工作人員表示遊樂園已經閉園，無法入場。

司機阿姨又等了很久，為了確認我是否安然無事回到家，所以去了我家。去了那個充滿祕密的地方。

「所以呢？」

「……」

司機阿姨沒有回答。她會為了把沒有在遊樂園接到我的事情告訴爸媽而敲門嗎？假如她走進了家裡呢？會不會也打開了低溫室的門？她會看著徹夜黑漆漆的家裡想些什麼呢？

從醫院出來，一直到抵達家門前，司機阿姨都沒有說半句話，而我懷著不自在與焦躁的心情坐在車上，最後因為抵抗不了疲倦而睡著了。

我的色彩在遊樂園徹底蒸發了。我被困在伸手不見五指的意識中，等待著消失的色彩能夠回來，然後在今天清醒了。我緩緩地闔上眼皮又睜開，重複了兩次左右。眼前一片發白。汝敬的腳步聲。看到我意識恢復了，汝敬呼叫醫療人員過來。汝敬的頭髮還有花稍的衣服顏色也都變成了白色。所有色彩都離我而去。

當我從夢中醒來時，發現車子已在家門口，天也暗了下來。司機阿姨似乎一直在等我醒來。我起身用指尖點了一下司機阿姨的肩膀。她轉頭看我，臉上沒有任何表情。好奇怪。

我一下車，司機也跟著我下車，然後抓住我的肩膀轉向她。她打開後車箱，拿出兩個長盒子夾在腋下，兩手分別拿著工具箱和購物袋，跟著我進門。

「怎麼了？」

她暫時放下工具箱和購物袋，打起手語。

「先進去吧。」

我想了想該怎麼做。這個家從來沒有陌生人來拜訪，所以也不能讓人進入。我不得已只好打開大門，同時動起了腦筋，想著該如何解釋為什麼這麼大的家裡沒有大人，最後卻只想到聽起來很像謊話的說詞。

打開大門，經過庭院，我把鑰匙插進玄關門鎖轉動後，按下了密碼。等門一打開，司機隨即走向了客廳。

她沒有問起關於這棟空房子的事、也沒有問起為何看不到大人的事，只是從拿進來的長盒子中取出新的玄關燈，指著掛在客廳天花板的中央照明說：

「這個要換新的。」

「……」

養父母離開之後的幾天，客廳的燈就不亮了。我別無他法，只能把家裡提得動的燈具擺在一起，照亮客廳和走廊等空間，整體看起來頗有氣氛，我也不覺得有多不方便。

司機是怎麼知道客廳的燈沒有亮呢？她把客廳的矮櫃當成梯子站上去之後，開始著手更換作業，但似乎不只是更換燈管而已。作業要比想像中更複雜。過了一會兒，司機阿姨確認客廳的燈光通明，把壞掉的日光燈管等放進空盒，接著提著購物袋走向了廚房。

她說不定會透過廚房的窗戶看到後院的低溫室。特別是像今天這種滿月的日子，說不定會在結凍的草葉之間看見他們的身影。想到絕對不能現在被發現，我突然緊張了起來，開始用目光搜尋撥火棒，確認它就放在客廳壁爐旁。

司機阿姨走進廚房後，打開冰箱門確認裡面有什麼（冰箱內除了訂購的控制血糖餐盒和飲料之外，沒有任何東西），接著從購物袋取出一人份小包裝的配菜和食物，開始填滿冰箱。

打從走進這個家裡，她的視線就只有放在客廳的燈和冰箱上頭，並未有意識地環顧其他地方。整理好之後，司機阿姨提著空的購物袋、裝有壞掉日光燈管的盒子和工具箱走向玄關。

她經過庭院，打開大門，將物品放在後車箱內。她對著無法理解這是什麼情況、呆呆站著的我說：

「因為看起來太黑了……所以我想替妳換燈泡，就只是這樣，阿姨走了。」

我從長期以來亟欲擺脫的憐憫眼神中，第一次覺得獲得了安慰。原來是這種感覺啊。

我站在客廳中央，仰頭望著天花板的燈許久。刺眼的光芒閃過之後，許多藍色和綠色的圓球開始在瞳孔內飄浮來去，接著失去的色彩開始回到了原來的位置，牆面、階梯還有家具都找回了自己的顏色。

在黃色的月光下逐一找回色彩的綠葉之間，似乎可以看到養父穿著酒紅色襯衫趴在餐桌上的背影。

她是否也看到了這幅畫面？

線索

「仁慧嗎？是媽媽。」

從醫院回來後，我拖著疲憊的身軀好不容易才洗完澡，之後連吹乾頭髮的力氣都沒有就直接靠在沙發上。雖然躺下想要補眠，可是最多只過了一小時，眼睛就自動睜開了。

出獄後的種種情況讓腦袋變得混亂不已。把媽媽的骨灰罈移到耐火堂的人為什麼要向我道歉？為了就算被當成無名屍也無所謂的骨灰，都已經支付難以想像的金額、遷移到高級靈骨塔了，她究竟是為什麼感到無比抱歉呢？

假如真如「限制來電顯示者」所說，媽媽是遭人殺害的話，那會是在耐火堂留下紙條的她所為嗎？

又或者「限制來電顯示者」就是「她」？

事實上，我已經厭倦了被沒有表明真實身分和目的，只不停傳來訊息的「限制來電顯示者」擺布了。「限制來電顯示者」告訴我的真相，其實都已是我不再感到好奇的事了，因為那些事都是關於媽媽。我反而對「限制來電顯示者」的真實身分感到好奇，這個人想跟我說的到底是什麼？

除了媽媽的問題之外，讓我傷腦筋的還有海娜。扮演海娜監護人角色的期間，我不禁懷疑自己能否勝任。

海娜的父母是誰？為什麼他們如此殘忍地將九歲的小丫頭拋棄？

在遊樂園遇見的那個叫做善珠的女人，說自己曾經是海娜的媽媽。她在我跑去尋找海娜時抓著我的手臂，要我替她向海娜說聲對不起。

我不知道兩人之間發生了什麼事，但是光從監視器畫面中海娜避開她跑走的舉動看來，我只能帶著敵意瞪著這個叫善珠的女人。在她們之間發生的事並不重要。海娜的過去可能使海娜喪命。我開始隱約產生不安感，覺得這說不定也會以某種形式對我造成影響。

家裡響起了陌生的電話鈴聲，但並不是從手機發出來的，聲音是從寢室傳來的。因為我的生活起居是以客廳為主，所以寢室對我來說是個陌生的空間。

打開門之後，擺在床頭櫃上的電話在響。

應該接嗎？還是不要接？

就在我決定不接電話的那一刻，鈴聲立刻停了，幸好。

我正打算走出寢室，電話鈴聲再度響起，這次我決定接起電話。我拿起話筒，還沒來得及說出「喂？」之前，一名年邁女人的尖銳嗓音就傳到了話筒外。

「仁慧嗎？是媽媽。」

＊＊＊

我正吃著血腸湯飯配燒酒時，車警監進來了，他的左手腕到大拇指都纏著繃帶。

「怎麼還用那副身子在奔波啊？都已經當上警監的人了。」

「就是啊，本來還以為當上警監就不必再奔波了。其實是我絆到了自己的腳，現在我就是這樣過的。」

昌秀舉起手臂點了湯飯，車警監則是舉起用繃帶纏著的手追加點了血腸拼盤和燒酒。

「我們明天都會一起去，你真的不去嗎？」

「去了做什麼？」

明天是載錫的忌日。昌秀目前擔任害死載錫的那小子的保護觀察官，所以沒辦法去那會場。

車警監是載錫的警察同期。這是三人過去經常會光顧的餐廳。先前開玩笑說「你們三個坐在這裡，那些犯罪的傢伙都不敢來吃血腸了」的阿姨去年夏天走了，載錫也走了。現在是由阿姨的媳婦在經營，但她太過沉默寡言了，所以不時會懷念起阿姨的火爆脾氣。

「那兔崽子還活得好好的？」

「那兔崽子」就是「那小子」。是讓載錫賠上一條命後，依然若無其事地在超商大口灌下泡麵湯頭的傢伙。光是在今天這樣的日子想起那傢伙的樣子，就恨不得拿鐵刷把自己的大腦狠狠地刷上一回。

「大哥，我有件好奇的事……聽說九年前有個女人在謝爾頓飯店的套房因為藥物死亡的事件，是大哥負責的？」

「誰？」

車警監夾了塊豬肚咀嚼，回想昌秀是在說誰，然後「啊！」了一聲，拿起燒酒杯大口灌下，接著昌秀又替他的空杯斟酒。

「謝爾頓套房？嗯，對，那女人的手臂上全是密密麻麻的針頭瘀青，多虧了這案件，我還能參觀高檔飯店的套房長什麼樣。」

「有做屍檢嗎?」

「沒有,何必做,死因都擺明了,而且遺族也拒絕。」

「遺族?是誰?女兒嗎?」

「她還有個妹妹,這樣一講我倒是想起來了,因為那個妹妹跟死去的女人長得一模一樣,我還嚇到了。後來才知道她們是雙胞胎。對了,先不說這個,聽說那個妹妹是名氣非常響亮的畫家,那女人一幅畫就要價上億韓元啊。」

「她為什麼說不做屍檢?」

「說這樣等於殺了她兩次什麼的,大家不是都會不想做嗎?不過載錫確實有說過看起來需要做屍檢。」

「載錫前輩?為什麼?」

「他說就算是再無可救藥的癮君子,也不會在死前還拿針筒往自己手臂上扎,再說了,那女人的手臂兩側全部都是注射針孔的痕跡。雖然不曉得是誰扎的,又或者因為沒地方可扎,所以就往另一隻手臂扎下去,但總之家人說不做屍檢又有什麼辦法?只能簡單處理囉。」

「有他殺痕跡嗎?」

「沒有吧?應該。」

「應該?」

「有套房的樓層都沒有監視器,專用電梯也一樣,所以無法得知有誰出入,也沒有特別讓人起疑的情況。畢竟是用藥啊。不過好像有人因為嬰兒的哭聲而打電話向櫃臺抗議,所以房務員才會打開房門。」

「那個嬰兒呢？」

「當然是那個妹妹的外甥女啦，讓她帶走了。不過這女人壓根把死去的姊姊拋到腦後了，她說不想管。就在我騎虎難下的時候，幸好死去的女人有個成年的女兒，所以我記得就交給她了。」

「女兒？周汝敬嗎？」

「哦？你也認識那女的？」

「大哥你也知道周汝敬？」

「周汝敬，不就是那死去女人的妹妹嗎？名氣非常響亮的畫家。」

「周汝敬……是妹妹？」

趁車警監去上洗手間時，昌秀上網搜尋了「周汝敬」。雖然這名字對於身為藝術門外漢的昌秀來說很陌生，但女人是個眾所皆知的藝術家。死去女人的妹妹姓名與女兒的姓名竟然一樣，這既像是在惡作劇，又彷彿這場惡作劇之中隱藏著什麼樣的祕密。

車警監回來入座後，馬上就拿起筷子夾起冷掉後變得乾硬的豬肝，沾上滿滿的大醬放入嘴內咀嚼。看他手是乾的，八成方便完之後沒洗手就直接走出來了。

「不過，為什麼問起那個案件？」

「那死去女人的女兒是我負責的。」

車警監瞪大眼睛，把雙眉抬得老高，問道：

「罪名呢？」

「藥物囉。」

「有其母必有其女啊。」

媽媽輕易地就住進一天要價數百萬的知名飯店套房，而阿姨又是知名畫家，這樣的汝敬怎麼會在鄉下的內科醫院擔任助理護士，後來變成了前科犯，而且直到不久前還在療養院工作並且住在庇護所？

唰，開始下起了天氣預報沒提到的急雨。正在切血腸的女人停下手邊的工作，在店門口的地板上鋪了紙箱。

妻子傳來了訊息——

「秀仁要考試，說下週時間不行，找其他天吧。」

「好，就找方便的時間，我都無所謂。」

考試一定是藉口。昌秀並沒有為秀仁的謊言感到失落，反正就算見面了，秀仁也只會從頭到尾滑手機。

掛在店內角落牆上的電視上跑過一則簡短的新聞，內容是關於在遊樂園發生的幼童失蹤引起的騷動。

發生騷動的那天，就是在醫院看到汝敬和海娜的日子。昌秀突然想起了那天看到的女人和汝敬身旁的遊樂園卡通人物髮圈。仔細一看，在以馬賽克處理的影片中飛奔的女人的穿著打扮，果然跟那天在醫院看到的汝敬相同。

＊＊＊

遊樂園騷動事件的主角不是別人，正是海娜與汝敬。

依對話內容判斷，打電話的人應該是楚仁慧的母親。擅自拿起話筒的我對那頭說她現在外出了，並介紹我是來幫忙打掃的，但其實根本沒這必要。她從電話接通的那一刻到現在都過一小時了，還是自顧自說個沒完。

我手持話筒躺在床上，聽著恰好落下的雨聲，將她嘮叨的聲音洗刷掉。她講的話參雜了英語和韓語，而且內容也反反覆覆的，所以沒辦法完全理解全部內容。在她的話中，仁慧一下子是七歲，一下子又變成去年出嫁的女兒，接著又變成了嫉妒自己穿的婚紗的大學朋友、不懷好心眼的婆家嫂子，最後又變成了海娜的媽媽。怎麼聽都覺得她的說詞反反覆覆。

她的房裡似乎在播放喜劇秀，我可以聽到另一頭不停傳來觀眾席的笑聲。要是能夠聽懂的話，乾脆專心聽喜劇秀還好一些。

「仁慧！媽媽不是叮囑過妳，穿亞麻材質的裙子時，如果那樣做就會起皺嗎！只有前面是挺的有什麼用，轉身之後還不都是皺巴巴的！看看妳爸……是啊，妳爸就是個會說既然裙子都已經弄皺了，就乾脆一起去玩接球的人，呵呵呵。海娜有健康長大吧？上次我看她好像比同年齡的小朋友矮了一些，妳覺得呢？仁慧，這裡度假村的裝潢真是糟透了，全部都是象牙色，員工也全部都只穿白色衣服，所以就連一支口紅掉在地上，也會以為是失火了，感覺就像是被關在精神病院了。還不只是這樣，放眼望去都是身上有味道的白人老人。已經好幾天沒見到妳爸了，不對，不是幾天，一個月？不對、不對，感覺有超過十年了。這位先生究竟是上哪去了？仁慧，今年聖誕節的時候全家人都計畫去佛羅里達，妳哥也說這樣比較好。仁成還是一心只掛念著妳。你們兄妹倆以前感情實在太好了，不是就連當媽的我都吃醋了嗎？但是本來如膠似漆的兩人，關係怎麼突然就疏遠了呢？妳哥從韓國回來之後，只要說起妳的事就會勃然大怒。媽媽真的是太失望了。先不說這個，噓，不能被別人聽見了，所以我就很小聲地問妳。」

接著，她將嘴巴湊近話筒，悄聲說：

「仁慧，妳終於找到那個孩子了？」

驀然，有人搶走她的話筒，不知道用英語對我說了什麼，同時那一頭傳來了她的高喊聲，電話被掛斷了。感覺並不像是需要擔心的情況，大概是安養院的員工。

整理她說的那些零散話語，仁慧的家人在她小時候就移民了，仁慧則是在韓國讀完大學後結了婚。她的父親是一位事業有成的企業家，十年前因病過世；她的哥哥，仁成，兩人的關係本來很好，但不知為了什麼事突然疏遠，已經九年沒有見面了。還有電話斷掉之前，她刻意壓低音量，帶著神祕的口氣詢問的那個孩子。

那個孩子？那個孩子是誰？

千頭萬緒的我想事情想到睡著，醒來時，原本外出的潔妮已經回到家了。我拜託潔妮用楚仁慧的名義回撥電話。

「跟姊姊通……通電話的……女人確實是楚仁……慧的媽媽，她在三年前……患了……失……失智症，已經有幾個月不說話了，可……可是卻突然像這樣吵了好……好幾個……小時。護理人員說……很驚訝她記得電……電話號碼。不過楚仁慧是誰？」

「說是海娜媽媽的人，準確來說是養母。」

視線

「媽媽果然很偉大啊。」

當昌秀表明自己是保護觀察官，也是目前處於假釋期的汝敬之負責人時，原本紛紛稱讚汝敬有多拚命尋找孩子的遊樂園員工都露出了驚愕的表情。接著，他們對汝敬的評價有了一百八十度的轉變。比方說，從「換作是我，大概沒辦法做到那樣」變成了「難怪……的確是很偏激」。因為昌秀的身分，汝敬在相同的情況下獲得了兩種不同的評價，一個是發揮偉大母性的媽媽，另一個則是改不了習性的罪犯。

海娜的失蹤騷動事件，是由叫做「善珠」的女人出現開始的。幸好員工還留有她的聯繫方式，說如果找到海娜就跟她聯絡。昌秀打了電話給善珠，表明自己是保護觀察官的身分後，順利地跟她約好在週末碰面。

與善珠見面的地點是親子咖啡廳。採用馬卡龍色系的壁紙、遊樂器材、玩具等所有物品都是依據孩子的身高設計，讓昌秀覺得自己十足像個巨人。一名中年女性朝著昌秀揮手。

「您一眼就認出來了呢。」

「是呀，因為這裡沒有穿西裝的人。」

親子咖啡廳的角落設有大人專用的咖啡廳，讓大人們可以一邊觀察孩子們嬉戲的模樣，又可以一邊喝茶、吃三明治等輕食解決一餐。

「那人真的是罪犯嗎?看起來不像啊。」

女人帶著充滿擔憂的眼神問道。

「畢竟是處於假釋期的人在照顧孩子，所以我也得了解一下情況，加上發生遊樂園事件……」

「恩律嗎?」

「恩律?孩子的名字……不是海娜嗎?」

「啊，海娜……對，沒錯，是海娜。如果可以稍微替自己贖罪，我什麼都願意幫忙。」

女人說話簡潔有力也很坦率，她在說明時並未以苦衷來替自己與海娜相處時的情況合理化，只不過在她的故事中登場的海娜，與昌秀在面談室見到的散漫、毫無戒心的九歲孩子截然不同。女人口中的恩律就像老成的小大人，至於昌秀見到的海娜，任誰看了都只是普通的九歲孩子。昌秀甚至覺得女人是不是把海娜誤認為其他孩子了。

假如不是這樣，就只有「為了避免被發現，所以扮演成九歲孩子」的這個解釋說得通了。

「我當時的行為的確是虐待。自己都沒有好好當個大人了，卻強求孩子必須像個孩子，對此我沒有辯解的餘地。」

在女人的眼中，自責感猶如一顆堅硬的石頭。女人的女兒跑了過來，爬到媽媽的膝蓋上坐著，看見她面露悲傷就抱住媽媽的脖子，直勾勾地看著她，彷彿像是想以自己的稚氣洗刷掉女人的愧疚感。

直到女人的嘴角露出微笑，孩子才把自己的臉頰貼在女人的臉頰上磨蹭。女人綻放了笑顏。

走出親子咖啡廳時，昌秀看了看放滿鞋櫃的男性鞋子。這些大概都是趁週末跟孩子一起來的爸爸的鞋子。昌秀突然想起了秀仁兒時的模樣，除了在遊樂園替盪鞦韆的秀仁推了幾次的記憶之外，就沒別的了。秀仁似乎從會走路的隔天就突然變成了國中生。對於沒有什麼能回憶的昌秀來說，孩子長大就像轉瞬間發生的事。

向善珠道別後，昌秀搜尋了領養海娜的「真所望育幼院」，但上頭沒有地址，電話果然也是空號。打聽之後才知道，「真所望育幼院」去年秋天因為財政問題而關門了。

***

是星期四。

Ate的韓語實力突飛猛進，但靠的不只是她一個人的努力。有振的父母原本打算以Ate韓語不流利，難以與她溝通為由（事實上就算Ate的韓語說得很流利，他們之間需要溝通的事應該也沒那麼多吧）解雇她，有振偷聽到這件事，所以教起了Ate韓語。

有振是個聰明的老師。他沒有先教「蘋果」、「葡萄」，而是先教了爸爸喜歡的「柿餅」、「李子」；也沒有先教「高興」、「難過」之類的情緒表達，而是先教了「我知道了」、「這是個好主意」、「我會照做」等行為措辭。多虧了有振的教導，看到Ate的態度有明顯轉變，有振的父母也覺得很滿意，要解雇她的計畫便沒了下文。

「再這樣下去，我去留學時她說不定會跟我一起去，因為Ate現在也很會做韓國菜，她煮的炒泡菜比媽媽做的還好吃。」

「要是那樣就太好了。」

「留學機構的面試順利嗎？」

我說了謊，說我在遊樂園看遊行看到太晚才回家，結果累得錯過了隔天的面試。

有振猛然站了起來，埋怨似的瞪著我說：

「陳海娜！妳腦袋秀逗了嗎！」

「噓，安靜點啦，這裡可是圖書館。」

有振知道我要去留學的計畫，所以也說服爸媽讓他去留學。聽到他下定決心要留學，他爸媽覺得他很乖巧懂事。

有振決定要留學之後，他的留學機構面試並不是按照預約順序，而是依照他爸媽的時間表來決定的。

「叛徒。」

有振瞪著我。

「我會重約啦，雖然會花點時間就是了。要是在這裡待太久，對我來說也很危險，因為如果不離開，一切說不定就都會搞砸。」

不知道從什麼時候開始，有振也跟汝敬一樣不再問東問西。雖然萬一他問起的話，我說不定會把全部事情都告訴他。

有振翻著書頁，也沒真的在讀，然後突然問我：

「怎麼樣？」

「什麼怎麼樣？」

「……我是說遊樂園的遊行。」

我沒說遊行開始的那個時間，我人在遊樂園的鐘樓內慢慢死掉。有振很努力想要掩飾自己內心的羨慕，連連翻了兩頁無辜的書頁，又問了：

「應該超酷的吧？遊行？」

有振乾脆闔上了書。

「我到現在都還沒看過。以前去洛杉磯的舅舅家時，大家一起去了迪士尼樂園，可是因為表妹得了腸炎，所以就只玩了幾個無聊的設施就回來了。我那時可是整整等了一個月。」

有振也沒有看過遊行。

我決定不跟有振說謊了。

「我說有看到遊行是騙你的，雖然我確實去了遊樂園，但還是沒看到，因為我被送去了醫院急診室。」

「……？」

「你因為我說謊而生氣了？」

「現在沒事了嗎？」

「我看起來像生病的孩子嗎？」

「沒有，看起來比我健康。」

我們配合Ate與司機阿姨來接我們的時間走出了圖書館。我拿出了為有振準備的東西。

「這是什麼？」

「禮物。明天不是你生日嗎？希望你會喜歡。」

有振發現盒子上印有海娜養父的象徵標誌後瞪大了眼睛，那是養父生前最後製作的小提琴。

「他不是本來不製作兒童小提琴嗎？」

「這是例外。」

有振興奮地將小提琴拿起來東看西看，在發現「H.N.」的英文縮寫後，一頭霧水地看著我。

「這不是妳的嗎？」

「雖然是我的名字，但不是我的。因為我不會拉小提琴。」

「我真的可以拿走嗎？」

「希望你可以拿走，拜託你。」

「謝謝，沒想到妳會記得我的生日。」

「你可以拉一次看看嗎？」

「在這邊？」

有振在圖書館的戶外階梯上演奏起來。我雖然不知道有振拉的曲子叫什麼，但可以感覺到養父送給了「那孩子」多麼美妙的小提琴。

因為「那孩子」是在備受關愛的環境下長大的，我也才能在沒有出口的不幸中毫無來由地感受到溫暖。

我們是這樣連結在一起的。

＊＊＊

要向留學機構重新預約面試的事情不如想像中順利。首先，排隊的孩子多到數不清，甚至留學機構成立以來唯一缺席面試的海娜還收到了警告。儘管汝敬提出了記錄當天事件的新聞畫面與醫療紀錄等，但他們根本不當一回事。

他們說話的語氣似乎覺得比起孩子失蹤、躺在病床上的事情，錯過面試時間更令人惋惜，但他們像是大發善心似地說，畢竟是有苦衷的，所以要是又有人不遵守面試約定（同時還補充說「雖然絕對不會有這種事」），就會把那個機會讓給海娜。一聽到這，汝敬深深地鞠了個躬，說：「謝謝你們的體諒，那就再拜託了。」

看到汝敬陌生的舉動，海娜的嘴巴為了憋笑而脹得鼓鼓的。直到走出留學機構的大樓，海娜才總算解放，哈哈笑個不停。

「妳搞什麼！我這都是因為誰！」

「啊哈哈！我知道啦，哈哈！雖然知道，但沒想到會做到這樣。」

「當然要做到這樣啊，因為那裡面的人不是周汝敬，而是楚仁慧啊，那是我的工作。」

直到剛才怎樣也憋不住的笑意，在聽到楚仁慧三個字之後消失了。司機阿姨因為塞車而晚到，兩人便決定蹲坐在大樓階梯上等待。

「等我去留學之後，姊姊要做什麼？」

「不管那是什麼，至少不會是照顧孩子的工作。」

「我是照顧起來很麻煩的孩子嗎？」

「妳是真心不知道才問的嗎？」

收到司機阿姨的訊息後，海娜拍了拍衣服，站了起來。

「家裡有人打來了電話，是從美國，說是妳外婆。」

「……」
「大概是那裡的電話還沒停掉吧。」
「她說了什麼?」
「嗯……她好像說話顛三倒四的。」
「她生病了。我會申請停話,以後不會再有電話打來的。」
與海娜道別之後,汝敬為了得知善珠的聯繫方式而來到遊樂園。認出汝敬的員工帶她到廣播室中。
那天的員工群都照常值勤,他們雖然一眼就認出了汝敬,目光中卻能感受到一種莫名的不自在。是因為那天引起了太大的騷動嗎?
「您記得那天帶來海娜照片的夫人嗎?好像有看到她留下聯繫方式。」
「聽說您不是孩子的媽媽?」
「對。」
「有位叫做具昌秀的人來了一趟。您知道是誰吧?」
「知道。」
汝敬這才理解了他們為何以那種令人熟悉又不自在的目光看著自己。
「我想知道那位夫人的聯繫方式。」
「不覺得這個要求有點困難嗎?」
想必這句話前面省略的大概是「要提供給罪犯」幾個字。

汝敬改為請求遊樂園員工將自己的聯繫方式傳達給善珠，走出了廣播室。

身為保護觀察官的昌秀為什麼來這裡？

走下廣播室後，看到海娜先前失蹤的座位上，有一家人正圍坐著在分食披薩。

迴避那樣平凡無奇的場面，以差點讓自己喪命的方式逃跑的海娜會是什麼樣的心情？那天之後雖然汝敬什麼都沒問，但她開始想知道關於海娜的事。

手機響了起來。雖然是陌生的號碼，但能猜到是誰打來的。看來是員工將汝敬的號碼轉達給那女人了。

這個叫善珠的女人從領養海娜的故事，到幾天前昌秀來找過她的事都說了。

昌秀為什麼會對海娜產生興趣？

善珠說向昌秀道別之後得知了育幼院關閉的事實，還說自己認識在育幼院長期工作的人，如果汝敬有意願，可以替她牽線。當然，她也說了自己不會把這件事告訴昌秀。

善珠見過昌秀也知道他的身分後，依然對汝敬保持善意。汝敬不懂理由是什麼。她正打算掛斷電話時，善珠終於把猶豫不決的話說出口：

「當時那個孩子搞不好是海娜，大概是兩年前吧……」

我在大樓的遊樂場等待幼兒園的娃娃車，跟其他媽媽有說有笑的，但我覺得好像有人在看我，所以就看了看周圍，可是並沒有發現異狀。娃娃車抵達了，女兒也下了車。女兒張開雙臂，搖搖晃晃地跑來抱我。雖然只是分開幾小時，但跟女兒相擁總讓人心情激動。

就在我牽著孩子猶如栗子般的小手往大樓入口走的時候，這次又感覺有人在看我了。我突然感到不安，擔心這個視線是針對女兒來的。會是拋棄孩子的親生母親嗎？

我緊緊握住孩子的手，轉頭仔細觀察周圍，但沒有讓人覺得可疑的地方，只有看到一個身上穿著不符合季節的破舊衣服、頭髮亂蓬蓬的小女生，一跛一跛地走遠的背影。

我心想，應該不可能吧？如果真的是恩律，她是不可能任由自己變成那副模樣的。最重要的是，我認為恩律絕對不可能來找我，但有段時間夢裡總會出現一跛一跛走路的小女生，而當她回頭時，那張臉卻是恩律，也就是現在的海娜。

「不會的，希望不會是她。」

善珠結束通話時這樣對汝敬說：

「雖然……我沒資格說這種話，但那天我看著妳獨自這麼想……」

「……？」

「感覺海娜身邊有了好的大人，讓人很安心。」

好的大人，好的大人，好的大人。

掛斷電話後，汝敬自言自語地將這句話說了三遍。這個叫做善珠的女人是以什麼標準來判定她是好的大人？過去汝敬從其他人身上聽到的評語大致都是這樣——

獨自長大的女孩子、狠毒的女人、殺人犯、前科犯、加害者、該死的女人，還有現在聽到的，好的，好的大人。

汝敬正要走出遊樂園出口時，手機響起訊息通知。

是善珠傳來長年服務育幼院的人的聯繫方式嗎?點開之後，寄件者不是別人，正是「限制來電顯示者」。

＊＊＊

連同「0826」這組號碼一起被拍下的遊樂園置物櫃是十二號。

置物櫃上畫的似乎是知名卡通人物的眼睛部分，跟那天汝敬在遊樂園時戴的髮圈是相同的卡通人物。

照片中的畫面就是此時汝敬所站立的地方，往前十步就是置物櫃。

汝敬移動腳步，站在保管大型行李專用的十二號置物櫃前，按下了0826。

八月二十六日，那天是汝敬的生日。

打開置物櫃的門，看到了一個看起來很笨重的黑色行李箱。取出行李箱，拉開拉鍊，確認內容物後，汝敬隨即皺起了眉頭。裝滿黑色行李箱的不是別的，是一疊疊面額五萬韓元的鈔票。汝敬將行李箱再度放回置物櫃，就在打算轉身時，第二封訊息送達了。

——這是屬於妳的份。

「限制來電顯示者」此時正在這裡的某個地方注視著汝敬。

汝敬環視周圍，往手機上儲存的一個號碼按下通話鍵，那是戴著紅框眼鏡的男人給的號碼。

那個用汝敬的名字回收媽媽骨灰的人，留下了這個號碼。

撥號音響起，果然從某處傳來了手機鈴聲，但此時進出遊樂園的人群大部分手上都拿著手機，不是在跟某人通電話，就是在撥打或接聽中。

在這種情況下要找到號碼的主人無疑是天方夜譚。

在對方掛斷電話之前，汝敬率先按下了通話結束鍵，在眾多聲音之中的手機鈴聲也跟著突然斷掉。

毫無疑問的，這個號碼的主人，同時也是「限制來電顯示者」，正在這個地方注視著汝敬。由此可知「限制來電顯示者」與在耐火堂留下訊息的人是同一人。

汝敬再度按下通話鍵，這次並沒有聽到手機鈴聲。雖然她不斷環顧四周，轉到頭都發暈了，但並未感覺到任何視線。汝敬此時唯一知道的事，就只有一切尚未結束。

補償

「您說行李箱不見了？」

我走進遊客服務中心，說保管在置物櫃的行李箱遺失了，要求確認監視器畫面。大概這種事情時有所聞，負責的職員爽快地答應幫忙確認監視器畫面。

我從進入遊樂園的四十分鐘前開始集中檢查置物櫃的周圍，多數人都將背包、外套等簡單行李保管於一般尺寸的置物櫃，有幾名看起來像外國人的女性拖著行李箱使用保管大型行李的置物櫃，但並不是十二號。

不久後，將漁夫帽的帽簷壓得很低、戴著墨鏡的人拉著黑色行李箱靠近置物櫃這邊，跟我拿到的行李箱是同一個。畫面中的人物身穿棉褲搭配格子襯衫，外頭搭了件深黃色外套，完全無法辨識性別。

「這裡這個人看起來像男的還女的？」

「雖然身材有點壯，但一看也知道是女人，因為男人不會用這種方式蹲著。不過，這人走路方式很特別呢。」

女人蹲在最下方的十二號置物櫃前，將行李箱推了進去。她脫下自己的一只灰色手套，在觸控式螢幕上設定完密碼後走出了畫面，往遊樂園出入口那側消失了。

「往後面一點，這邊這裡的人，大家好像在看著哪裡對吧？」

女人在放置行李箱時，畫面中所有人都像是被嚇到似的，不約而同地轉頭看著畫面外的某個方向。

「這個嗎？是活動。我們在舉行三十週年紀念，會向當天第一千位入場的客人拉炮祝賀，因為聲音很響亮，所以大家才頓時回頭看。」

職員輪流看著我拉進來的行李箱和畫面中的行李箱，用狐疑的眼神看著我。

「您沒有遺失行李廂吧？不就是這個行李箱嗎？」

「因為我在找人。」

「找誰？」

「行李箱的主人。」

「什麼？」

當多數人因為拉炮的聲響而反射性地轉頭時，拉著行李箱進來的女人別說是轉頭了，她連動都沒動。

就好像只有她聽不見拉炮的聲音。

我去了電信公司，表明想知道以「限制來電顯示者」打來的號碼主人是誰，但職員露出了為難的表情。

「您可以出示您收到的內容嗎？」

「要那個做什麼？」

「我們沒辦法直接告訴您，除非能證明您持續收到垃圾訊息或威脅性的內容，我們才能將號碼告訴您。」

從之前到現在，「限制來電顯示者」並未傳過那類的內容，但就算是這樣，我也不能說「是因為對方單方面地給了我估計超過數十億韓元的現金」。

「如果您非知道不可，那就請去警察局一趟吧，說不定他們會告訴您。」

我差點就脫口說出，處於假釋期的我，絕對不該走進去的唯一場所就是那個地方。我遞出戴紅框眼鏡的男人給我的電話號碼，要求對方幫我確認是否與「限制來電顯示者」的號碼一致，但也同樣遭到了拒絕。

我回到家，數了行李箱內的錢，金額不多不少，正好是二十億韓元。畢竟這是我這輩子從來沒碰過的巨額，所以一點真實感也沒有，我只覺得這就像是某部幫派電影中的道具。我把錢再度裝入行李箱後，移到了露臺。

我沒辦法在不知道金錢的來歷下就興奮得要命。我開始緩緩地整理思緒。我無法確定拉著行李箱進來的女人就是「限制來電顯示者」，因為她有可能是來幫忙跑腿或接受他人請託。至今「限制來電顯示者」留給我的訊息可歸納成這樣：

「很遺憾，您母親是遭人殺害的。」

「我感到無比抱歉。」

「這是屬於妳的份。」

「很遺憾，您母親是遭人殺害的。」

「限制來電顯示者」是目擊者還是加害者？比起加害者，「很遺憾」與「遭人殺害」的說法更接近目擊者。但是，在耐火堂留下的「我感到無比抱歉」又充滿了身為加害者的罪惡感。還有，被送來的數十億金額，她說是「屬於妳的份」。

屬於我的份……這是什麼意思呢？只能確定這與媽媽的死有關。

「限制來電顯示者」正按照自己的計畫將我拉向她。她沒有及早揭開自己的真實身分，想必是有她的理由。會不會是在這追蹤的過程中，還有什麼是我必須知道的？

感覺從耐火堂回來之後，決定掩埋的疑問與情緒再度復燃了，從「限制來電顯示者」是誰，轉變成「限制來電顯示者」想對我說什麼。

＊＊＊

「快遞送達地址就在小學啊，是要叫我怎麼辦？是要我餓死嗎！欸，你是要替我負責嗎？」

最近由昌秀負責的馬先生，將快遞車停放在學校前，氣極敗壞地大吼。大約在一小時前，昌秀正要開始吃午餐，結果收到了管制中心的聯繫，說馬先生的電子腳鐐訊號在小學附近。昌秀隨即聯繫馬先生，命令他盡快離開附近，但他卻一動也不動，就像在表達自己的抗議。

最後昌秀沒能舀起一口飯就出動了。事實上從昨天晚上開始他就無法進食。各種狀況持續拖延、催繳通知單、高利貸業主頻繁的威脅、被扣押的薪水，乃至於離婚的太太與秀仁的要求，每當他想要吞下什麼時，他的胃就像是覺得自己沒有資格吃東西似地產生抗拒。

昌秀握住方向盤，額頭上開始凝結出冷汗。

馬先生有暴力前科，所以一起出動的武道實務官[13]試圖阻止馬先生讓他冷靜，但越是這樣，他的情緒就越激動。隨著快遞配送延誤，馬先生的手機持續響個不停，昌秀的胃痛也因為持續的壓力與飢餓而變本加厲。

當胃開始翻攪時，就連要睜著眼睛站立都有困難。快遞車門是打開的，放在駕駛座位上的御飯糰和碳酸飲料映入眼簾，似乎是馬先生的午餐。

「您不知道學校附近是外出限制區域嗎？」

「不是啊，快遞地點就在學校，不然是要叫我怎麼辦！」

「您有先跟庇護所聯繫嗎？」

「老兄，你知道我一天有多少件包裹要送嗎？別說沒有吃飯喝湯的時間了，我連撒泡尿拉起拉鍊的時間都沒有了，我哪來的時間打電話給你們！」

「保護觀察期間違反遵守事項時……」

昌秀好不容易才打起精神，像個機器人般唸出標準流程，馬先生隨即表露出隱藏多時的尖銳語氣，像是企圖以眼神壓制他似地瞪著他。他大概以為昌秀臉色慘白的模樣是因為被嚇壞了。

「你現在是想跟老子幹一架，擇日不如撞日是吧？」

很遺憾的，昌秀早就對這種態度習以為常了。

「科長，還是現在離開吧，大家都很不安。」

周圍放學的孩子們和來接送的父母三三兩兩地聚集在一起，他們個個面露驚恐，輪流看著馬先生和昌秀。

馬先生做出似乎要揍昌秀鼻子一拳的動作，用兩根手指夾住他的鼻尖晃了晃，接著湊在他耳邊悄聲說了句「給我小心點」，然後搭上快遞車駛離了。

竟然還警告他要小心，就連這也每次都一樣。

飢腸轆轆與胃部翻攪的感覺同時湧上喉頭，昌秀迫切地渴望享用一頓熱騰騰的飯菜與湯，但周圍就只有漢堡、超商與麵食。偏偏在這節骨眼，手機顯示有陌生號碼來電，昌秀不自覺地變得神經質起來，接起了電話。

「您好，這裡是海里蒂奇……上次您留下了聯繫方式，不知道您還記得嗎？」

海里蒂奇？是汝敬居住的豪宅！

「怎麼了？終於發生了什麼怪事嗎？」

「那個……我想先跟您見個面。」

決定好見面的時間與地點，結束通話後，湧到喉頭頂端的胃液終於從嘴裡吐了出來。

在武道實務官輕拍抓著電線桿大吐特吐的昌秀背部時，高利貸業主仍不斷傳來威脅的簡訊。

***

按照預定行程，今天是以男性住戶為對象的「男士俱樂部之日」。

雖然平時俱樂部是對所有人開放，但一個月就只有這天是僅允許男性住戶出入。因為唯一

13 保護觀察官出動時，會與有聯合國維和部隊、特種兵等軍隊經歷，或是跆拳道、柔道選手出身，或是有武術大賽獲獎經歷的「武道實務官」同行。

能進入的女性就只有身為櫃臺經理的素允，因此偶爾她會覺得自己彷彿搖身變成了電影《遠離非洲》中闖入紳士俱樂部後，蹺著二郎腿坐著的女主角凱倫。不過，這種感覺只有短短幾秒鐘，因為素允的角色就只是個做好萬全準備，讓這些人能盡情享受俱樂部的經理罷了。

這場聚會原本是像英國紳士俱樂部那類的社交俱樂部。這些人經常會齊聚一堂，拿彼此的商業情報作為交易或拓展人脈。儘管可能有人會說這是一種男性優越主義、是過時陳腐的聚會，但至少在這海里蒂奇內沒人持反對意見。在這個堅持走經典路線到近乎偏執的俱樂部，五年前是由全場一致贊成的「他」擔任新會長，原本以生意往來為主的男士俱樂部也開始逐漸轉型。

俱樂部有了雪茄吧（cigar bar）、訂製西裝服裝秀、手工啤酒製作課程、沙龍歌劇院，甚至舉辦畫作拍賣會。推出這些企劃的他的意圖很單純，「這是為看似坐擁一切，但實際上卻什麼也沒能享受的尊貴男性打造的一天。」就連剛開始對於全新變化興致缺缺的舊成員，也開始把一個月一次的這段時間當成特別休假。

「他」雖然與生意沾不上邊，但在男士俱樂部的會員中，卻鮮少有人跟他的名氣一樣響亮。他曾經是大韓民國最赫赫有名的小提琴家，在早年隱退後便成了製作小提琴的匠人。這樣的他任期未滿三年，就突然與家人離開了海里蒂奇，因此所有人都感到十分惋惜，但其中又以素允的感觸特別深。少了他，男士俱樂部又變回了原來無聊乏味、只會大聊生意經的俱樂部。

完全找不到有關他的消息。他彷彿成了離群索居的隱士。就在素允心急如焚之際，時隔三年，他的女兒現身在海里蒂奇，而且還帶著阿姨與陌生女人。想到有機會再見到他，素允不由得悸動不已，但從前把素允當成阿姨看待的海娜卻完全認不出她，而且這個自稱為海娜的阿姨、初次見到的女人，跟男人的美麗妻子一點也不像，海娜的父母也依然沒有拜訪海里蒂奇。

之前的某個下午，一名中年男人來到櫃臺，要素允確認汝敬是不是住在這棟大樓。當素允表示無法透漏住戶的資料時，男人留下了寫有聯繫方式的便條紙與奇怪的話後離開了。

「若是發生什麼事，可以請您聯繫這個電話嗎？」

「發生……什麼樣的事？」

「嗯，好比說奇怪的事？」

「奇怪的事？」

是因為男人說了那些話嗎？

素允感覺海里蒂奇似乎真的發生了奇怪的事。

***

素允透過潔妮得知了海娜在遊樂園暈倒及住院的事情。以前住在海里蒂奇時，年幼的海娜也經常往醫院跑，每一次素允都會去探病。雖然此時前往醫院的素允不過是探訪住戶的訪客，但另一個原因正是為了「他」。說不定去那裡就能見到「他」了。

病房內就只有尚未恢復意識的海娜，沒有其他人。從病床旁的折疊床上的物品看來，應該是暫時外出了。來打掃的阿姨走進病房時問道：

「哦？孩子的媽跑去哪了？」

「不知道耶，都沒人在。」

素允到病房外的走廊尋找「他」的身影，結果看到汝敬從對面走來。她正打算舉起手打招呼，結果剛才看到的清掃阿姨拍了拍汝敬的背。

「孩子的媽，怎麼看起來有氣無力的？醫院的飯也很難吃，要不要跟我們一起吃飯啊？」

阿姨稱呼汝敬為孩子的媽。

接著，經過的護士也如此稱呼汝敬。

「海娜媽媽，現在方便借一步說話嗎？」

為什麼所有人都認為汝敬是海娜的媽媽呢？

這裡可是醫院，不是服飾店或餐廳。假如汝敬沒有以此身分自居，也就不可能被當成海娜的媽媽。

回到海里蒂奇後，素允在電腦中搜尋並打開三年前的行程表。在記錄住戶微不足道的紀念日或活動等的行程表上，留有海娜的生日和夫妻的結婚紀念日之類的紀錄。

素允稱呼為夫人，而其他住戶稱之為「海娜媽媽」的女人姓名是楚仁慧。海娜介紹說是阿姨的汝敬並非仁慧的親妹妹。

她究竟是誰，怎麼敢以海娜的媽媽自居？

稍後素允從抽屜中找到寫有電話號碼的便條紙，按下了號碼。撥通後，他接起了電話。

「您好，這裡是海里蒂奇……上次您留下了聯繫方式，不知道您還記得嗎？」

家人

「是因為孩子太可愛了。」

那是個即便寒流持續來襲，陽光仍格外暖和的下午。在大廳看著孩子的她突然掉下淚來。
素允小心翼翼地走近，將衛生紙遞過去。
「夫人，是不是有什麼事……」
她轉頭看著素允說：
「孩子……是因為孩子太可愛了。」
上週在平安夜迎來第三次生日的孩子，蹦蹦跳跳地追逐太陽反射在大理石地板的橘光，正玩得不亦樂乎。
凝視著那樣的女兒，她的淚水中飽含著對生命的驚嘆與滿腔的感動。
當「他」走進玄關，發現爸爸的孩子隨即跑過去抱住他。他將孩子整個人抱起來轉圈圈，而「她」在他的身旁笑得很燦爛。
這些人一離開大廳，海里蒂奇也跟著拉下了夜幕。

＊＊＊

六年前，在素允即將被拔擢為高檔飯店的副經理時，被海里蒂奇大樓挖角，成為這裡的經理。雖然對方提出的年薪也不容小覷，但最重要的是海里蒂奇大樓存在著某種東西，超越了單純「家」的概念。

住戶雖嚴守個人隱私，卻又十分積極參與為社區準備的節目或活動等。素允初次拜訪此處時，聖誕節在即，大廳正在舉辦小型音樂會，而負責指揮由住戶組成之演奏樂隊的人就是「他」，陳相元。

海里蒂奇的俱樂部有許多為孩子們舉辦的節目，而負責企劃的人是「他」的妻子楚仁慧。這對年輕夫妻來到海里蒂奇後，原本一成不變的豪宅住戶生活開始起了變化。

他們沒有盛氣凌人地探究對方的階級，不會隨著流言蜚語而分派系，而是成了面帶微笑，逐漸了解彼此的真正鄰居。

但是有一天，隨著帶來這一切的年輕夫婦與女兒的突然離去，海里蒂奇的人們再也不記得鄰居的名字。

***

「那對年輕夫婦為什麼會突然離開這裡呢？」

昌秀好不容易才忍住間歇性襲來的胃痛，問道。

素允喝了口她點的咖啡後，忍著沒有把它吐出來。咖啡豆管理不當，加上烘焙時間沒有調整好，口腔內留下了滿滿的可怕炭燒味。

素允趕緊喝了一大口水漱口，她看著鎖緊眉頭、不停擦拭額頭冷汗的昌秀，無法判斷自己應該說到什麼程度。透漏與住戶相關的情報不僅是違反合約，要是傳了出去，不只是工作上，在法律上也可能構成問題。

但不管是完全變了個人的海娜，抑或是守護在她身旁、來歷不明的女人們都很奇怪。想到此時的沉默說不定也會影響到海娜，素允便一股腦地撥了昌秀的電話，但等到真的要開口了，她卻又無可避免地猶豫起來。

「我不是應該先知道您是什麼樣的人嗎？」

「關於我嗎？」

「是的。」

昌秀平時都會盡量避免在保護觀察對象的工作地點或居住地表明自己的身分，因為這可能會導致他們在一夕之間從「普通人」變成「危險人物」。

「我可以保證的是，我絕對不是要以非法手段打聽關於兩人的事。萬一之後有任何問題，一切責任都由我來承擔。但假如您還是感到不方便，我也不會再問下去。」

素允稍作思考，像是下定決心似的說：

「我相信這是為了海娜好。」

接著，素允開始逐一列舉相元與仁慧在海里蒂奇曾經是什麼樣的存在、海娜與汝敬一起出現的事、她介紹汝敬是自己阿姨的事，以及醫護人員把汝敬誤認為海娜媽媽的事等，而這也是昌秀早已親眼目睹的情況。

「也就是說，您沒有見到那孩子的父母對嗎？」

「對，一次也沒有，或許是因為海娜並不住在這，但海娜拜訪海里蒂奇時，也都是和計程車司機同行。」

「計程車司機？」

「對，剛開始我以為只是普通的計程車，但因為說要在住戶專用停車場登記車牌號碼，所以就問了一下，對方介紹自己是海娜的司機。每次移動時都是由那位司機負責。住在海里蒂奇的，就只有周汝敬小姐和她的同居人，一個叫做潔妮的年輕女人，海娜經常和那兩人結伴同行或外出。」

「她們看起來關係如何？有感覺到孩子跟大人之間有任何被強迫的氛圍之類的……」

「完全沒有，剛開始彼此有種在演什麼蹩腳情境劇的感覺，但現在該怎麼說呢……」

「是什麼？」

「感覺像家人。」

「像……家人？」

「對，家人。雖然周汝敬小姐和楚仁慧小姐絕對不會是姊妹。」

「對，她們不是，因為周汝敬沒有姊妹。剛才說到海娜的那個司機，您說那個人的車牌號碼有登記在海里蒂奇對吧？」

「對，我回去確認之後傳給您。」

「麻煩您了，還有……我很好奇一件事。」

「好的，請說。」

「您在那個地方長年工作，但為什麼現在才想起海娜母親的姓名呢？」

「我也覺得這點很神奇。」
「這是什麼意思……」
「因為通常我都會記下住戶的姓名。任職於謝爾頓飯店時，我接受的訓練是要以姓名而不是房號來記住客人……但我也很好奇自己為什麼沒有馬上就想起楚仁慧小姐的名字。」
「為……什麼呢？而且假如那對夫婦又曾經是主導海里蒂奇的人物，應該會一下子就記起來才對啊。」
「我也仔細想了理由，沒想到很容易就理解了。」
「是什麼呢？」
「楚仁慧小姐，也就是海娜媽媽，向來希望別人稱呼她為『海娜媽媽』。不只是我，其他人也都記得她是海娜媽媽。也因此更讓人無法理解了。那天醫院的人稱呼周汝敬小姐為海娜媽媽時，我想起了這件事，因為先不說別的，我想楚仁慧小姐是絕對不會把『海娜媽媽』這個稱呼讓給其他人的。」
「其實有件小事…只是怕有個萬一。」素允與昌秀道別之前，吞吞吐吐地說道。
「海娜她……您可能會覺得聽起來很奇怪，但……海娜跟我記憶中的海娜……不太一樣。」
「外表嗎？」
「不是，樣子是一眼就能認得出來。」
素允似乎不知道此時進出海里蒂奇的海娜是前年領養的孩子。既然長期接觸的話，有可能把年輕夫婦的孩子與最近領養的海娜搞混嗎？
「我的意思是，她確實是海娜沒錯，但總覺得有哪裡不同，不像海娜。」

昌秀隱瞞海娜被領養的事實，問道：

「是怎麼樣的不同呢？」

「那個孩子真的長得非常漂亮，甚至靜靜地看著她，都會感動得落下眼淚。」

＊＊＊

汝敬想要閱覽母親的死亡事件紀錄而去了警察局一趟，但只是白忙了一場。沒有他殺嫌疑便結束內部調查的死亡事件紀錄，保管期限最多三年，因此老早就已經作廢了。

之後，汝敬為了查看母親死亡相關的文件來到了住民中心，但她必須出示的是家人關係證明書。比起母親生前，在母親死後反覆確認兩人是家人的狀況讓汝敬感到苦澀。

填寫死亡證明的人是阿姨。關於母親的細項紀錄過於單純，甚至根本沒必要查看。死亡類型跳過了交通事故、自殺、墜落事故、溺水事故、他殺，被標註為其他。死亡的直接死因是服藥過量引起的心臟驟停。

連一分鐘都不到就把被概括為一張紙的死亡診斷書都看完了。再次確認她確實已經身亡的事實也沒有任何意義。

汝敬回到家之後，搜尋起跟當時事件相關的文章。

相較於意外死亡事件，大體上內容都是聚焦於高級飯店套房發生命案，不過至少得知了新的事實，就是準確的死亡日期是十二月二十四日，以及首位發現者是女性房務員。

剩下的都是些複製貼上的相同內容，正當汝敬打算關掉螢幕畫面，這時報導最下方的部落格文章標題映入了眼簾。

——久違的夫妻約會～參觀周汝敬藝術展。

明明是在搜尋媽媽的死亡事件，名義上阿姨的女人名字卻冷不防地出現。兩者的關聯性在於謝爾頓飯店。該部落格的作者記錄為了去飯店看展，不料有人死亡，因此在入口處目睹警車和救護車的內容。

與文章一起上傳的門票照片上標示的日期，跟死亡的日期相同。這天，這個名義上的阿姨在同一間飯店舉辦了展覽？

兩人知道彼此在同一棟大樓內的事實嗎？又或者兩人之中只有一人知道呢？再不然，這會是偶然嗎？

汝敬突然想起了自己十二歲時下初雪的那天晚上。時隔數月才現身的媽媽，為的是年幼女兒的生活費。為了奪走充其量也就五十多萬韓元的錢而跑來找年幼女兒的媽媽，是如何有能力住進最高檔的飯店套房？靠她自己是不可能的，肯定有人幫忙。汝敬的腦袋立即浮現兩個人。

那個叫做外婆的人就連媽媽的死都不知情，因此排除在外，汝敬想到的是身為知名藝術家，擁有可觀資產的阿姨，以及有能力隨便把二十億韓元丟在置物櫃的「限制來電顯示者」。飯店住宿名單上會不會還留有兩人之中的其中一個名字？

謝爾頓飯店表示超過五年的住宿紀錄已自動刪除。汝敬請求飯店人員讓她見一見事件現場第一個發現媽媽的女性房務員，但只說員工很久以前就離職了。

瞬間汝敬忍不住想，要是自己立刻拉著黑色行李箱過來，把足以壓斷這些人手腕的一大捆錢放在他們手上，超過五年後被刪除的住宿紀錄是不是就能復原？而那位說已經離職，因此無法告知的女性房務員是不是也會馬上跑來？

汝敬別無他法，只好空手走出飯店。就在她等待公車的時候，一輛號碼眼熟的公車經過她的面前。

隔天汝敬一大清早就出門去了。

汝敬搭乘計程車抵達的地方，是直到不久前為了搭公車去療養院上班的公車站，此時還是屬於夜晚的時間。

大約過了十分鐘，一輛有著熟悉號碼、坐滿了人的公車抵達了。她們率先認出了好久沒有在公車上見到的汝敬。

「咦？是有前科的小姐耶！」

用杜鵑花色口紅來替凹陷沒有彈性的臉頰畫上腮紅的女人大喊道，所有人的目光頓時集中在汝敬身上。

「唉唷，真高興見到妳啊，突然就不見人影了，我們還以為親愛的妳這麼快就被炒魷魚了。」

塗杜鵑色口紅的女人依然稱呼汝敬為「親愛的」，也依然喜歡大呼小叫，依然很無禮。

「小姐，真的好久不見啦。有一段時間沒看到妳，我們還想妳大概找到其他工作了，很替妳高興呢。」

汝敬向這群女人送上尷尬而短暫的問候後，隨即表明了來意。

「請問有人認識在謝爾頓飯店工作的人嗎?」

「謝爾頓飯店?怎麼?親愛的妳要在那裡工作嗎?妳怎麼敢有這種念頭呢?有前科的人是進不了那裡的。」

塗杜鵑花口紅的女人說道。

「那倒不是,只是想知道有沒有人認識曾經在那間飯店長年工作的人。」

「四處探聽的話,一定會有。這圈子其實很小,都是在那幾棟建築物轉來轉去。妳好像是為了見我們,才刻意在這時間搭公車的……看來是重要的事。」

「親愛的,是什麼?妳說說看,總覺得妳會講出很好玩的故事。」

女人畫眉毛畫到一半,用充滿好奇心的眼神看著汝敬。

「因為我媽在很久以前被人發現死在那間飯店。聽說第一個看到屍體的人是女性房務員,所以我想問問當時的情況,可是卻苦無辦法。」

本來還以為這次大家也會像先前汝敬發表自己是前科犯時一樣,當成什麼無聊事打發過去,大家卻意外安靜。她們一閉上嘴之後,原本坐滿人的公車突然讓人覺得冷清。

「沒有啦,不是什麼嚴重的事,只是單純的意外死亡事件,但畢竟我當時人在監獄裡,所以想知道我媽是怎麼過世的……其實也沒什麼……」

哦?這不對啊。

「反正她在我小時候就離家出走了,所以一起住的時間也很短,而且……我也沒有覺得特別哀傷之類的,但……總之我的意思是……」

越是想安撫似乎受到驚嚇的她們,卻只是增添了她們的哀傷之情。擦杜鵑花口紅的女人伸出手臂揉了揉汝敬的背部。女人轉過頭，抬頭看著坐在最後方、給人和藹印象的中年女人。

「姊姊，姊姊的公司曾經負責過謝爾頓飯店吧？」

「那是很久以前了。那邊現在不用外包人力，從很早以前就都靠自家員工處理了。」

「親愛的，妳說那是什麼時候？」

「大約……九年前。」

女人再次轉過頭。

「姊姊！她說是九年前！那時不是請外包的嗎？」

和藹的女人側著頭，掐指算起時間。

「對耶，沒錯，九年前我們公司確實是負責那邊的客房。」

「對吧！這下行了。親愛的，妳別擔心，那個姊姊會幫忙打聽當時的員工。唉，藥物……那種事應該不止一、兩年才對。親愛的，妳因為媽媽吃了不少苦吧。」

塗杜鵑花色口紅的女人打開背包，這次也把烤過的長條年糕遞過來，坐在隔壁排的女人則是把加熱過的豆漿遞給汝敬。

汝敬在搖搖晃晃、坐滿人的公車內吃完一條長條年糕、喝完一瓶豆漿的這段時間，塗杜鵑花色口紅的女人始終沒有停下輕撫汝敬背部的手。

虐待

「欸，讓我們家員工早點下班吧。」

昌秀開車進巷子時，看見自己住的單間公寓的燈是亮著的。

剛開始他心想：「會是秀仁來了嗎？」但這不僅不可能，而且馬上就看到一群人在窗邊的影子。是他們。

過去經常以拖欠的高利貸利息進行施壓與恐嚇的他們，此時就在昌秀的家裡。看來現在他們打算來硬的了。昌秀將車子調頭駛出巷子，手機隨即響了起來。

「科長，有一群人來找您。」

「喲，具先生，我們家員工現在下不了班，很心急地在等您呢。要是看見了他們，就有人情味一點，替他們準備個杯麵和御飯糰吧，別夾著尾巴落荒而逃！」

「現在你們做的擺明就是非法行為。」

「當然囉，當然是非法的！當然啦，具先生擅自私吞我們的錢也是非法的。」

「我會先在星期六之前轉利息過去，我跟您約定。」

「你用什麼辦法還？這樣不對吧，薪水都已經半毛不剩了，就別再騙人了吧。具先生，我們每個月為了收利息做這種事實在是很過時，太過時了。來，星期六太趕了，不然就這樣辦吧，具先生，我就給你半個月。不過是本金加利息全部還清，給你半個月！要是這次又失約，我們就會用屬於我們非常新鮮、活蹦亂跳的方式來回收。這樣可以？就讓在這裡的後輩當證人好啦。」

「科、科長……」

「我知道了，我會盡最大的力量。」

「那這次我就相信具先生你，先讓在補習班前面等著迎接秀仁的手下下班了。」

胃痛與心臟揪緊的疼痛感持續不斷。昌秀趴在方向盤上急促喘氣，等到他好不容易穩定下來，又收到了療養院傳來催繳住院費的訊息。昌秀需要有個人幫忙，於是打了電話給前妻。

「幹麼？」

「我的死亡保險金全部加起來有多少？」

「我要掛電話了。」

這是個可怕至極的夜晚。電話響了，是不認識的號碼。

「請問是具昌秀保護觀察官嗎？這裡……是遊樂園，是想跟您說關於周汝敬小姐的事。」

遊樂園找昌秀的理由是這樣的。

故事是從全體員工聚餐那天，第一客服中心的一名職員開始的。他說不久前有個女人說弄丟了行李箱，要求確認置物櫃的監視器，後來在查看要求的畫面時，只確認有個體格壯碩、全身上下都遮住的女人把黑色行李箱放進置物櫃後離開的身影，就回去了。

職員看到宣稱遺失的行李箱就拿在女人手上，所以感到很奇怪，把監視器影片重新播放了一遍，然後找到了在十二號置物櫃發現行李箱的女人在確認內容物的模樣。放大畫面一看，行李箱內的物品是現金。

這位職員在聚餐上和其他同事在聊天時，得知這個奇怪的女人正是不久前在遊樂園引起騷動的汝敬，所以才透過昌秀留下的名片聯繫了他。

「這人是前科犯吧？她是打算做什麼呢？是像電影看到的在洗黑錢嗎？既然已經檢舉了，那我也會有獎勵之類的嗎？」

「現金……看起來大概有多少？」

「我不清楚，不過行李箱的尺寸大約是二十四吋，所以應該很可觀吧？因為提來的人也很費力才把行李箱塞進了置物櫃。」

昌秀查看了汝敬先前看到的監視器影片。

用帽子徹底蓋住臉部，將裝錢的行李箱推進十二號置物櫃的女人是誰？這筆錢又有何來歷？

剛開始昌秀的問題是這樣的：

把現金送來給汝敬的人會是誰？

那筆錢是什麼來歷？跟犯罪有關嗎？

汝敬的假釋會因為這件事而取消嗎？

問到最後，昌秀的結論是這樣的：

汝敬身上有錢，而且金額相當可觀。

***

海娜已經好幾天沒有聯繫自己了，幸好血糖管理應用程式顯示海娜的血糖在正常數值打轉，加上她會和潔妮互傳訊息，所以應該是沒什麼事。

自從遊樂園事件之後，汝敬就對海娜產生了無以名狀的不安感。沒有從與媽媽之死相關的事件中感覺到的不安感，為何唯獨在海娜身上感知到，汝敬也同樣不知理由。

「我們叫那個孩子為子英。」

透過善珠的協助，汝敬為了見曾經在育幼院工作的女人而拜訪了某戶住家。從經營寄養家庭、照顧兩個孩子的她身上散發出寶寶的奶香味。

「呵呵，在頭髮都已經花白的大嬸身上散發出奶香味，覺得很奇怪吧？」

哄寶寶睡著後從房裡出來的女人認識子英，所以應該對海娜非常了解。汝敬有好幾次被名字搞糊塗了，女人便表示要直接稱呼孩子為海娜。

「從她進來時我就一直照顧她了。以海娜的情況，雖然這樣講是不太好，但也沒有別的方法可以說明，真的是……」

「是什麼？」

「是被外送來的。」

「外送？」

九年前的冬天，海娜是隨著比育幼院的孩子人數更多的中式餐點一起被外送來的。中華料理餐廳的老闆說有人打電話訂餐，不久後就在店門口發現了襁褓中的嬰兒、餐點費用，以及拜託老闆一起送到附近育幼院的紙條。

雖然老闆馬上通報地區隊，最後卻沒找到丟下嬰兒的人。海娜就這樣連同中華料理一起被外送到育幼院。

「在這之後您也知道，孩子被善珠小姐領養後又棄養了。照理說，一般被棄養的孩子們都會出現不安感等異常症狀，但海娜也沒有，她就像短暫外出回來一樣重新適應得很好。我們都覺得真是幸好，所以第二次有人說要領養時也才能送走孩子。最重要的是養父母都對海娜很滿意。」

「第二次？」

「對，當時真的不應該送走海娜的……」

女人的雙眼瞬間噙滿淚水，她打開手機，把搜尋到的畫面遞給汝敬。

報導的標題是這樣的。

——無人尋找的孩子們，在沒人知情的情況下被賣掉。

第二次領養海娜的夫婦是不孕症。他們在已經領養三個孩子的狀態下又領養了海娜。把孩子送去領養前，育幼院的領養負責人與社工去探訪這對夫婦的家時，說已經領養的孩子們上學去了，所以沒有見到他們，不過因為看到全家福照中孩子們看起來都很健康，夫婦倆也笑得很燦爛，所以就很放心地確定領養一事。

海娜就這樣從「金子英」變成「高恩律」，後來又變成了「楊藝恩」。過沒多久，這對夫婦又在其他育幼院領養了兩個孩子。他們的領養條件都有個共同點，就是「年紀」，一定要是一個四歲、一個六歲……。

他們就像在超市挑選物品時會確認保存期限一樣，挑選孩子後帶走了他們。之後社工拜訪夫婦的家時，他們已經搬到了其他區域。
五年內搬了九次家。社工覺得這點很可疑，因此開始打聽關於這對夫婦的事，而鄰居們都說因為他們家總是很安靜，不曉得裡面有住著那麼多的孩子。社工再次去尋找他們，並在警方的合作下逮捕了夫婦倆。在夫婦倆的家中除了四歲孩子之外，沒有看到剩下的孩子。之後揭開了令人衝擊的事實——夫婦倆將孩子們送往中國及日本領養。在這過程中發現了懷疑有兒童器官買賣的情況，但夫婦倆否認到底，而且同樣缺乏證據。
「海娜呢？不是說在那個家裡就只發現四歲的孩子嗎！」
汝敬突然大喊，彷彿海娜依然處於失蹤狀態。
「海娜……在警方抵達之前就逃脫了。」
「逃脫？」
海娜被囚禁起來餓了好幾天，後來從洗手間的小窗戶逃了出去。在寒冬穿著濕漉漉的衣服逃跑的海娜，大約經過了半個月，一身狼狽地獨自回到了育幼院。
女人試著想說明海娜當時的狀態……但她做了好幾次深呼吸，後來說自己光是回想就覺得痛苦，所以放棄了。
經歷第二次棄養後，海娜變了個人。
「是哪方面呢？」
「按照醫生的說法……海娜的生存意志就跟從戰場上倖存的人差不多。只有七歲的孩子，卻使用生存意志這個字眼……在那個連死亡都難以理解的年紀。」
雖然醫院表示必須持續進行專業諮商與治療，但育幼院沒有餘力做這些。

「不過，那對年輕夫婦來到育幼院之後，海娜開始慢慢改變了，就好像沒有靈魂的娃娃身上注入了呼吸。」

「是誰？」

「第三次領養的年輕夫婦，給了子英『海娜』這個名字的人。」

「你們到底……怎麼會想把已經被棄養兩次的孩子再送出去……」

「不、不是的，本來這次是絕對不打算送出去的，是海娜很固執地說要去的。」

走遍全國育幼院尋找孩子的年輕夫婦，在發現海娜後就沒有去別的地方了。他們看起來像是老早就見過彼此似的，一眼便認出對方。

夫婦離開後，海娜慢慢地恢復成從前的模樣，前年平安夜時，養父來到育幼院送禮物給所有孩子之後，便帶走了海娜。

「那兩個當海娜養父母的人……您知道是什麼樣的人嗎？」

「知道，因為先前有兩次棄養經驗，所以我很慎重地觀察了這對夫婦。記得那個養母有些特別……通常想要領養的人都會挑選想要的孩子……但她卻從一開始就只要海娜。該怎麼形容她看待孩子的眼神呢？就好像看到了起死回生的孩子？好像打從一開始就是子英的媽媽？要不然我們也不會懷疑那女人可能真的是子英的親生母親。」

汝敬無法理解。既然他們就像找到起死回生的孩子般帶走了孩子，為什麼又如此殘忍地拋下她？就像沒人在照顧孩子一樣……。

公車內沉滯的空氣讓人透不過氣。打開窗戶後，冷風如錐子般不斷扎著汝敬的臉龐。那一刻，她冷不防地想起海娜在走出美術館時說過的話。

「您的媽媽死了嗎？」

「妳不是都聽見了嗎？」

「我也是。」

「……」

「可是我覺得……她應該是遭人殺害的。」

***

啪、啪噠、啪。

我在睡夢中被聲音驚醒。

是窗外的樹枝承受不了積雪的重量，最後墜落在地面的聲音。硬逼自己睡覺卻失敗的我，只好起身來到樓下。

因為我赤著腳，木質地板的冰涼擴散到整個腳掌。喀噠，打開客廳的燈之後，只剩被奪去影子的家具失魂落魄地守在崗位上。我從抽屜中拿出幾片DVD放進播放器播放，從黑色的電視機中傳出了音色溫暖的搖籃曲。

#一臺相機正在拍攝仁慧一邊替入睡的寶寶搖搖籃、一邊唱搖籃曲的模樣。

「我們家海娜真是個天使寶寶，居然聽到音痴媽媽唱的搖籃曲也能睡著。」

「你說什麼啊？這位大叔，我才不是音痴咧。」

「因為音痴通常都不知道自己是音痴，這位大嬸。」

「什麼？大嬸？」

「我如果是大叔的話，老婆妳當然就是大嬸囉！」

仁慧捏了拿著相機的相元的側腰一把，但聽到海娜在睡夢中打了個噴嚏，兩人便同時停止了動作。很快的，海娜開始呼呼酣睡。仁慧靜靜地看著這幅畫面，對著鏡頭說：

「老公，我跟你說，我最近真的好幸福。是不是很棒？」

「嗯，往後也會一直很棒的。」

#海里蒂奇大廈大廳中央矗立著一棵四公尺高的朝鮮冷杉。樹木底下聚集了一群大大小小的孩子，他們的目光都集中在爬到梯子上裝飾樹木的仁慧身上。

每當自己親手製作的裝飾被一個個掛起時，孩子們就會開心地大喊自己的名字。大約三、四歲的海娜將黃色星星遞給了拿著相機的相元。

「我們海娜要跟爸爸一起掛星星嗎？」

相元用單手抱著海娜，把黃色星星咬在嘴巴上，爬到了梯子上，固定在樹木的頂端。

仁慧朝著櫃臺的素允眨了眨眼，剎時大廳的燈全都暗了下來，同時纏繞在樹上的燈泡都亮了起來。孩子們興高采烈地在樹木周圍跑跑跳跳，讓海娜騎在脖子上的相元將相機交給了素允。

「夫人，請您站在海娜旁邊，我替您拍張照。」

「真的嗎？素允，謝謝妳。」
「一、二、三，聖誕快樂！」

#海娜緊貼著正在準備餐點的仁慧腳邊哭鬧，看起來大約五歲。
「海娜，要是一直叫媽媽，媽媽會變不見的。妳改叫爸爸。」
「媽媽～媽媽、媽媽～」
「我們家海娜今天是怎麼了？老公，你幫海娜量一下體溫，她大概是感冒了。」
「哦，好。」
相元去拿體溫計的時候，仁慧把大醬融進湯裡，將切好的蔬菜倒了進去，但她發現海娜不再哭鬧，因此低下頭看，卻發現……流出大量鼻血的海娜暈倒在地上。
「相元！相元！老公！」

#海娜和相元各戴著一頂尖帽。
海娜坐在輪椅上，膝蓋上放了個可愛的蛋糕。
「今天是媽媽生日，我們趕快去嚇嚇她。」
醫療人員親切地向拿著相機在醫院走廊晃來晃去的父女打招呼。
「海娜，妳媽媽到底跑去哪了？是不是一個人偷偷躲起來在吃好吃的東西？媽媽其實滿貪吃的哦。」
兩人在醫院院子的長椅上發現正在啜泣的仁慧。相元趕緊將輪椅調頭，但海娜似乎已經看到了，一張小臉變得悶悶不樂。
「爸爸。」
「嗯？」
「我要不要重新出生？變成沒有生病的孩子。」
#滿臉憔悴、鼻子戴著呼吸器的海娜打開相機，爬到床上坐著，面對著鏡頭。
海娜先讓喘不過氣的自己穩定呼吸後，快速張望確認周圍沒有人，接著盯著鏡頭露出燦爛的笑容。
「爸爸、媽媽，你們知道七〇七號的宥靜姊姊吧？宥靜姊姊在我夢中出現了……她說一點都不痛，也不可怕，而且還有好多好玩的東西，全部都是免費的哦。還有……真的一點都不痛……姊姊還說在那裡也可以看到阿姨和弟弟妹妹們。是真的，阿姨剪頭髮，還有世英掉牙齒的事情她都知道，所以我想說的是，嗯……嘿嘿嘿嘿，對不起，真的很對不起，媽媽。」
畫面停在了一如往常笑得很燦爛的臉蛋上頭。
我走到電視前面，靜靜地注視著「海娜」的臉。
眼睛、鼻子、嘴巴……我們相像得讓人覺得不可思議。
我深吸了一大口氣，和「海娜」四目相交，第一次對她說話：
嗨，海娜，我叫做海娜。我有話要跟妳說，可能會有點長。我第一次被棄養，搭車回育幼院的路上……我突然笑了。雖然社工老師很擔心我，但我真的笑了。雖然很難讓人理解，但就像抱了個暖爐一樣，我覺得好溫暖。很奇怪吧？我明明才剛被人趕出來。

從第二次領養的那個可怕家中逃出來時，我肚子好餓，而且好想睡覺，所以什麼都想不了。說真的，回到育幼院之後，每次入睡時我都祈禱讓我第二天不要醒來。對，就是死亡。如果讓妳嚇到的話，我先說聲抱歉。因為老是發生壞事，所以我覺得很害怕，可是奇怪的事又發生了！

就是我笑得像個傻瓜一樣，還有就像有暖爐跟著我一樣覺得好溫暖。因為老是有這種感覺，所以我還害怕自己是不是變成了奇怪的小孩，可是我跟妳說，看到妳幸福的樣子，我好像明白了為什麼我偶爾會沒來由地笑。我曾經在書上讀到，說像我們這樣的孩子會有心電感應之類的。意思就是說妳笑的時候我也會笑，妳哭的時候我也會感到傷心。我之前會突然笑，大概就是因為那時妳覺得很幸福吧，甚至我們根本就不知道彼此的存在……很神奇吧？

所以啊……海娜，對不起。

就像我因為妳而突然感到幸福，妳會不會也因為我而突然有了陰暗、潮濕、孤單、害怕的心情呢？早知道這樣，我就會努力變得幸福一點。妳只帶給我美好的東西，但我很好奇自己現在給了妳什麼樣的心情，拜託千萬不要是壞的東西。

低溫室的溫度調節裝置好像有問題，一直聽到有細微的噪音。大概是因為天氣快速變暖，外部與內部溫差過大造成的。冬天時，堆在屋頂上的積雪在不知不覺中融化了，黃澄澄的月光灑在養父母的頭髮和背部上，看上去好溫暖。

我就跟那天一樣趴在餐桌上與養母的眼睛對視。我還以為自己需要很大的勇氣，但好奇怪，我的內心很平靜。

原來她在最後一刻看著我的眼神是如此溫暖啊。

那天在餐桌上獨自醒來的我非常驚慌，極度的恐懼讓我埋怨起她，但此時和趴在餐桌上失去生命力的她對視的我，卻不可思議地思念起她。她的最後一刻，這個溫暖的眼神是獻給我的嗎？又或者是獻給即將見到的那個孩子呢？

哪怕是一剎那也好，她曾經是我的媽媽嗎？

啪噠。

冰正在融化。今年的冬天格外漫長，但春天仍很快就會到來，而這些人總有一天也會被發現的。眼見火燒眉毛了，卻連留學機構的面試都告吹了。打從一開始的計畫中就沒有B計畫，要是汝敬沒有來面試，要是汝敬拒絕我的提議的話，這個計畫就會馬上泡湯。

多虧了汝敬，我才至少能走到這一步。

我明知道她不會回答我，卻還是對她問了：

媽媽，我現在應該怎麼做才好呢？

我沒聽見回答，而是聽見了雪球墜落在地面散開的聲響。

春天的腳步近了。

＊＊＊

「今天？星期一耶？」

有振約我見面，但今天是圖書館的休館日。有振不可能不知道，而且為了彌補週末的休息時間，有振星期一的時間表就會變得相當忙碌。

有振對很好奇的我說，先碰面再說。

自從更換客廳玄關燈的那天之後，司機阿姨不需要執勤時也經常會在大門前的大樹下停留到很晚，直到確認我房間的燈光熄滅後才發動車子。

為了表達我的感謝，所以我提高了薪水，但隔天提高的金額又被原封不動地還回來。我一說要在星期一去圖書館，司機阿姨果然也一臉好奇地看著我。

「我也不知道，希望什麼事都沒有。」

我們帶著憂慮抵達圖書館的廣場，看到有振一臉開朗地揮手。來到有振喜歡的手工漢堡餐廳後，有振點的不是每次固定點的標準菜單，而是最貴的特餐。

有振點了去掉烤洋蔥的牛排漢堡、炸薯條和可樂，我點了簡單的沙拉、搭配餅乾的蘑菇湯和汽水，對於在家時完全嚐不到添加甜味劑的飲料或食物的有振來說，這裡就等於天堂。

「你是因為想吃這些東西才找我的吧？」

有振嘴中塞滿了食物，以笑容代替回答。

我看著司機阿姨和Ate坐在稍遠處。雖然司機阿姨沒有辦法說話，Ate又不諳韓語，但兩人對話時總是和樂融融。

吸管發出了接觸到空杯底部的聲響，這時候有振咧嘴笑了一下，打了個飽嗝，然後咯咯笑了許久。

「在我們班上，我打嗝的聲音是最大聲的。」
「好幼稚！」
「幼稚很正常啊！我才九歲耶。」
我檢查戴在手腕上的智慧型手錶後，舀起了逐漸冷卻的湯。
「妳不太能喝燙的吧？我也是。妳知道嗎？」
「什麼？」
「海娜，因為妳，我覺得說出自己做不到什麼很好玩。」
「笨蛋喔，我哪有說做不到的事情很好玩！」
「嘿嘿嘿，海娜，妳星期三下午兩點要做什麼？」
「星期三又要碰面？」
「妳也知道我很忙。下午兩點有空嗎？」
「嗯，可以，不過要跟我說是什麼事。像是跟現在一樣想吃漢堡，還是想背著爸媽偷偷去看演出，又或者純粹想玩……」
「星期三下午兩點預約了世林留學機構的面試。」
那天本來是有振安排留學機構面試的日子。
「不要，你預約的那天我為什麼要去面試？」
「妳不懂我爸媽嗎？預約這種小事很快就能搞定。」
「但要是你爸媽知道的話……」
「那個我會看著辦，不過妳一定要通過面試，因為我要跟妳一起在美國吃漢堡。還有，今天是由妳買單，所以我只挑了最貴的來點。」

有振笑個不停，也不知道在高興什麼。

Ate確認時間後，趕緊吞下食物並催促有振，有振也點了點頭。

「我得走了，星期三下午的兩點喔，這一次別生病了，一定要去。不對，就算生病了也要去，還有啊……」

「……怎樣？」

「跟我說謝謝。最近我也很喜歡聽這句話。」

「幼稚耶。」

「……陳海娜，妳也是九歲，很幼稚、會打嗝的九歲。」

有振再次吐了個飽嗝。

他似乎練出了一項隨時都能打嗝的特技。

「謝謝你……讓我能夠說出謝謝這句話。」

「嗯！」

血緣

「重新開庭了。」

接到了意想不到的電話。房東奶奶從監獄打來受話方付費電話，說了很稀奇的一段話。

「所以……只要有交保金就能出去了。」

「那跟我有什麼關係？」

「希望妳阿姨可以幫幫我。能幫我問一問嗎？」

「您該不會覺得那女人跟我會以阿姨與外甥女的關係互相聯繫吧？」

其實您跟我也沒有關係好到像這樣互相聯繫。

話筒的另一頭傳來短暫的沉默，最後她開了口。

「妳們兩人有血緣關係啊。」

聽到血緣這兩個字，頓時有股腥味竄進鼻腔。就在我感受著湧上喉頭的噁心感時，有三個問題同時浮現腦海。

房東奶奶是以什麼為根據認定我會和那女人聯繫？她何以像在討取長期債務般，要求我名義上的阿姨幫忙？又為什麼會對我提出這種請求？

「您怎麼不和以前一樣親自聯繫她？」

「她不接我電話。」

在這裡出現了第四個、第五個問題。

房東奶奶既然知道阿姨的聯繫方式，但為什麼之前見面時卻說不知道？最後一個問題是，我名義上的阿姨為什麼要迴避房東奶奶的電話？

「您也知道我幫不上忙。那就祝您保重身體，這裡的雪雖然開始融化了，但那邊的冬天格外漫長吧。」

按下手機結束通話鍵的同時，五個問題在沒有答案的情況下，從腦海中乾淨地被抹去。

潔妮在俱樂部的西班牙民謠課舉辦了小型演唱會，直到四重奏演奏與唱完六首西班牙歌曲之後才結束。讓人聽不懂的快速發音讓受到邀請的我感到頭暈目眩。

「就好像以前的海里蒂奇呢。就像海娜媽媽在的時候一樣，對不對？」

「那時真的很好玩。」

「海娜經常見到，但夫妻倆怎麼連個人影都沒有。」

「甚至聽說搬進了都教授以前住的別墅呢。」

「什麼？家裡有小孩的人搬到了那麼深山的地方？」

「不是因為過敏嗎？我還以為是這樣呢，偶爾孩子的臉不是紅通通的嗎？」

「唉唷，那就應該去醫院啊，怎麼一股腦地就往山裡去。」

「夫妻倆年輕又聰明，肯定是思考過後才做出的決定。」

這些人記憶中的「海娜」和我所知道的海娜不同，但就算這樣，不管是這些人或素允都以為這個海娜是「那個海娜」。

這怎麼可能呢？除非兩個孩子長得一模一樣。

＊＊＊

「面試的日期約好了。」

幾天沒聯繫的海娜以這句話為開頭，再次出入海里蒂奇。因為有潔妮的幫忙，要比兩個人準備時順利得多。不擅長英文的汝敬一股腦地硬背，海娜則是為了想出新鮮又與眾不同的回答而忙得不可開交。

汝敬帶著成為考生的心情為面試準備了好幾天，為了讓雜亂的腦袋冷卻一下，所以就去了澡堂。這一帶就只有飯店三溫暖，必須搭公車坐三站才能抵達澡堂。

汝敬把身體泡進熱水池後，把腦袋暫時清空。回到海里蒂奇時，她在大樓後方發現素允與昌秀兩人在對話。

原本以為昌秀是來確認自己的居住地，可是汝敬的手機畫面上並沒有昌秀的未接來電。汝敬打了通電話給昌秀。

「您好，我是周汝敬，請問下次面談是什麼時候？」

「哦，周汝敬小姐，我現在正在開緊急會議，先掛斷了。」

昌秀在跟素允開什麼會議呢？

稍後，昌秀的車子駛入了海里蒂奇的停車場。

因為是住戶專用空間，所以除了事先登記的車號之外，外部人士的出入受到徹底管制，但昌秀的車子一駛入，擋住入口的柵欄很自然地就拉起了。想必是素允允許的。

昌秀究竟想做什麼？汝敬回到家之後，打開電視，開始找起住戶專用停車場的監視器畫面頻道。昌秀將方向盤轉來轉去，最後停在了四十八樓A區的對面。

關掉引擎後，他坐在駕駛座上一動也不動，等待著某人。大約經過二十分左右，海娜搭乘的計程車駛入，停在了四十八樓A區。汝敬從來沒有跟海娜的司機打過招呼或打過照面，就只有看過她坐在駕駛座的模樣。

雖然想起召開學暴委時，在畫面上看到司機朝毆打Ate的有振撲去的模樣，但並沒有留下特別的印象。司機確認下車後的海娜搭上電梯才回到計程車上，汝敬看著她走路的樣子，想起了客服中心職員說過的話。

「不過，這人走路的方式很特別呢。」

走路方式很特別。雖然透過螢幕畫面看到的走路樣子並不陌生，但仍無法斷定。汝敬需要進一步確認。

回到車上的司機立刻駛離了停車場，昌秀尾隨其後。

***

駛離海里蒂奇停車場後，計程車停在了銀行大樓前。海娜的司機從後車箱取出了黑色行李箱，和遊樂園監視器中看到的是相同設計與尺寸。

女人拉著行李箱走進銀行，昌秀也跟在後頭。

窗口職員和女人聊了幾句之後立即收起了漫不經心的表情，恭敬地鞠了個躬，領著女人走進了貴賓室。接著，職員端著裝有三明治與飲料的餐盤走進了貴賓室。

昌秀決定趁這段等待的空檔好好整理思緒。

目前汝敬與叫做潔妮的女人一起住在登記在海娜的養父母名下的房子。海娜雖然經常露面，但從沒有人看到她的養父母，而且從海娜在醫院的期間也沒出現看來，他們不在孩子身邊的可能性非常高。雖然不知道是不是因為海娜有健康問題，加上又只有九歲，需要有個大人照顧，所以才有人雇用了汝敬，但此時她正扮演著海娜母親的角色。海娜被領養之前，養父母有個跟海娜長得一模一樣的孩子，而那個孩子也在離開海里蒂奇之後就沒有露臉了。假如沒有養父母，也沒有素允記憶中的「那個孩子」，那麼海娜目前居住的家中究竟有沒有人在？雇用汝敬的人……會是誰？

還有……海娜的司機為什麼要把那麼大一筆錢交給汝敬？

叮咚。跳號後，窗口職員喊了該號碼的顧客。叮咚，一個看起來很稚氣的學生坐在了窗口前。叮咚、叮咚、叮咚、叮咚，連續響起的聲音不是銀行叫號通知，而是昌秀的訊息通知。教人意外的是，是秀仁傳來的。

照片附檔中是一家擺滿辣炒年糕、炸物、血腸、魚板的小吃店，身穿校服的秀仁哭喪著一張臉，將塞滿雙頰的食物咀嚼後吞下肚，對面坐了個身穿黑色西裝的男人在笑，還用雙手畫了個愛心。昌秀用顫抖的手好不容易按下通話鍵，男人很快就接起電話。

「具先生，聽說你女兒考了全校第一名，你知道嗎？她未來的夢想是進入無國界醫生組織喔。

哇，具先生你真是投資子女有成呢！可是啊，我們家手下說以醫生來講，秀仁的個子太修長了，所以有點可惜呢。看來夫人非常那個喔，是不是？具先生要比想像中更有福氣呢。」

距離說好要還錢的日子還剩下大約十天。

「我們當然知道囉，只是想要提醒具先生要再勤快一點而已。有這樣的女兒，換作是我，就算不用吃飯也會飽呢。我們也要去工作了，那就辛苦你囉，具先生。」

雖然電話掛斷之後他馬上就打給了秀仁，但秀仁氣炸了，持續掛斷電話。

這會兒，女人已經走出貴賓室。

女人在職員們的護送下走出銀行，把變得更沉的行李箱放入後車箱，回到了海里蒂奇。就算不刻意說明也知道那裡頭裝了什麼。

電話聲再度響了起來。

「科長，您在哪裡？怎麼一大早人就不見人影？您是在哪……」

「我不進去辦公室了，從現在開始，我不幹了。」

「什麼？科長，您在說什麼呀？您是怎麼了！」

「我是為了活下去，我掛斷了。」

***

留學機構面試的準備結束，海娜準備回家。

我看著海娜在玄關穿皮鞋的背影。

九歲，現在還太小了。海娜察覺到我的視線，轉頭看我。

「怎麼了？」

「我是在送妳出門。」

「本來不是沒有嗎？」

「是嗎？」

「對，一次也沒有。面試那天見。」

玄關門一關上，我趕緊打開電視，搜尋電梯監視器頻道。在俯瞰的鏡頭角度中，獨自搭上電梯的海娜慢慢往下降。

我將視線固定在海娜的頭頂上，設定為不顯示來電後，往「那個號碼」按下通話鍵。這是戴紅框眼鏡的男人給我的號碼，也是曾經在遊樂園響起鈴聲又斷掉的號碼。

電話撥通後，畫面中的海娜緩緩地從背包取出一支陌生手機拿在手上，確認螢幕上跳出的不顯示來電。

海娜沒有接起電話，而是靜靜地拿在手上。電話訊號音斷掉，隨即轉入語音信箱。

原本看著拿在手上的手機液晶螢幕的海娜，緩緩地抬起頭，直勾勾地盯著安裝在電梯上的監視器鏡頭。

彷彿想與我對視。

我也同樣透過畫面與海娜四目相交。

海娜將陌生的手機再度放回背包。她稍微握緊了雙拳，接著取出自己的手機拿在手上，開始撥號。

我的手機鈴聲隨即響起。
「怎麼了？有什麼忘了拿？」
「沒有，我有話要說。」
「……說什麼？」
「面試準備就麻煩姊姊了。」
「我會的。」
「姊姊真的要盡最大的力量才行，我真的得離開。」
事實上海娜是在對我說這些：
「不管妳知道了什麼，直到我離開這裡之前，都請不要跟我說『妳被拆穿了』。」
「可以嗎？」
「……當然了，不用擔心。」
直到通話結束為止，我們透過監視器鏡頭望著彼此。海娜走出電梯後，搭上在一旁待命的計程車，離開了海里蒂奇，但沒有再看到昌秀的車子尾隨。
不出所料，「那個號碼」的主人是「限制來電顯示者」，但出乎意料的是，「那個號碼」的主人兼「限制來電顯示者」竟是海娜。
海娜是誰，又是怎麼和媽媽扯上關係的？
媽媽與海娜，兩人唯一的交集是我。
當不同的問題上頭出現連接兩者的「為什麼？」時，答案不僅存在於過去，也存在於現在。若是挖掘海娜的「現在」，其中會有媽媽的死嗎？

＊＊＊

潔妮打算啟動洗衣機，但在我的夾克口袋發現了照片，踩著小碎步跑來找我。

「姊、姊姊，這、這嬰兒……是姊姊嗎？」

「還給我！」

我很粗魯地奪走照片，然後走進浴室鎖上了門。其實這照片就算被洗衣水弄濕了也不打緊，但我卻為此傷害了潔妮。

那是媽媽和我一起拍的唯一一張照片，如今似乎該把這張照片丟了。

就在我最後一次仔細端詳照片時，發現了一個奇怪之處。為什麼在這之前都不知道呢？在生產完背對躺著的媽媽前面，有個掛著鏡子的老舊衣櫃。在年幼的我的眼中，大部分都只固定在轉過身躺著的媽媽背上，因此沒看到附著在衣櫃的模糊鏡子上有什麼。定睛一瞧，鏡子中有個塗著大紅色口紅與指甲油的女人咧嘴大笑著。

從女人的手上拿著相機看來，想必她就是將這一刻留存在照片中的人。

在老舊陰暗的鏡子中，她的樣子和媽媽一模一樣。

是我記憶中的媽媽臉上有的怪異微笑與她的手。

拿著相機拍下這醜陋瞬間的女人是媽媽。

那麼，這個背對躺著、從過去至今我始終以為是媽媽的女人……又是誰？

姊妹

「會面？是誰？我不認識她。」

我被關進牢裡的第一年有許多人申請會面，包括記者、受害者、村民……。經過第一年，村民從沉痛走向遺忘，逐漸將我的存在抹去。之後直到申請假釋獲准為止，來會面的人就只有一人。

是初次見到的陌生姓名。

女人未表明與我的關係或探訪目的，在我拒絕會面後就打道回府了。

我到監獄去探望房東奶奶的那天，在填寫接見申請書時，多年前某個秋日來會面的女人的名字如閃光般乍見。

她的名字是「楚仁慧」，是海娜的養母。

***

「因為我太好奇了，奶奶為什麼會覺得我名義上的阿姨會願意替您付交保金？」

此時的房東奶奶正在猶豫，用一種賭徒在考慮應該亮牌或者該靜待良機的模樣。

我拿出我手上唯一的一張牌，嗒的一聲貼在透明壓克力牆上。房東奶奶確認照片後，彷彿被我讀出她手中的牌似地迴避視線。

「有很長的時間，我都以為這裡背對躺著的女人是媽媽。這個因為不想跟嬰兒對視，所以才轉過身的女人，是那女人對吧？」

「……」

「周汝敬。我以為是我阿姨的人，也是奶奶認為她會替妳支付交保金的女人，對吧？」

「真沒出息，妳以為知道了又有什麼不同嗎？」

「哈哈哈，全都會不一樣。拋棄我的媽媽死了，所以我以為我的埋怨總算能終結了，可是竟然還有個拋棄我的女人呢！而且她竟然還活著！我還能怎麼辦？只能盡我最大的能力去恨她了，您說是不是？」

「汝敬沒有強大到足以撫養妳。」

「噗！那媽媽呢？那女人就強大到足以撫養我？」

「美敬……是個狡猾卑鄙的孩子。看她把妳的名字取為周汝敬不就知道了？對美敬來說，妳就是個她拿來威脅，好得到她想要的一切的擔保品。」

「您在別人面前說話還真是殘忍啊。」

「因為這是事實。因為，知道這個事實的人就只有我和美敬。」

「那個叫做外婆的人也不知道？」

「館長……那位……嗯，那就猜不到了。萬一知道的話，以那位的脾氣，肯定不會讓汝敬一直待在她身邊，她絕對不會原諒汝敬的。」

房東奶奶從年輕時期就在母女三人居住的家中當管家，一路看著雙胞胎姊妹出生、成長。

一個孩子格外溫順，對媽媽說的話是百依百順，但另一個孩子的氣質本身就像時時在跳火圈，彷彿唯有把看見的一切都打散、弄壞或攪亂了，怒火才會冷卻。這對姊妹的母親從這孩子身上看到了前夫的影子，她就像家裡只有一個孩子存在似的，把另一個孩子當成透明人看待，但越是如此，孩子就越是壯大自己身上的火勢，燒得更加旺盛。

孩子很快就接受自己的處境（遭到冷落與無視）與情況（被當成透明人），最後開始樂在其中；相反的，另一個孩子卻相形之下對媽媽的表情、音調高低都十分敏感，繼續過著唯命是從的人生。

歲月流逝，為了大考在即的兩個孩子，姊妹倆的母親聘用了就讀名校的男學生當家教，讓他住進了家裡，先前性情溫順的孩子卻情不自禁地墜入了愛河。至於性情火爆，總是頻頻闖禍，勉強才逃過退學命運的孩子，則早已看清男人，因此對家教老師根本沒有半點興趣。

但是知道自己的妹妹正在單戀的事實後，姊姊一改先前的態度，在家教老師的心中點燃了自己的火苗。溫順的妹妹得知這個事實後，對雙胞胎姊姊很生氣。她的心中難道就沒有火苗嗎？就在雙胞胎姊姊熾熱地燃燒之際，妹妹更努力地冷卻自己的火苗。她憧憬姊姊，同時也憎恨、嫉妒她。

有一天，心中懷著火苗的姊姊恰好不在，原本溫順的妹妹任由自己的火苗盡情地按照原始的模樣燃燒，讓無法區分姊妹倆的家教老師，徹底占有了擁有相同外表、不同名字的妹妹。

不久後，妹妹的肚子逐漸隆起，她陷入了恐懼。她所害怕的不是生孩子，而是媽媽得知這可怕的事實。姊姊看出了這點，像在玩場遊戲似地跟妹妹打賭。

她們說好交換彼此的角色，來瞞騙過媽媽。

「萬一媽媽被騙到最後，這孩子就會變成我的孩子。怎麼樣？很好玩吧？」

「代價呢？」

「代價？哦對，這是在打賭吧？代價就等我慢慢想，再一個個告訴妳。」

明知姊姊提出的代價會很殘酷，但也別無他法。之後姊妹倆開始模仿彼此的語氣和行為，演起了角色扮演。得知女兒懷孕的事實之後，媽媽表露出滿滿的輕蔑，與年邁的管家一起找了女兒生產前住的房子，把她送了過去。

當然，這對姊妹的媽媽做夢也沒想到懷孕的孩子會是自己性情溫順的美麗女兒，反而深信是那個如烈火般燃燒、彷彿要化為灰燼的女兒所為，但……她真的不知情嗎？

「那個當家教的男生呢？」

「只知道在館長的金錢援助下，在外國完成了學業。」

「有來……」

「從沒找過。」

「生下我的女人呢？」

「生下妳之後當然就沒找妳了。直到妳媽死了才來到家裡。」

「她說了什麼？來了之後。」

「……妳該不會相信她有來找妳吧？」

「怎麼可能。」

「她一直在房間到處翻找，看起來就是在擔心自己的姊姊會不會留下什麼痕跡。美敬都已經死了，那孩子卻依然被美敬拖著走。」

「……」

「應該……跟妳道歉嗎？」

「何必呢？您不過是個旁觀者罷了。就別道什麼歉了。我可不希望奶奶的內心落得輕鬆。我走了。」

結束會面出來，我僵立在無人的監獄前院，沒辦法再往前走一步。在我所不知道的自我歷史中，我被當成一顆皮球一樣被踢來踢去、被任意丟棄。

眼前出現了紫光晚霞的那天，年幼的我為了向媽媽乞求一丁點愛，於是趕緊用石子搗碎鳳仙花花瓣的模樣；還有那個夏日，我不停焦躁地偷瞄躺在涼床上哼歌的媽媽，甚至是微風吹涼了從額頭流下的汗珠的觸感。

冬夜讓我赤裸的小小腳丫凍僵、寒氣逼人的初雪，還有在暗巷閃爍黃光的汽車車頭燈。越是去壓下這些記憶，它們就越容易反彈出來。我只好掐著自己的手臂，扭轉自己的手指，拔起了自己的髮絲。

歸結起來，可以用這麼幾句話定義我這個人：由嫉妒與欺騙所打造的嬰兒；被當成一場惡作劇的生命；直到被拋棄之前仍渴望並乞求愛的孩子，但就連最後一刻都遭到拒絕；獨自長大的孩子。這些加起來變成了我。

必須忘掉不可，假如我想繼續活下去，就得忘掉今天的全部。

我的全身都在顫抖，噁心感直衝喉頭，我必須扶著牆靠著。

不知道從什麼時候開始，當遇到這種時刻，我就會聽見海娜的聲音。

「可是……姊姊是怎麼變成大人的？」

「哦？」

「沒人照顧的孩子是怎麼變成大人的？」

瞬間，雙膝沒了半點力氣，我猶如一張摺疊的紙張癱坐在地，上半身往前趴。

多虧了腦中突然浮現海娜說的話，我才得以從童年充滿苦難的我回到此刻變成大人的我。我真的（如同海娜相信的那樣）平安無事地變成大人了嗎？

＊＊＊

結束與汝敬的會面，回到囚牢的老人開始為出獄做準備。

「老奶奶，妳是糊塗了嗎？幹麼收行李？」

「是不是找到了會掉出交保金的洞口？」

「真該說是慶幸嗎？這下就不必在這送葬啦。」

老人無視這些冷嘲熱諷的年輕傢伙，最後整理好的行李就連一個小小沐浴籃都沒能裝滿。儘管埋怨兒子沒有來會面，但她仍試著想要體諒他。

到了預約與外部通話的時間，老人和獄警一起站在設置於走廊的電話機前。

拿起話筒，揉了揉一雙老花眼，按了寫在紙張上的號碼後，對方隨即接起了電話。
「三十分鐘前回去了。」
「全部都說了？」
「是的，都說了。」
「她看起來怎麼樣？」
「很難說，畢竟她從小就是個不表露內心的孩子。」
「不，錯了，是因為沒人試著看她的內心，所以才看不到。」
「……」
「我會按照約定，立刻匯入交保金。」
「謝謝您，但我能問一下您是……」
「您沒資格知道，不是嗎？」
說完這句話，對方便逕自掛斷了電話。
老人拿在手上的紙張上寫著「那個號碼」。

＊＊＊

那天尾隨計程車從海里蒂奇到海娜的家時，昌秀發生了意想不到的狀況。
昌秀把車子停在路面上待命，一心等待計程車出來，卻有人用了同一支號碼打來十七通的未接來電。

是那小子。昌秀神經質地接起沒隔多久就響起的第十八通電話，可是電話馬上被掛掉了。難以判斷是昌秀接得太慢，又或者是那小子直接掛斷了。

十七通未接來電都響到轉進語音信箱之前，但怎麼第十八通電話卻響到一半就掛斷？不過二十分鐘前辭職不幹的痛快感，被那小子的第十八通電話搞得渾身不對勁。

昌秀以打發無聊為由，往那小子的號碼按下了通話鍵。聽著不怎麼樣的手機鈴聲，就在昌秀正打算掛斷時，電話接通了。

那小子彷彿在地面上吃力爬行，用最後的力氣結結巴巴地說：

「救……救救……我。」

那小子的周圍傳來嘩啦啦的破碎聲，之後又傳來一名酩酊大醉的成年男性的高喊聲。

「我聽不清楚。是要怎麼救你，你好好說清楚。」

「叔叔……不能……就幫幫我嗎？……」

「所以是要怎麼……」

話說到一半，話筒傳來砰、砰的重擊聲，那傢伙便再也沒有回答。有東西被砸碎的聲音傳到了沒有掛斷的話筒外頭，接著又聽到啪、啪的摑巴掌聲，以及酩酊大醉的男人的沙啞嗓音。

「兒子！你在睡覺？哦？你爸在問你話啊。呵，這兔崽子又不回話了。你這兔崽子，你沒救了，知道嗎？」

喝醉的男人不知道在大口灌下什麼，之後又傳來砰、砰的聲音。他大口灌下的八成是酒，還有他拿著空酒瓶用力擊打自己的兒子。

昌秀口乾舌燥地吞了吞口水。

他立即掛斷電話，從手機儲存的檔案中搜尋那傢伙的住家地址，呼叫了警方和救護車。發動車子，往那傢伙的家奔馳而去，昌秀一路上由衷地祈禱。

「拜託要活著……」

＊＊＊

在這傢伙動手術的過程中，誰也沒來找他。他的父親在醉得不省人事的狀態下以家庭暴力的罪名被緊急逮捕。而跟這傢伙的母親通話時，只聽到她用手指扳開防風打火機的清脆聲響，還緩緩地吐出一口菸，說：

「這是遲早都會發生的事，萬一我還在那個家中，早就已經到另一個世界去了。」

「您不是應該過來看看嗎？」

「我現在待的地方太遠了，也沒餘力過去。他也被打慣了，很快就會沒事了。」

「真讓人吃驚呢。」

「您是在嘲諷我吧？這也沒辦法，這樣的日子我們已經過了太久。您有孩子嗎？」

「我掛電話了。」

儘管醫生說，這傢伙那像顆腐爛的褐色蘋果般凹陷、腫得不成人形的雙眼、臉部及撕裂的耳朵在縫合、塗抹藥物後休養一段時間就會復原，但蜘蛛膜下腔嚴重出血與頭蓋骨骨折的情況卻沒辦法給予明確的預期，然後遞出了手術同意書。

在監護人同意書上簽名後，昌秀在關係欄位上寫了「臨時監護人」，但畢竟他不是法定監護人，所以簽名不具效力。

醫療人員在與這傢伙的母親通過電話，聯繫了保護觀察所，掌握情況之後才將這傢伙推進手術室。

＊＊＊

汝敬就只埋頭專注做一件事。

既不是追查母親之死，也不是挖出海娜的真實身分，而是將全副心力放在留學機構的面試準備上。

潔妮事先列出的例句就不用說了，包括預想的提問，甚至是該如何回答意想不到的問題，汝敬都把答案背了一次又一次。幾天後，汝敬在與潔妮進行模擬面試時，汝敬展現出游刃有餘的語調與態度，對每一道提問都給了最佳回答。

雖然很難明確指出是哪一點，但潔妮覺得汝敬身上的氛圍改變了。

「姊……姊姊……為什麼……做得……這麼認真？」

「因為感覺必須擺脫這裡的時候到了。」

「誰？姊姊？還是海娜？」

「我們全部。」

＊＊＊

留學機構的面試分成兩階段進行。第一階段是留學機構本身的模擬面試，只有通過的申請學生才能與留學機構一起著手打造個人作品集。

抓住遲來的機會並通過模擬面試的海娜沒時間準備作品集。相較於其他孩子，海娜缺乏各種比賽獲獎經歷或特別活動，因此集中在留學申請文件和自我介紹影片上頭。

第二階段是與申請學校的面試官進行視訊面試。面試之前播放了海娜準備的作品集兼影片，而這也是汝敬第一次看到。

下鵝毛大雪的日子，坐在搖椅上的年輕女子露出微笑，在嬰兒上衣的底端繡上孩子的姓名縮寫。畫面跳轉。從躺在床上望著旋轉吊飾、四肢動來動去的嬰兒模樣，到小小海娜住在海里蒂奇的成長過程，被剪輯成一系列影像快速閃過。

海娜開始學走路，和爸爸一起布置聖誕樹，拿著小型小提琴的琴弓拉出怪聲，和媽媽一起做菜、讀童話書的模樣，用一雙白白胖胖的腿跳起芭蕾，跟著蒲公英種子在綠油油的草坪上穿梭，小時候的海娜是個十分耀眼的漂亮孩子。

在影片中出現的孩子並不是海娜。

當影片中的孩子搖搖晃晃地走向年輕美麗的夫婦懷中時，海娜必須迅速伸出手臂好多拿一塊點心。

當影片中的孩子在聖誕樹的頂端掛上星星，接受人們的掌聲時，海娜為了蒞臨育幼院參加送年夜活動的贊助人，幾天幾夜熬夜練習歌唱舞蹈。

當影片中的孩子第一次拉小提琴時，想辦兒童圖書證的海娜被圖書館拒絕；當影片中的孩子和媽媽一起烤蛋糕、吹蠟燭許願時，海娜莫名其妙地第一次被棄養。

影片播畢後，留學機構的院長喃喃自語道：

「啊，感覺太平凡了。」

但面試官的反應卻出乎意料之外。他們讚嘆不已。

「你們一家人打造的聖誕樹，要比過去我們看到的任何絢麗獎盃都要動人。我想說的是，海娜真的就是我們在尋找的孩子。因為無論是什麼樣的教育，都無法超越家庭所給予的愛。陳太太，你們一家人給了我們非常美好的印象。」

事實上，影片中仁慧的正面經過了巧妙的編輯，全家福的照片也稍微失焦，無法明確分出東洋人外貌的他們似乎相信仁慧與汝敬是同一人。

現在輪到汝敬針對面試官的反應做出回答了。

「我運氣非常好，能夠照顧像海娜這樣的孩子。」

「照顧海娜時，哪一點讓您覺得特別好呢？」

這樣的反應與提問是在預想範圍之外，頓時緊張起來的海娜習慣性地握緊了雙拳。

「嗯……我透過這個孩子變成了大人。」

「透過孩子變成了大人？這個回答真有趣呢。陳太太，可以問一問是什麼意思嗎？」

「……海娜跟我的童年非常相似，所以……我也是海娜的未來，是海娜能夠成為大人的證據，因此我非得成為大人不可，不讓海娜在恐懼中長大……」

汝敬斷斷續續地用破英文答完後安靜了下來。

海娜鬆開了握緊的拳頭，仰頭望著汝敬。

「陳太太，雖然我不太了解您，但一定要跟您說這句話。不管誰說了什麼，您都是海娜的最佳模範，還有海娜是個十分幸運的孩子。因為您的回答，看來今天會是發人深省的一天。謝謝您，陳太太。」

面試結束後，留學機構的院長雖然很興奮地確定會合格，但海娜和汝敬只為這件事終於結束了感到安心。

「今天辛苦了，碰到了預想之外的問題，一定很……」

「那是誰？」

「是指什麼？」

「剛才那孩子，跟妳長得很像的孩子。那不是妳，對吧？」

「……雙胞胎。」

「那孩子現在在哪裡？」

海娜用足以留下指甲印的力道緊握雙拳，說：

「死了，生病死了。」

H.N.

在隱匿的所有祕密中，都有海娜涉入其中。

事實上汝敬從未好好問過海娜問題。

因為她比任何人都要清楚，孩子面對別人詢問「媽媽在哪裡？」時投來的視線，以及孩子無法捏造答案的心情。九歲的海娜與兒時因為他人「啪」地丟出的提問，卻一整天「趴」倒在地的汝敬很相似，因此她盡可能不去提出這樣的問題。

但汝敬現在有了想聽到答案的問題。

妳是怎麼會變成「限制來電顯示者」，成為「那個號碼」的主人？還有妳打算把我帶到哪裡去？

結束留學機構的面試，兩人一起搭上電梯時，汝敬盯著海娜小小的背部。

若是徹底攤開手掌，頂多也就是從大拇指到小拇指的距離。汝敬好不容易才克制住想對這個小小的背影詢問隱藏的故事的念頭，向海娜道別了。

還有，汝敬心想：

「倘若有一天所有的真相都揭開了，能否阻止海娜成為像自己一樣的大人呢？」

***

「成州大姊要我跟您聯繫。是有什麼事啊？」

電話大約是在凌晨首班車行駛的時間打來的。

成州大姊？

記得搭乘凌晨公車的她們都是以工作的大樓名稱來稱呼彼此。成州大姊似乎是在稱呼塗杜鵑花色口紅的女人。

「說是因為謝爾頓飯店事件……是吧？」

「對，什麼時間……」

「怎樣？為什麼想知道那件不吉利的事？」

女人一下子打斷我的話，聲音聽起來帶有戒心。

「因為躺在那裡的人是我媽。」

「唉唷，怎麼會這樣啊？」

女人的語氣中流露出一絲憐憫。

「我有事想拜託您。」

「那……應該是孫女囉？」

「什麼？」

孫女？女人口中迸出了完全意想不到的詞彙。

女人知道那個我名義上的外婆，甚至將她和我做了連結。剎那間，可以從女人的聲音中感知到微妙的緊張感。

「是的，請問您是在……」

「對，我是在那裡工作，就是館長待的地方，您知道吧？」

女人在美術館工作的事絕非偶然。

「您跟我見面會感到不自在嗎？」

「當然了，怎麼會覺得自在？但姊姊們一直逼我，所以是可以見個面……但有點傷腦筋呢。」

「只要一下子就行了。」

「其實我因為腰痛，打算過兩天就辭掉工作。我也不喜歡心裡有什麼疙瘩，所以做歸做……但老實說我不怎麼樂意。」

我想知道的事情，想必就在女人心存疙瘩之處。

我決定稍作等待，不催促女人。

「唉呀，不管了。我下午兩點左右結束，到時您可以來附近嗎？」

「好的。」

「啊，可是……確定館長不知道吧？」

「如果有理由不讓她知道的話。」

＊＊＊

和女人見面的地點是在大型超市的食物區。

女人說自己沒有時間可以悠閒地坐在咖啡廳喝茶，從飲水機接熱水裝滿了保溫瓶。

我說要在附近的咖啡廳請女人喝杯茶，但她卻指著我說「同是天涯淪落人」並揮了揮手。因此省下了八千韓元咖啡錢的我，突然想起了露臺角落有個裝了成疊五萬韓元面額的新鈔、總額為二十億韓元的行李箱，莫名的對女人感到抱歉。

「好，所以是說死者是您的媽媽？」

汝敬點了點頭。女人將熱水倒進另外準備的紙杯中，接著從皮包取出茶包泡了進去。淺褐色的水如顏料般渲染開來。

「您是怎麼知道我和館長的關係？」

「當時我是第一個發現的人，後來被警察叫去，把說過的話說了一遍又一遍，那時您的阿姨跑來坐在我旁邊。您的阿姨，她本來就是個很有名的人嘛。警察說她跟死去的女人是姊妹，所以我才會知道。」

「那又是怎麼在美術館工作的？」

「當時我受到太大的驚嚇，那個叫什麼？啊！心理陰影。因為那個，我沒辦法再打開客房的門，後來過了幾天，美術館有人來找我去那邊工作，剛開始我還覺得對方真是有心。」

「可是？」

「他們要我閉嘴。」

「……哪方面？」

「死去的女人跟藝術家是家人的事，還有……」

女人用長滿硬繭的雙手包覆著保溫瓶。

「還有……就是……因為我看到了。」

我決定等到保溫瓶的溫度緩解女人的緊張感為止。超市播放起促銷商品的廣播，用完餐的人潮趕緊離開了食物區，女人似乎也聽到了廣播，喃喃自語道：

「也沒多便宜啊。」

女人的緊張感似乎不是靠保溫瓶的溫度，而是活動廣播化解的。

「您……看到了什麼？」

「我的喉頭怎麼會這麼乾啊。」

女人突然把熱水當成冰水大口灌下。

「就是……我知道的就一件事……有兩個。」

「……什麼有兩個？」

「臍帶……是嬰兒的臍帶。」

套房門把上掛著的木牌標示著「外出」。為了更換客房用品而開門進去的女人聽見嬰兒的哭聲，以為客人在房內，因此急著走出房間，但她覺得很奇怪，好像沒人安撫嚎啕大哭的嬰兒，於是調頭走向了哭聲傳來的會客室。

在那裡，桌面的周圍散落著針筒與多個空藥罐，而已經身亡的媽媽躺在地上。還有，在她身旁有個被剪斷臍帶、全身光溜溜的嬰兒，身上只蓋著一條毛巾，正扯開嗓門哭得呼天搶地。

「我看得很清楚，真的有兩條。我先告知經理，過了一會兒，警察和驗屍的醫生都來了，所以我以為那些人也當然都知道。」

「新聞報導上說只發現了一個嬰兒啊？」

「對，我後來也找來看了，才發現報導那樣寫。這就怪了，臍帶分明有兩條……」

「被發現的嬰兒……」

「警察說是藝術家帶走了。再怎麼說還是外甥女，怎麼能不收留她呢？」

「您有在美術館見過那個外甥女嗎？」

「唉呀，我直到今年在美術館工作近九年了，一次也沒見過。雖然一年會舉辦幾次兒童的活動，但孩子也沒出現過。畢竟是有錢人家的孩子，所以我心想大概是送去留學了吧。」

「那些人也知道……臍帶有兩條嗎？」

「那個……我就不知道了。因為把我帶去美術館時也沒說別的，可是……不是有那種東西嗎？就算人家不說別做這做那，自己也會知道的，還有必須閉嘴之類的。有段時間我心裡一直有疙瘩。畢竟一個孩子消失得無影無蹤……我找了新聞報導來看，但也沒寫那些……」

「那晚媽媽是一個人投宿嗎？」

「對，那個房間有點特殊，所以我記得。那是個投宿一個月左右的客人，雖然不知道為什麼，但客人要求不要打掃客房，所以就只有更換客房的用品。」

「不讓人打掃嗎？」

「聽經理說，客人有請專門打掃的廠商。說起打掃，我做起來也是不輸給別人的，但那個房間就像有潔癖的人住在裡頭似的沒有半點灰塵……客人說地毯會有灰塵，叫我們全部撤掉。要是有那個錢乾脆就去買房啊，我們都說客人是錢太多無處花。」

「可是事件發生當天您為什麼進去？」

「有客人向櫃臺提出要求，所以才去更換客房用品，順便檢查一下。」

「提出要求？」

「住在隔壁房間的客人說老是聽到嬰兒啼哭聲之類的……唉呀，話說到一半怎麼突然覺得好恐怖……」

女人像是突然發冷似的，身體不住顫抖。

「套房的隔壁房間聽到嬰兒的哭聲？就謝爾頓飯店的套房來說，嬰兒哭聲這類的應該是可以隔絕掉才對啊。」

「大概是耳朵特別靈敏的人吧。」

「我就只問一件事。」

「問吧。」

「警察後來有問起肚臍有兩條的事嗎？」

「唉呀，剛才說過了，案子很快就了結了……說是藥物成癮之類的，對吧？不管是警察還是記者都沒提到兩條臍帶的事情，所以後來我才心想是自己看錯了。還有……」

「請說。」

「就是啊，人死了，不是會有醫生來到現場嗎？」

「相驗的醫師嗎？」

「對，沒錯，相驗的醫師。隔壁的客人主動幫忙的。」

「什麼？這是……什麼意思？主動幫忙？」

「我是說，一直反映聽到嬰兒哭聲的隔壁夫婦，聽說那個先生是醫生。我看到那個人自願在案發現場幫忙寫死亡鑑定書，可是就連我都看到的臍帶，為什麼醫生會沒看到？」

「是啊，的確很奇怪，除非是刻意隱瞞。」

要是見到他，是不是就能知道更多細節？

「關於那位醫師，您記得什麼嗎？」

「他給了我非常多小費，所以我記得。還有……還有什麼？啊！他的姓名有點特別……是叫什麼。啊……怎麼想不起來。因為我們還說韓國有那種姓氏嗎？」

女人皺緊了雙眉，很努力想要回想起記憶。廣播中又傳出了促銷商品的內容，但這次卻沒有妨礙到女人思考。

「我想起來了！楚！是姓楚！」

「……姓楚？」

「對，我記得很清楚，是姓楚沒錯。」

姓楚的男人會是誰？

和海娜的養母同姓，這會是偶然嗎？

「不過……」

女人猶豫片刻，把提來的手提袋放在桌面上。

「以防萬一，所以就提來了。我的手抖個不停……」

女人從手提袋拿出一個黑色薄塑膠袋遞了過來。

「現場整理完畢之後也沒人想進去那個房間。沒辦法，我只好一個人進去打掃了，但在沙發底下找到了這個。」

黑色塑膠袋內裝了兩套老舊的嬰兒上衣。

H.L. 還有H.N.，底下分別繡有嬰兒的名字縮寫。

是在作品集的影片中，仁慧親手繡上縮寫的嬰兒上衣。

H.N. 應該是海娜代替的那個孩子，而H.L. 則是海娜原來的名字。

「既然有兩套，就代表是雙胞胎沒錯。請問……您知道當時消失的孩子怎麼樣了嗎？總覺得您應該會知道……」

「死了。」

「我的天啊！唉呀！」

女人的雙手收攏在脣邊，不住顫抖。

「我不是當時就知道的，而是過了很久之後才知道，孩子備受疼愛，也生得很漂亮，但因為生病死了。」

從我以為是媽媽的女人肚子裡出生的，我的姊妹。

我想將自己徹底抽離這難以置信又奇妙的故事始末，抽離得遠遠的。

從我以為是媽媽的女人身邊抽離，還有從阿姨和外婆身邊抽離。

以及從某一天介入我的人生的我的年幼姊妹，我迫切地希望跟這一切毫不相干。

手機收到了海娜找我的訊息。

約定的地點是我們初次見面的咖啡廳「普魯斯特」。

解僱

「妳媽媽在哪裡呢？」

還是一樣，結帳櫃臺的職員依然沒認出我。

「她很快就來了，媽媽要我先過來等。」

「這樣呀？那妳要點餐嗎？」

我點了草莓奶昔之後，張望周圍尋找空位，窗外馬路對面新開的咖啡廳卻映入了眼簾。不知道大家是不是都去了那裡，所以咖啡廳要比先前冷清。

那時的草綠色天鵝絨椅子還在角落，不明的黑色汙漬也是。

看上去像是經營者的女人一臉愁容，在她發現放在角落的聖誕樹後，就瞪著那些閒著沒事做的員工。

「現在都幾月了，這個還在這！」

臉上長滿青春痘的職員急忙整理聖誕樹，堆積多時的灰塵頓時四處飛揚。推著嬰兒車進來的女人很神經質地瞪了職員一眼，走出了咖啡廳。

「媽媽還沒來嗎？」

職員將草莓奶昔放在桌面，再次問道。

我突然好奇起來。

她會對沒有媽媽的孩子說什麼？

「我沒有媽媽。」

「哦？」

「我說我沒有媽媽，很不幸的，我也沒有爸爸。」

「……」

「那我應該出去嗎？」

「喔，沒有啦，我只是……那個……看妳年紀這麼小，又是一個人……所以監護人，啊，對不起，怎麼辦……真的很對不起。」

至少這位職員不會再不由分說地問獨自走進咖啡廳的孩子：「你媽媽在哪裡呢？」

她抱著托盤，踩著小碎步走回同事旁邊。同事使眼色問她發生什麼事，她便貼在同事耳朵旁說悄悄話，接著在他們偷瞄的眼神中，我很自然地就變成了「可憐的孩子」。

我的身上是哪裡寫著「沒人照顧的孩子」這幾個字了？一直以來我費了好大的心力想躲開這種眼神、想要不被發現，但越是這樣，我看起來就越像那種孩子。

就只有一個人。

不會擅自用視線困住我的人。

汝敬。她以為是自己媽媽的女人生下了我。

就結果來說，我們是「像姊妹一樣的」關係。

知道她的存在時，光是有人身上流著相同的血液的事實就讓我好激動，找到被關進監獄裡的她時，互相傳訊息，後來在這家咖啡廳初次見到打開那扇門進來的汝敬時，我也感到好激動。還有現在。

看著打開那扇門進來，坐在我面前卻努力不跟我對上眼神的汝敬，我感到很悲傷。

汝敬也肯定知道。

我們為什麼今天再次在這裡見面。

「您遲到了，就跟那時一樣。」

我先打破了沉默。

汝敬沒有回答，而是喊著口渴，走向了點餐櫃臺。

職員輪流看著我和汝敬，悄悄問汝敬：

「很抱歉，可以問一下您和那個孩子是什麼關係嗎？因為孩子從剛才就一個人坐在那裡……所以有點擔心，還請您諒解。」

汝敬望向我這邊。今天我們是第一次眼神有交會。

「我是她姊姊。」

「啊，哈哈哈，您和妹妹年紀差滿多的呢，我們還以為……您要點什麼呢？」

汝敬嘴上喊著口渴，可是在冰美式的冰塊逐漸融化的期間卻一口都沒喝，而我的嘴巴也沒有碰牛奶與草莓糖漿逐漸分離成一層一層的奶昔。

即便在比汝敬晚來的隔壁桌客人都已經換了一批人，我們也沒有說話。

「《亞當斯一家》的第二集也看了嗎？」

「沒有。」

「星期三（Wednesday Addams）有了弟弟。」

「是喔？」

「剛開始星期三非常討厭弟弟，所以想要除掉他，但是後來卻在寶寶有危險時保護了他。」

「……妳錯了。」

「……？」

「是寶寶救了星期三。」

「哼……明明就有看。」

「……」

「嬰兒為什麼要拯救討厭自己的星期三呢？」

「因為是家人。」

我們兩人之中，誰也沒有勇氣打破這沉默。

我們沒有信心承受打破沉默後的情況。

汝敬有許多要問我的事，

我也有好多要回答汝敬，

但我們都沒有對彼此提出任何問題。

「留學機構聯繫我了，說我合格了。」

「這不是早就預料到的嗎？」

「對啊，可是還是覺得應該親口說出來。」

汝敬問我預定什麼時候出發，我說雖然是秋季開學，但為了加強不足的英語能力，預定一週後就會出發。

聽到我說一週，汝敬的眼神因詫異而動搖了一下。最後，汝敬拿起冰塊差不多都融化、只剩碎冰漂浮在最上頭的冰美式咖啡，一口氣灌下。

「所以……」

「嗯，說吧。」

「我打算今天解僱姊姊。」

我們知道，

我們的沉默是守護彼此的唯一武器。

執行

「監護人？」

在醫院，昌秀被視為這小子的「監護人」。雖然手術結束了，但這小子卻沒有很快恢復意識。醫生說結果無法預測，只不斷重複說必須觀察。

昌秀成為這小子的「監護人」並守在他身旁的期間，療養院單方面決定以未繳納住院費為由讓母親出院，值得感激的是前妻說願意照顧她幾天。但比起對昌秀的擔憂，更多是因為過去母親在神智清醒時很疼愛前妻。

秀仁得知自己得和神智不清的奶奶共用房間之後，就傳了一大篇文字訊息責怪昌秀。原本以為女兒還小，但秀仁的訊息卻狠狠地傷了昌秀。

工作那邊也鬧得雞飛狗跳。聽到昌秀突如其來的離職宣言，大家都只當是沉重的笑話一笑置之，但在他真的沒出現之後，大家忙著分擔原本昌秀負責的保護對象而忙得不可開交。

「喂，你這瘋子，沒想到你是這麼不負責任的傢伙！就因為你一個人出差錯，現在連你的同事們都要跟著吃苦頭嗎？就算要離職不幹，好歹也要徹底整理好再走人啊！」

偏偏在這節骨眼，放高利貸的人照三餐捎來問候兼威脅的訊息，而壓根不知道跑去哪個國家的妹妹，幾個月來第一次傳來訊息——

「哥哥……抱歉，你有錢嗎？」

昌秀正在醫院餐廳咀嚼著乾癟豆芽菜，一看到妹妹的訊息便忍不住噗哧一笑，後來乾脆開始拍掌大笑，導致坐在附近用餐的人因為害怕而紛紛走避。

看著被醫療器材包圍、成天只會睡覺的臭小子，昌秀不禁羨慕起他來。真希望能像這小子一樣就這麼睡上一年，當他醒來時一切都會有所不同吧？不可能比現在更糟了吧。

海里蒂奇的素允傳來寫有地址的訊息。

——海娜的家人離開海里蒂奇之後，曾經寫下這個地址要求把剩下的郵件寄去，雖然不知道他們是不是還住在這裡，但先傳給您。

但昌秀不會有跟這小子一樣的一年。

從目前來看，這個四面八方被圍堵、唯有自己永遠沉睡才能擺脫的困局，只有海娜是昌秀唯一的出口。

***

周汝敬藝術家有兩幅作品獲得韓國規模最大藝術展的青睞，這些人很好奇隱藏在作品中的故事，以高貴的主題包裝作品，拍賣起始價也順理成章地訂為最高金額。

汝敬將紫光波音太陽眼鏡掛在染成藍色的頭髮上頭，身穿螢光淡綠色的緊身褲及大尺寸橘色夾克，雙腿疊放在椅子上頭，欣賞起這幅陌生的光景。

越是感受到人們向她投來的尖銳目光，汝敬口中吹出的口香糖泡泡也就越大。稍後，保鑣朝她走來，確認邀請券後便轉身返回。原本打著領結、斯文地坐在前方座位的老人回頭看了汝敬一眼，然後做出用手指摀住嘴脣的動作，示意她別再咀嚼口香糖，至於好不容易才找到空位坐下、帽子上插有羽毛的胖大嬸，則一副好像汝敬身上有傳染病似的突然起身換了座位。

隨著場內廣播響起，消失的雙胞胎的系列作〈贖罪〉登上舞臺，接著女性首席策展人針對作品做出簡短說明。

內視鏡鏡頭從蜷縮的少女的腋下探入，拍攝她的表情後公開在銀幕上，場內頓時讚嘆聲四起（汝敬無法理解為什麼大家會如此熱情地為某人的贖罪而歡呼）。

少女面無表情地將眼睛瞇成一條線凝視著地面，嘴角露出了意味深遠的微笑。少女的贖罪是種偽善嗎？

這名贖罪中的少女會是她自己嗎？

那麼，是為了什麼贖罪呢？欺騙母親的罪？憧憬姊姊卻又詛咒她的罪？一生下女兒就拋棄她的罪？試圖隱瞞真相並活下去的罪？往自己拋棄的女兒臉上甩巴掌的罪？

不管那是什麼，她的偽善性贖罪終究都被囚禁在蜷縮的雙臂內，以高昂的價格出售。究竟是誰在買賣某人的贖罪？

拍賣師還沒開口，人們就爭先恐後地舉起號碼牌，全場買家與交易商忙著通話的聲音使場內鬧哄哄的，汝敬咀嚼泡泡糖的聲音也越來越大。

作品喊價看不見盡頭，不斷往上拉抬，就連拍賣師猶如連珠炮似的說話速度都難以跟上，但過了一段時間，出價者逐漸縮小到三人左右。重新估價後，一人放棄了，透過電話參加競賣的交易商舉起號碼牌，剩下的那個人也稍作猶豫，但馬上就又舉起了號碼牌。喊價已經超過了拍賣會的最高價。

拍賣師大喊新的喊價，原先猶豫的人再也沒有舉起號碼牌。眼見〈贖罪〉即將落入交易商之手，就在此時，汝敬取出壓在屁股下的號碼牌，猛然舉起一隻手臂。

汝敬必須給予她的贖罪答覆。

至少我是不會原諒妳的。

場內一片譁然。拍賣師取出手帕，擦了擦額頭的汗水後，喊出更高的金額，而通話中的交易商的手臂停在了半空中。拍賣師倒數三秒後，拿起木槌敲了敲幾次，〈贖罪〉正式歸汝敬所有。

「宣布作品編號一一一七三五二一〇周汝敬藝術家的〈贖罪〉，由一百三十八號客戶以拍賣會最高得標價成交！」

木槌的聲音剛落，從椅子上猛然起身的汝敬就大步走向舞臺，現場所有人的目光也集中在她身上。

圍在腰上的粉色透明紗巾隨著汝敬的步伐飄動，將雙手插進口袋的汝敬停在作品前。

場內一片騷動，拍賣師小聲地說作品會包裝得滴水不漏，送到客戶想要的目的地，但汝敬卻一動也不動，面對擺出蜷縮姿勢的少女站著。

「這位客戶？」

場內瞬間安靜下來，只聽見吹破泡泡糖的啪啪聲。

「因為我們還得進行下一件作品的拍賣，若是您有什麼需要……」

汝敬從口袋中抽出手，將塞滿嘴巴、混成五顏六色的泡泡糖分成兩份，然後往蜷縮身子的少女兩側的耳孔各塞了一個。

人們莫不感到吃驚，不，是感到驚愕才對。隨著場內的氣氛變得像市場一樣嘈雜，幾位保鑣進場了。有人大喊立刻把汝敬拉出去，還有人甚至懷疑這是不是一場表演。

「您究竟是在幹什麼！」

汝敬抽起插在拍賣師左胸的玫瑰色手絹，一邊擦掉黏在手上的一坨泡泡糖黏渣、一邊說：

「因為看起來太吵了。」

「那是什麼……」

「現在這是我的吧？請拿去丟掉。」

汝敬坐在舉辦藝術博覽會的展場草坪上，一邊吃熱狗，一邊等待某人懷著尖銳的敵意前來拜訪。稍後，期待多時的步伐發現汝敬的身影，氣沖沖地快步走來。

果不其然，對方不由分說地對著汝敬的臉頰舉起手臂，但這次汝敬捷足先登，率先一把抓住了她的手臂。汝敬貼近她的臉大吼，對她的憤怒與憎惡跟著同時爆發。

「妳為什麼那麼做！」

「還不立刻放開這隻手？好大的膽子！」

「為什麼！為什麼！我問妳為什麼那麼做！」

「妳這低賤的人竟敢侮辱我！」

她所說的侮辱，指的是汝敬咀嚼到一半吐出的泡泡糖。

「妳們到底是想怎麼樣！為什麼……為什麼都是那副德性！」

女人在發出悲鳴的汝敬臉上讀到了什麼？

汝敬一把甩開了女人的手臂。

「妳說！海娜……是妳幹的吧？」

「海娜是誰啊，幹麼質問我？啊，當時妳帶來的那個孩子叫做海娜嗎？」

「……」

「妳究竟是在哪聽了什麼，在這胡言亂語……」

「海娜！妳擅自帶去丟掉的孩子！」

＊＊＊

「我連想都沒想過耶。」

「你覺得會怎麼樣？」

「應該會高興幾天，但……」

「怎麼？」

「但是認真想像那種事發生，覺得好傷心。」

「光是想像也覺得傷心？」

「嗯。」

「所謂家人，原來就是這樣啊。」

有振雖然覺得他的父母難以招架，但光是想像他們消失就覺得傷心。

我無法解釋和汝敬分開之後所感受到的情緒，所以雖然不是星期四，我還是約了有振出來。

「海娜，妳覺得會怎麼樣？」

好不容易找到家人卻分開的此時，我感覺怎麼樣？

「我不知道應該是什麼樣的心情。」

不可能理解我的話的有振歪著頭喝了一大口奶昔。

「為什麼？妳媽媽不是超帥的嗎？」

「超帥？為什麼這樣想？」

「嗯……我的意思是，啊！妳媽媽不是都站在妳那邊嗎？」

「你媽媽不是也站在你那邊嗎？」

「不對，妳看錯了，我媽媽是討厭自己那邊輸了。等我變成大人之後，媽媽知道我不是她那邊的，大概會暈過去吧？」

站在我這邊……。

「我跟妳說，就算媽媽不站在我這邊，我也不想要沒有媽媽。我們現在不是才九歲嗎？媽媽是少不了的。」

在連十根手指頭都不到的年紀，大部分日子都是沒有媽媽的我，突然覺得有振好討厭。

「我走了。」

有振對著搭上司機車子的我笑著說：

「妳先去，陳海娜，夏天時見啦！」

「嗯？」

直到車子出發之後，我才從司機阿姨那知道有振決定去留學的消息。

已經很習慣有人離開我，現在卻是第一次離開某人的我，總覺得好像是我丟下了汝敬，心裡很過意不去。

原來道別是這麼回事啊，是這麼悲傷的啊。

***

昌秀依照素允告知的地址來到海娜的家。他環顧四周，只見往山丘的小路盡頭有棟雙層的木造住宅，周圍不見其他人家或延伸的道路，因此，沒有受到這戶人家的邀請，自然無法藉由小路接近木造住宅。

停車場的捲門似乎已經拉下許久，地面上堆滿了厚實變硬的積雪，同樣也沒看到海娜的計程車。雖然透過矮牆環視住家一圈，但並沒有任何動靜。

窗戶全部拉上了窗簾，院子裡的冬季雜草從雪地鑽出，長得十分茂盛。雖然他按下了電鈴，但果然無人應答。

昌秀爬到能一眼俯瞰木造住宅的山丘高度，仔細地檢視起這棟房子。後院可以看到一棟玻璃建築物，內部有些乍看像是植物的東西，所以應該是溫室。之後昌秀又待上了許久，但木造住宅內依然不見人影。

走下山丘後，昌秀將車子停放在鄰近社區。

聽到有人敲打車窗，嚇了一跳的昌秀把車窗降了下來。

不知哪來的老人將雙手揹在背後，俯視昌秀。

「如何？都沒事吧？」

「……什麼沒事？」

「我是說住在山丘上的那一戶啊，你不是剛從那裡下來嗎？」

「啊，我是因為走錯路了。可是那棟房子真的有人住嗎？我剛看好像都沒人。」

「怎麼會，我看每天晚上燈都開得很亮啊。有對年輕夫妻和年幼的女兒，但他們好像非常安靜吧，以前孩子的媽曾經在市集日和孩子去買樹苗，但可能是不想應付那些看孩子可愛來搭話的老人家吧，之後就再也沒有下來了。」

「孩子的父親呢？」

「那個人是匠人還是做什麼的，但今年好像沒有營業吧，門一直都沒有開。」

「能知道那裡的位置嗎？」

「哪裡？孩子爸爸的工作室？為什麼？你不是說走錯路嗎？」

「啊……因為我也剛好在找這附近的工作室，要是看了覺得不錯，就打算移到這一帶。」

「是嗎？這個社區不錯啊，很安靜。」

昌秀依照老人所說，前往相元的工作室。

在距離雙層木造住宅大約十分鐘左右、位於河畔的工作室，無論哪個角落都顯得好一段時間無人來過了。

透過窗戶可看到尚未完成的小提琴掛在牆上，工作臺上放了一把比普通尺寸要小的小提琴，猶如被褪去一層皮膚似的發白，赤裸裸地躺在那裡。

一看見全家福的相框，昌秀隨即開啟手機相機拉近鏡頭，拍下了照片。

照片中是笑得幸福洋溢的年輕夫婦，與三、四歲左右的小女孩站在海里蒂奇內的巨大聖誕樹前的模樣。

孩子的笑容已經超越了天真爛漫，而是帶有讓人內心湧出暖流的開朗。確實如素允說的，是個光是看著就彷彿要讓人落淚的孩子。如今才能理解素允何以將海娜誤認為這孩子。

孩子與九歲的海娜幾乎是同一個模子印出來的。

海里蒂奇的年輕夫婦領養了與自己的女兒長得一模一樣的孩子。這怎麼可能呢？

除非兩個孩子是雙胞胎，否則不可能。

＊＊＊

昌秀並不知道。

從相元的工作室出來，在三岔口的馬路對面停了一輛計程車，而海娜就坐在裡頭，她還有降下車窗，從頭到尾盯著昌秀看。

沿著小路往上開的計程車停了下來。

下車的司機檢視起在小路上留下的陌生輪胎痕跡。

司機一臉沉重地上車後，先將海娜送到了家門口。海娜一進家門，司機便開車沿著小路往下，然後把計程車停放在小路的大約中段處。關掉引擎之後，司機拿出手機，敲打要傳給大女兒的訊息。

——媽媽今天可能會晚回家，要是阿姨來了，就和妹妹一起吃晚餐。爸爸的電話絕對不要接。媽媽愛妳！

她正打算按下傳送鍵，這時海娜敲了敲車窗。司機還以為自己已經把車子開到從木造住宅看不見的地方了，沒想到海娜都看見了。

「司機阿姨，今天就先回去吧，不會有事的。」

司機說有陌生人來過這裡，用雙臂做出大幅度的動作，以表達自己的不安。

「一定只是走錯路的人，請別擔心。」

司機別無他法地點點頭，發動了車子，海娜則是站在原地，直到計程車離開自己的視野為止才爬上小路。

大門前的地板上留有成年男子的清楚腳印。海娜循著腳印爬到可以看見整棟房子的地方，垂下目光俯視低溫室。

他看到了？還是……沒看到？

如今距離出國的日子剩下四天。

真相

「妳為什麼拋下不管？」

以「與藝術家見面」為藉口，女人和我走向了貴賓室。

一位是作品達到拍賣最高價的藝術家，一位是相對年輕的顧客，兩人的見面隨即蔚為話題，貴賓室外頭擠滿了記者。

香檳和水果很快就送了進來，等到職員一出去，她就搖了搖香檳。「砰！」空氣中迸發出與我倆關係格格不入的聲音。她往杯子內嘩啦嘩啦倒進香檳，接著大口大口灌下。

「我問妳為什麼拋下不管？」

「誰？妳？還是那孩子？」

「是海娜。」

「妳到底知道多少？」

「大概就是我是從妳肚子出來的那些。」

「那孩子怎麼會是妳帶著？」

「是海娜，用名字叫她。」

「嗯，好，海娜為什麼會是妳……」

「我沒理由告訴妳我如何知道海娜的來龍去脈。從現在開始，老實地回答我問的問題，要不然在走廊那頭擠成一團的喪屍們說不定會把妳啃得屍骨無存。」

「……說吧。」

「還有一個，對吧？」

「好好講話，讓我能聽懂。」

「臍帶有兩條，剩下一個到哪裡去了？」

她露出一副絕對不可能的樣子搖頭。

「有……兩條？是說雙胞胎嗎？」

「是同卵雙胞胎。我警告妳，妳可別說自己不知道……」

「不知道！我真的不知道！我從來都沒想像過！明明……我走進那個房間時……美敬……沒提這件事。」

「沒提這件事？妳，是在我媽還活著時跟她在飯店見面的嗎？」

那是時隔一年才接到的聯繫。

因為美敬傳來的一行訊息「我人在謝爾頓飯店的套房」，她只能把戒酒三百五十二天所收到的禁酒徽章丟進垃圾桶。光是意識到自己在飯店舉辦展覽的期間，美敬卻住在同一家飯店的套房，就足以令她痛苦煎熬。來找美敬的她，起初還以為自己走錯了房間。

在甜美的陽光潑灑而下的窗邊，一名女人坐在桃花心木製的搖椅上，身穿一襲白色連身洋裝，笑著撫摸如山頭般隆起的腹部。這個女人絕對不可能會是美敬，因此她本來打算轉身走出房間，就在這時，身穿白色連身洋裝的女人口中哼起了一段熟悉的旋律。
彷彿催眠般的旋律，每當旋律傳出時，她總是只能束手無策地成為美敬的下女。
身穿白色連身洋裝的女人是她的姊姊沒錯。
是打從在母親的肚子裡就結下孽緣，與自己的人生如影隨形並搞砸自己人生的雙胞胎姊姊，美敬。
儘管自己百般埋怨，恨不得大肆詛咒美敬，卻又同時對她心懷憧憬，偶爾則是難以置信地思念她。
但是，眼前的人，並不是她記憶中的美敬。
所以……不該是這樣的，美敬應該依然滿身瘡痍才對，應該是要靠著敲詐她的錢與那些廉價的男人廝混，過著吸食毒品的底層人生才對。
但此時的美敬卻擁有一個她舉辦展覽的高級飯店套房，想怎麼更改室內擺設就怎麼改，享受最頂級的美食款待，過著猶如公主般的生活。
究竟美敬是在模仿誰？
美敬說自己很快就會生下孩子，計劃展開有別於過去的新人生。她說希望寶寶能有家人，因此請求妹妹幫忙她與斷絕關係的媽媽和解。
「和媽媽……？」
「孩子沒有爸爸也沒有外公，好歹要有個外婆吧？」
「這個嘛，我會幫妳轉達，但別抱太大的期待。妳也知道，妳以前是什麼樣子的。」
「知道啊，但我也是當媽了才懂。媽一定會忘記一切並原諒我的。」

「……知道了，我得走了，因為有訪談。」

事到如今，竟敢說要跟我分享媽媽？

就是聖經裡面也沒出現等待浪女歸來的母親。

正當她轉身要丟下久違重逢的姊姊打算離開房間時，果然狗不改吃屎，美敬的聲音竄進了她的耳裡。

「汝敬過得還好吧？」

等她轉頭，表情與剛才截然不同，不，應該說是恢復過往熟悉表情的美敬挖苦道：

「怎麼，不知道嗎？不是妳女兒嗎？」

「妳、妳突然在說什麼啊？」

「十個月，我度過欣然奉獻血與肉的十個月，領悟了一件事。孩子是絕對無法與我分離的存在，孩子就等於我。我這麼想著，突然好奇起妳的想法。妳是怎麼辦到的？妳是怎麼能夠把從自己肚子生下的孩子丟給我的？」

這是威力比旋律更強大的催眠。美敬是在提醒她，「妳的祕密永遠逃不出我的五指山」，這算是一種威脅，命令她——

妳得像以前一樣等著當我的侍女。

走出房間的她，盼望著她的姊姊能夠就此消失，還下定了決心：

「至少這一次，絕對不會讓妳有任何稱心如意的機會。」

她回想那天的記憶，把香檳倒入杯中的手指不住打顫，匆忙地大口灌下。酒尚未全部吞下喉頭之前，她就急著一灌再灌，彷彿在沙漠發現綠洲的人似的，那是成癮者才有的模樣。

「美敬是事先知道我在那間飯店開展覽才故意接近的。還以為她在美國安靜度日……可是卻突然挺了個大肚子出現……這可惡的女人，她根本是為了毀掉我的人生才出生的！她以為用那種令人作嘔的樣子出現、露出笑容，我就會被騙過去嗎？丟人現眼的女人，果然也不遮掩一下自己的真面目。她就是打算脅迫我，向我敲詐，她要拿那筆錢做些什麼？憑她那種人，說要成為媽媽？瘋女人。」

「……她真的說自己要成為媽媽？」

我稱為媽媽的女人，竟然打算成為一個孩子，不，是兩個孩子的媽媽，這令人難以相信。

她是不可能成為媽媽，也是不能成為媽媽的人。

她為什麼會突如其來地說想成為媽媽？

是什麼改變了她？

又是什麼讓她在下定決心之後，卻往自己的手臂注射針筒？

「不覺得很可笑嗎？她抱著自己的大肚子，那樣子不知道有多不搭、多難看啊。瞧瞧妳這副德性，那女人就算成為媽媽好了，到頭來還不是只會讓妳這種人到處撒野？」

看到整罐香檳都見底了，她的身子搖搖晃晃，打開了主辦單位送來的祝賀紅酒。

「我就知道會這樣。他們不知道從我身上撈到了多少錢，竟然送來這種便宜貨！這群在我面前不停發抖的貨色！」

沿著她的嘴巴流下的紅酒染紅了身上的白罩衫，她卻絲毫不以為意，更加氣極敗壞、滔滔不絕地說些讓人聽不懂的話。

我注視著她的模樣，擔心在我體內也有一絲她的影子，哪怕只有一粒沙子的大小。

「好，現在說吧！妳這種人是怎麼弄來那麼大一筆錢的？」

她對被自己丟在中華料理餐廳的海娜絲毫不感任何興趣，就只好奇我哪來的錢能以最高拍賣價得標。

我站起身，奪走了她拿在手上的紅酒。

「妳相信了？打從一開始我就不可能有那麼大一筆錢不是嗎？畢竟能讓妳在短時間內現身的方法就只有這個了。我相信妳會妥善解決的。我，總有向妳提出這點要求的資格吧？再說了，讓我安靜地通過在這扇門前擠成一團的記者，這個價碼好像還算便宜的了。大嬸，妳說是不是？」

我丟下雙肩繃緊抬高、彷彿氣炸般不停顫抖的她，打開了貴賓室的門。

記者們霎時在門前你推我擠，問題排山倒海的丟過來。

我溫柔地挽著她的手臂，露出微笑，貼在她的珍珠耳環前後晃動的耳邊輕聲細語：

「謝謝妳之前拋棄我，我是真心感謝的。」

決定

「死亡了。」

是因為沒人在這小子的身旁說「加把勁，你撐得下去」的緣故嗎？就在剛才，他十三年三個月的短暫人生結束了。

這個雙眼闔上、雙脣輕抿，躺在冰冷床上一動也不動的小子，表情看起來並不平靜。在他臉上與四肢的瘀青如今轉成了紫色，手指頭的指甲與腳趾甲都比住院時要長了一些，鼻梁底下的黑色稀疏細毛無力地散落著。

即便在逐漸走向死亡的期間，這小子也持續在成長著。

只剩下肉身的他，五官看起來就是個平凡普通的十三歲男生。他用這張稚氣少年的臉孔邊咳嗽邊叼著菸，嘻嘻哈哈地捉弄大人、對同儕施暴，還偷走別人的車子，害死素昧平生的人？

有那麼一分鐘，昌秀為這名稚氣的少年之死感到心痛，但又有那麼一分鐘，他想起了死去的載錫而變得冷漠。

決定不另外舉辦葬禮。

這小子的死，在經過簡短的手續後，由昌秀的簽名作結。生下這小子的女人往昌秀的戶頭匯入火葬費用。

走出醫院後，外頭是大白天。因為醫院說不會另外替人處理骨灰罈，昌秀別無他法，只好一隻手臂抱著骨灰罈，用另一隻手拿著菸，吐出一口長長的煙霧。

「乾脆……這樣還比較好。」

腦中冷不防地跳出這句殘忍的話。這樣的判斷十分殘忍，畢竟這小子也可能成為某人的男朋友，也說不定會成為某人的父親。對於這個活了十三年又三個月的小子來說，昌秀的判斷既殘忍又過於寫實。

「無人照顧的孩子們」終究會變成生理上的大人。這些再也無法以青少年之名受到保護，必須為罪行付出應有代價之人，最終變成了「被拋棄的大人」。

果真這樣會比較好嗎？

白色煙霧之中浮現了那小子的臉。

假如……所見的並不是全部……。

假如這小子也為自己的行為感到恐懼、驚慌失措……。

假如他竭力裝作若無其事，事實上卻害怕得發抖、血液發冷……。

假如自己能早點從監視者的身分回到監護人的視角……。

假如那天自己能等那小子吃完廉價的一餐，送他回家的話，是不是就能見到那小子的父親？那麼，自己是不是就能把那小子帶出來，而不是將他留在家裡了？無數的「假如」把昌秀的腦袋弄得亂七八糟之後，他來到了關著那小子父親的地方。

如今他成了弒子之人。

走進接見室的他坐在昌秀的對面。一陣子喝不到酒，他的氣色顯得憔悴，但是卻變得年輕溫順了。

那小子與他的神韻相似。男人不敢抬頭看骨灰罈。

「因為我不知道應該撒在哪裡。」

「這樣啊……」

雖然等著男人繼續說下去，但他似乎也沒什麼好說的。

「送去給……孩子的媽媽怎麼樣？」

「我聯繫過了，她說想忘記一切。」

「這樣啊……」

「若是您同意，我會自行處理。」

「要是您願意……我自然是很感謝……」

對話結束了。他與昌秀之間沒什麼好一來一往寒暄的，因此昌秀打算起身，但男人抬起頭，以充滿血絲的雙眼看著骨灰罈喃喃自語：

「對這孩子來說……乾脆……這樣還比較好……」

昌秀不自覺地握緊拳頭，迅速地朝男人的臉揮去。昌秀朝著連同椅子一起往後倒的男人撲過去，揪住他的衣領，開始狠狠地朝他的臉甩巴掌。

「你怎麼知道？你兒子可能不會變得跟你一樣！是因為你，他才失去了成材的機會。給我記好了，每天！每時！每分！每秒！一刻也不要忘記，你殺的不是別人，而是你造就出來的兒子！」

獄警跑過來把昌秀從男人身邊拉開。

昌秀抱著骨灰罈走出接見室，來到走廊後，抓著牆面開始嘔吐。

他好不容易才勉強打起精神，這時收到了一則訊息。

——奶奶是想怎樣啦！

隨後，女兒被糞尿塗得髒兮兮的校服、書桌、牆上掛著的獎狀與筆記本照片接二連三地傳來，最後一張照片拍了停放在前妻工作的超市前的黑色轎車。是那些傢伙。大概是知道秀仁在偷拍他們，所以還笑著用手指比了愛心。

——乾脆死了算了！

乾脆……乾脆……乾脆……或許那樣會比較好。

***

新任的保護觀察官打了電話過來，商量面談日期。

「暫時由我負責周汝敬小姐您……」

「為什麼換了負責人？」

「這涉及個人隱私，所以無法告訴您。我看了一下，這裡您的職業欄位寫的是保姆。」

「不，現在沒做了，因為被辭退了。」

「理由是什麼？」

「因為工作結束了。」

「真令人惋惜呢。您要申請跟求職相關的洽詢嗎？畢竟您處於假釋期，這樣似乎比較好。」
「不，我打算休息一陣子。」
「您要怎麼生活呢？」
「幸好我突然錢變多了。」
「什麼？」
直到幾天前，昌秀都還跟在我和海娜後頭追查，為什麼突然辭掉了工作？雖然打了電話給他但沒人接。不知他去向的事實讓我感到不安。

＊＊＊

他肯定會回到這裡。
留下陌生腳印之後已經過了三天，但家的周圍沒有任何動靜，登門拜訪的就只有餐盒配送車與司機阿姨。
準備好明天要前往機場的我，讀起徵信社傳來的關於他的報告書。
雖然不知道是從什麼時候開始的，但他關注的焦點逐漸從汝敬轉移到我身上，因此我也好奇起他這個人。剛開始我還擔憂他會不會拿我監護人的汝敬來大做文章，但他並未採取任何措施，只是在我們周圍打轉。
司機阿姨在海里蒂奇的地下停車場和銀行發現他在尾隨自己，之後他的腳步經過山丘下的村落及養父的工作室，最後來到了雙層木造建築的大門前。

閱讀報告書的期間，我對具昌秀這個人的了解整理如下：

第一，他此時正處於火燒屁股的情況。

第二，他在銀行看到了換成美金後裝滿的行李箱。

第三，心急如焚的他會回到這裡拿走裝滿錢的行李箱。

***

女性房務員口中姓楚的醫生叫做楚仁成，他是楚仁慧的兄長，美國姓名為安德魯・楚。姓楚，加上擁有醫師執照的人不僅罕見，而且這個姓名先前，也頻繁出現在仁慧母親從美國療養院通話的閒話家常中。

「仁成還是一心只掛念著妳。你們兄妹倆以前感情實在太好了，不是就連當媽的我都吃醋了嗎？但是本來如膠似漆的兩人，關係怎麼突然就疏遠了呢？妳哥從韓國回來之後，只要說起妳的事就會勃然大怒。媽媽真的是太失望了。」

潔妮運用美國的搜尋引擎，搜尋到的安德魯・楚的資歷相當華麗。他從哈佛醫學院畢業後就在母校的附屬醫院，也就是麻省總醫院任職，後來他突然加入「無國界醫生」的那年，正是我被收押後、媽媽過世的隔一年。

讀了最新報導後，潔妮嘆了口氣。

「怎麼了？」

「我們很遺憾……在無國界醫生組織……長期擔任志工……備受矚目的楚醫生……感染了地區性傳……傳染病身亡……」

「什麼？」

「說他死了，就在幾年前。」

為了參加研討會而短暫停留韓國的仁成，下榻於媽媽左側的飯店房間。事件發生後，地區隊抵達，但在刑警來到飯店之前，他聯繫櫃臺主動說要協助進行相驗。這是只要有醫生執照，任何人都能做的事，但為什麼？身為投宿客人的他，何以要主動替陌生人之死進行相驗？

或許他對媽媽來說並不是陌生人。

不知基於什麼樣的理由，負責相驗的他隱瞞了有兩條臍帶的事實，阿姨就只有從刑警手中抱回一個孩子。

在現場神不知鬼不覺地消失的孩子，得以在仁慧的懷中長大的方法就只有一個。

孩子是偷來的。

女性房務員口中的隔壁房夫婦，大概就是仁慧與仁成兄妹倆，她誤以為他們兩人是夫婦。

不知基於什麼樣的理由，仁慧只帶走媽媽生下的其中一個孩子就消失了，而孩子在他們夫婦倆的手中長大。之後仁成回到美國，自此沒有回到韓國，也沒有再見過妹妹。

兄妹之間究竟發生了什麼事？

仁慧與仁成偷走孩子時，媽媽還活在人世嗎？

根據上次見到的寄養媽媽的說法，仁慧與相元在海娜之前完全沒有任何領養紀錄。

他們為什麼要做出偷走嬰兒這種不合常識的事情來？

出獄後發生在我身上的一連串事件，包括留在耐火堂的「道歉紙條」、在坐牢期間來會面的「陌生接見申請人」、被送到我面前的「二十億韓元的重量」、「媽媽之死」以及「海娜的出現」，我總覺得，在那理由之中，會有這些事件的解答。

九歲的海娜獨自知道了哪些事實？

讓九歲的海娜獨自背負祕密是正確的嗎？

九歲的海娜期望我做些什麼？

＊＊＊

「給我道歉，臭小子。」

昌秀來到的是載錫沉睡的樹葬區。由於幾天前下了一場雪，昌秀在一踩就會陷入積雪中的森林裡徘徊了一會兒，最後停在一棵樹木前。

樹木上掛著寫有「蘇載錫先生」的名牌。

這是載錫的葬禮後，昌秀第一次來探訪他。昌秀拿著樹枝整理了周圍的積雪，放了載錫平時喜歡吃的血腸與一瓶燒酒後，又把積雪挖開了些，在上頭放了那小子的骨灰罈。

「你也認識這個大叔吧？我不是來懲罰你的。我哪來的資格能處罰你這小子？只是相信你也一定會想向人家道歉的。要是道歉了，對方卻不接受，你就道歉到人家願意原諒你為止，假如對方還是不肯接受，你可別覺得自己該做的都做了，就想說『算了，管他的』，要一直抱持愧疚的心情。那也是一種道歉。」

昌秀拿出一根菸叼在嘴上，點燃菸之後，將它插在樹木底下。

「大哥，你還沒戒掉吧？雖然在天國抽菸的人肯定很罕見，但這是我給的，所以你一定要抽。看到我把這小子帶來，你覺得失望了嗎？既然都這樣碰了面，就盡量罵他吧，對他凶一點沒關係。還有，我……我也會再來教訓他。此時的我別無他法。看來我不是大哥說的那種可以成為誰的保護者的人吧。對不起讓你失望了，大哥，我會再來的。假如我來得了的話。」

離開樹林後，一上車就收到前妻傳來的訊息。

——抱歉，我好像沒辦法再照顧媽媽了。秀仁整個人都變了個樣，還有……從幾天前就老是有人到處跟著我們。是因為小姑的事吧？

昌秀回了訊息。

——我會立即解決，我保證。

之後，昌秀把這段時間秀仁傳來的訊息逐一讀完。秀仁對自己的父親恨之入骨。彷彿什麼都無可挽回的心情籠罩著昌秀。他像是下定了決心，啟動車子，在導航上輸入地址後，按下了導航開始的按鈕。

目的地是雙層木造住宅。

＊＊＊

在櫃臺，素允遞過來的包裹收件者確實是汝敬，寄件者不是別人，正是「楚仁慧」，海娜的養母。

汝敬似乎完全沒有預料到，再次確認了寄件人的姓名，而素允觀察汝敬的反應。

「是您的姊姊寄來的對吧？我也好久沒看到這個名字了，剛開始還想說是誰呢。」

「不是，這人怎麼可能是我姊姊？我姓周，這人姓楚耶。」

「啊，因為海娜總是叫您阿姨……」

汝敬對彷彿事先不知情、露出一臉天真表情的素允說：

「喔，對，海娜是叫我阿姨。她也會叫我姊姊，有時還得叫我媽媽。」

「……？」

「您就別兜圈子了，想問什麼就問吧，我會回答的。」

「……」

見到汝敬以果斷的眼神盯著自己，素允這才拿出堅定的態度直視汝敬，要搞清楚這名非海里蒂奇住戶，而且是身分不明之陰險女人的真面目。

她的態度有著天壤之別。汝敬早已對這種態度習以為常，甚至覺得這樣還令她自在許多。

「我很好奇您是誰，還有那孩子，那個看起來一點也不像海娜的孩子。妳們到底是誰？」

「請向具昌秀先生詢問我是誰，那個孩子是海娜的雙胞胎，雖然我不知道她是姊姊還是妹妹。除此之外，您好奇的事情大概在這包裹內都有答案。雖然跟您無關就是了。」

「那就跟您有關嗎？明明就是個假監護人。」

「啊，畢竟我靠這吃飯的。」

素允一臉嫌惡地看著汝敬，她的視線老是不由自主地瞄向包裹紙箱上的仁慧名字，汝敬像是要把她的視線彈開似的，用手指敲了敲箱子。

「我就問您一件事。海娜的父母在哪裡？」

「這件事我也一樣好奇，所以現在打算去見他們。」

「是嗎？那看來您得加緊腳步了。我先走一步下班了。」

說完這話，素允離開了大廳。

素允一走出海里蒂奇就打了電話給昌秀，但他並沒有接。他好像整天都在躲避素允的電話。

拆開箱子，裡面裝了五本花布封面的老舊日記本及兩封信。

第一本日記本是孕婦紀錄卡以及按照時間排列的雙胞胎超音波照，簡短地記錄了懷孕期間產生的身體變化與憂鬱情緒、不安等。

記錄者的姓名為「周美敬」。

還有，與第一本日記本在同一天開始記錄的第二本日記本，雖然沒有孕婦紀錄卡和超音波照，但肚子中孩子的成長過程、醫生的建議、雜誌或書上說有益於孕婦的音樂、環境、運動的相關剪貼等等，以及孕婦一天吃的東西、睡午覺的時間、運動時間，鉅細靡遺地記錄了懷孕期間的日常與對孩子即將出生的興奮感。

寫第二本日記本的人是「楚仁慧」。

從第三本日記本開始，是仁慧與相元一起記錄的育兒日記。從孩子第一次沐浴開始，到第五本日記本逐漸變成了孩子的病床日記，直到三年前的聖誕節，最後一篇日記隨著孩子夭折一同畫下了句點。

信件似乎已經有人讀過了，兩封信都已經被拆開，其中一封寫著「遺書」。

確認內容後，汝敬也開始讀起剩下那封寫有「致周汝敬小姐」的信件。這是仁慧寄給汝敬的信。素昧平生的人寫給自己的信件是這樣開頭的：

「能跟周小姐說的，就只有對不起這麼一句話。我是害死您母親的凶手，也是偷走您年幼妹妹的誘拐犯。」

汝敬讀完仁慧留給自己、長達三張紙的信件後，腦中就只有一個念頭：

到了明天，海娜就離開了。

現在必須去見海娜不可。

去見獨自待在空無一人的家中的海娜。

——請告訴我海娜的地址。

傳訊息給海娜的司機後，汝敬隨即收到了回覆。

——您是怎麼知道我的號碼的？

海娜出院的那天，汝敬偷瞄了海娜呼叫司機時儲存在手機上的號碼，並且背了下來。

——我也正好在考慮要聯繫周小姐您。

——聯繫我？

汝敬不得其解，反問道。

——其實……海娜可能會有危險。

海娜的司機把昌秀尾隨與來過家裡的事告訴了汝敬。

汝敬一方面理解了昌秀這段時間的可疑行為，同時又想起在櫃臺時素允隨口說出的話。

「是嗎？那看來您得加緊腳步了。」

不管是海娜或昌秀都沒有接電話。

潔妮把放在露臺的黑色行李箱拖了出來。

「這……這是真的嗎？」

沒時間多做解釋了，汝敬二話不說披上了外套。

「嗯，看需要多少就帶走。」

「不、不要，我……我不想……檢舉姊姊。」

「不用檢舉了。我也是剛剛才知道的，那的確是我的錢，還有現在海娜……」

汝敬原本打算把此時海娜有危險這句話告訴潔妮，卻瞬間有某種滾燙的熱氣湧上喉頭。

「租來的車子還在停車場吧？」

「嗯……還在。可、可是海娜怎麼了？發……發生什麼……不好的事嗎？」

「我去把海娜帶來。」

說出這短短幾個字時，汝敬的聲音抖得非常厲害。潔妮從口袋掏出車鑰匙遞給汝敬。

「嗯，一、一定……要帶回來……我等妳。」

侵入

很顯然的，他在猶豫不決。

昌秀抵達山丘下的村落時，昏暗的夜幕已經垂下。

聽說不知道是西方的哪個國家把這段時間喚作「狗與狼的時間」。把車子停放在村子入口空地的昌秀尚未關掉引擎，他可以就此轉動方向盤調頭折返。

辭呈肯定還沒受理。

只要叩頭求饒個幾次就能回到原來的位置上，只是然後呢?回去又代表了什麼?

罹患嚴重失智症，無法再託付給療養院或前妻的母親、認定父親是在踐踏自己未來的秀仁、逃到國外的妹妹及妹婿留下的債務、在家人周圍打轉且威脅程度變本加厲的高利貸業者、必須每天與失去做人資格的前科犯打照面，還有對世界充滿憎惡的孩子們。

這是昌秀回去之後必須面對的世界。

當社區的狗群開始發出長嚎聲時，猶豫多時的昌秀終於關掉引擎並下了車。

＊＊＊

這個家，看起來就像裡面住了感情和睦的一家人。

上次雖然是在白天，卻不知從哪散發出的陰森氣氛，這次倒是消失得無影無蹤。在家中，每個角落亮起的燈光穿透淺色窗簾滲透到窗外，為植物乾枯的院子增添了溫暖的色彩。

昌秀按下門鈴的同時，緊張地嚥了嚥口水。

有人接起對講機問道：

「請問是哪位？」

是成年女性的聲音。

女人似乎剛才還咯咯笑個不停，聲音中飽含笑意，對講機傳出了不合時節、由賓・克羅斯比演唱的聖誕頌歌〈Let It Snow〉。

「您好，我是……」

昌秀將保護觀察官的證件湊近對講機的鏡頭。

「請問有什麼事嗎？」

「抱歉打擾了，是想請問一下跟周汝敬小姐有關的事情。方便抽出一點時間……」

「海娜？海娜！」

女人大喊孩子的名字，對講機那頭隨即傳出孩子從二樓蹦蹦跳跳地跑下來的腳步聲。

「媽媽！爸爸不幫我吹頭髮！」

「唉唷，老公！這樣海娜會感冒的。」

「妳不跟媽媽說實話嗎？每次我要幫妳吹頭髮，妳就一直扭來扭去跳舞。」

還聽見了男人的聲音。

「你們這兩個！我警告你們哦，如果不在十分鐘內把濕頭髮吹乾，我就會讓你們喝超級健康的芹菜汁！」

女人說完後，又聽見了孩子咚咚跑上樓的聲音。牆的另一頭，能看見木造住宅的窗簾內有孩子跑上樓的影子。

這是怎麼一回事？

昌秀馬上就意識到自己弄錯了。

是種種情況把自己逼到了懸崖邊，所以才會有這種天大的誤解，但另一方面他又深感慶幸。現在，只要再回到山丘下，啟動車子回去就行了——回到那個泥淖。

「抱歉，我現在人走不開。您剛才說什麼？」

「不，沒什麼，很抱歉這麼晚還來叨擾。」

「好的，路上請小心。」

對講機掛斷了。

昌秀自己也覺得無言，忍不住露出苦笑。

自己居然相信一個九歲的小女孩會把一大堆錢藏在這麼大的房子，還獨自住在這裡。他不禁慨嘆自己的人生怎麼會落得做出這種「荒謬的想像」。

昌秀正打算調頭離開，卻在轉頭時突然與在二樓陽臺俯視自己的孩子的黑色剪影對上了眼。孩子的剪影以僵硬的姿勢佇立著，彷彿在確認昌秀已經離開，直到昌秀轉頭看，那個身影才迅速地躲了起來。

昌秀這時才突然好奇起來，山丘上就只有這麼一棟木造住宅，可是為什麼每扇窗戶全都拉起了窗簾。

是為了隱藏什麼呢？

昌秀再次按下了門鈴。

聽見了與剛才相同的女人聲音。

「請問是哪位？」

對講機掛斷才經過一分多鐘而已。在這個只通往這戶人家的小路上無人來往的情況下，女人卻沒預想到「肯定是剛才那個人」，反而用與一分鐘前相同的語調詢問「請問是哪位」。

緊接著，就像重複播放似的，賓・克羅斯比的〈Let It Snow〉傳了出來。

昌秀一言不發地等待女人的下句臺詞，想必會是「請問有什麼事嗎？」吧。

「請問有什麼事嗎？」

「請問您是楚仁慧小姐本人嗎？」

「……」

「楚仁慧小姐？」

「海娜？海娜！唉唷，老公！這樣海娜會感冒的。」

對講機掛斷了。

就在昌秀確定自己並非做出「荒謬想像」的那一刻，木造住宅的所有燈光就像拉下了總開關，全部熄滅。

猶如在向他宣戰。

＊＊＊

雖然要比想像中晚，但我心想他肯定會回來。因為此時他唯一的生路就只有黑色行李箱，而他必須對付的人就只有才九歲的我。

在他慎重地按下門鈴後，我透過對講機播放了幾段用家庭影片剪輯而成的音檔，我也配合「海娜」的說話聲上下樓。

從牆外偷看家裡內部的他，透過剪影確認窗簾內的情況後慌了手腳，似乎確定自己是誤會一場了。

儘管我預想到他會再次按下門鈴，我卻失手播放了相同的錄音檔。

如今他會進入屋內，我則將會執行為了保護自己而事先制定的各種計畫。

距離搭機時間剩下二十二個小時。

＊＊＊

「喀啦。」大門的上鎖裝置解除，彷彿在邀請昌秀進入木造住宅。

昌秀小心翼翼地往院子移動步伐，打開了手機的手電筒。在所有燈光都熄滅的住宅院子內，只有在月光洗禮下的冬季雜草探出的長長身影，使院子看起來雜亂不堪。

經過院子來到玄關的昌秀從窗簾縫隙查看客廳內部。沒有任何東西在黑暗中移動，玄關門也同樣沒有上鎖。

這個九歲的小不點正在想什麼呢？

「有人在嗎？」

昌秀在走進客廳時大聲喊道，但無人回應。他依序經過一樓的客廳、廚房、會客室與客用洗手間，然後走進夫婦倆的寢室，看到了整齊劃一的寢具與家具。

牆面上掛著相元與仁慧的婚紗照，以及在工作室看過的相同全家福照。昌秀伸出手指在梳妝臺上一抹，指尖隨即沾上一團灰塵。

衣櫃、床鋪下方、收納櫃等都看不到他要找的物品。昌秀走出夫婦倆的寢室，爬上二樓階梯的時候，怎麼樣也無法相信九歲小女孩獨自住在這個家中。

在二樓，以走廊為中心，兩側有三扇門。一扇是配合孩子身高打造、有洗臉臺、馬桶與浴缸的浴室，另一間是有陽臺的孩子房間。

孩子的房間過於一塵不染，與平時在同年齡小女孩的房間看到的氛圍截然不同。剛開始吸引昌秀目光的是裝在籃子中的兒童糖尿病相關物品與注射筆。書桌上插著就連大人讀起來也覺得費力的書籍，牆上則是貼了密密麻麻要背下來的英文句子。

一打開衣櫃門，大部分是黑色或深色系連身洋裝，底下並排放著兩個行李箱。昌秀迅速拉出行李箱打開，但裡面就只有一年四季的衣物、隨身攜帶的血糖控制用品，以及兩張《亞當斯一家》的ＤＶＤ。

昌秀要找的東西也不在這裡。

走出走廊，昌秀試著打開位於走廊盡頭、需要爬上三階左右的門，但卻是鎖上的。通往閣樓的這個地方，是整個家中唯一上鎖的地方。

「孩子會躲在這裡嗎?」

「找到行李箱之後,那個孩子應該怎麼辦?」

他需要的就只有裝在行李箱的現金。

孩子根本無所謂。

獨自住在偌大的宅第,僱用汝敬充當監護人的孩子,肯定有不可告人的理由。她們可能把彼此的祕密當成沉默的條件。昌秀內心暗自祈禱這個單純、卑劣的想法能奏效,身體朝這扇打不開的門撞去。

藍色月光透過傾斜屋頂的窗戶注滿了閣樓,一掀開布滿塵埃的白布,各種醫療專業器材、兒童用病床、生鏽的輪椅露了臉,在堆疊的眾多箱子內全部都裝滿了醫學專業書籍、特定疾病相關的剪貼簿及醫學字典等,宛如多年前就歇業的兒童病房。

昌秀在角落找到移民用的行李箱後,滿心期待地用力打開被鎖緊的拉鍊,但裝滿行李箱的卻是聖誕老人玩偶與聖誕節裝飾用品。

不知道誤觸了什麼,閣樓內響起了聖誕頌歌。

是賓・克羅斯比的〈Let It Snow〉。

歌聲並不是從閣樓傳出來的。

昌秀隨著聲音來到海娜房間的陽臺上,發現了照亮後院的玻璃三角屋頂。

下面有昌秀心急如焚地想要找到的黑色行李箱。

那正是海娜的司機從銀行拉出來的行李箱。昌秀急著想要走出海娜的房間,但手肘不知道撞到了什麼,「鏘啷!」的一聲,智子破碎的圓臉滾落在地,然後停了下來。

＊＊＊

溫室彷彿遺世獨立避開了冬季，綠意蓊鬱。然而當皮膚接觸到乾燥冰冷的寒氣後，昌秀很快就發現這裡不是溫室而是低溫室。

不知道在燒什麼東西，低溫室內部有嗆鼻的氣味與灰白的煙霧在空氣中四處飄散。用手推開擋路的大片葉子後，他看見了低溫室中的長餐桌。接著，相較於行李箱，昌秀更早發現的是趴在餐桌上死去的男女。

昌秀嚇得連連倒退，原本打算就此離開，但很快就在門前停下腳步。

這裡有行李箱，他不能就這樣空手而返。

昌秀回到餐桌周圍，看著死後並未遭到毀損的男女屍體，得知他們是照片中那對海里蒂奇的年輕夫婦，也是海娜的養父母。

雖然避開了臉埋向餐桌的男人的視線，但昌秀與頭部轉往側邊的女人一對上眼，頓時感到毛骨悚然。

這些人究竟發生了什麼事？

昌秀緩緩地大口呼吸，好讓自己急促的呼吸平穩下來，這時從剛才就充滿低溫室的嗆鼻煙霧迅速地竄進他的嘴巴與鼻腔。

昌秀完全沒發現有異狀，他一邊咳個不停，一邊在低溫室四處翻找，終於找到了行李箱。

一看也知道換成美金的鈔票遠遠超出了他原先預估的金額。昌秀似乎打算只帶走自己需要的金額，開始往事先準備好的袋子裡裝錢，但很快的他轉頭望向年輕夫婦已經身亡的餐桌那側，接著開始把裝到袋子裡的錢再次倒進行李箱，拉上拉鍊後，丟掉袋子，只拉著行李箱起身。

大約走了十步左右。

持續不斷的咳嗽與伴隨暈眩感的嘔吐症狀，導致昌秀跌坐在地，這時他才意識到自己似乎大量吸入了什麼，連忙用手摀住口鼻，但沒過多久他的手臂就無力地墜落在地面。

凍僵的植物葉片在揮動搖曳，賓．克羅斯比的聲音轉變為五歲小女孩的聲音，之後不知道從哪裡響起了秀仁埋怨他的聲音。

昌秀拖著踉蹌的腳步想要逃離低溫室，好不容易才走到餐桌旁，而他依然提著行李箱。

他費力地從口袋取出手機，用盡全力朝著汝敬正好打來的電話按下通話鍵。

「你在哪！要是海娜發生什麼事，我會殺了你！」

「來……來這裡……」

「喂！具昌秀！」

有人走了過來，從昌秀的手中拿走手機，按下結束通話鍵。

他倒在地上逐漸失去意識之前最後一刻看到的，是站著的身影遮住趴在餐桌上的女人、臉上戴著防毒面具的小女孩。

孩子從上方俯視昌秀，緩緩地說道：

「請別擔心，您不會死的。」

昌秀怪自己把這孩子當成才九歲的小鬼看待，闔上了雙眼。

掉以輕心

花語是「掉以輕心是大忌」。

「這種花會讓人受傷，所以不能隨便亂摸。」

「可是它長得這麼漂亮。這種花也有花語嗎？」

「當然有囉。」

「是什麼呢？」

「掉以輕心是大忌。不覺得很適合它嗎？」

***

不出所料，他先把家裡環視一圈。

在他抵達之前，我就把從低溫室通往外頭的排氣管往內轉。為了把原本是低溫室的這個地方當成溫室來使用，養母最先安裝的就是這個排氣管。

我把養母採集並曬乾的毒紅蘿蔔、夾竹桃的枝葉及花瓣，放進與排氣管相連的暖爐燃燒。透過排氣管飄出的煙霧開始緩緩在低溫室內擴散。

低溫室的寒氣因此逐漸流失，轉變為溫室，要不了多久，凍結的一切就會開始融化。

包括趴在餐桌上的我的養父母也是。

為了把在雙層住宅找不到行李箱的他引來這裡，我打開低溫室所有的燈，播放聖誕頌歌。

他立刻走進了低溫室，也隨即發現身亡的養父母，而且似乎被嚇得差點奪門而出，但很快又回頭找出了心心念念的行李箱。那裡頭比他需要的金額多出了好幾倍。剛開始他只拿取自己需要的金額，後來卻起了貪念，想要拉著整個行李箱走出低溫室，最後就這麼昏厥在地。

是他自行走入了無法挽回的境地。

我再次將排氣管轉向低溫室外頭，打開門讓空氣流通，接著往他的嘴裡滴入幾滴解毒劑。他過不久就會甦醒過來了，一切都按照我制定的計畫進行。

就只有一件事。

汝敬，她正在來這裡的路上。

＊＊＊

從手機那頭傳來昌秀的聲音，聽起來很不尋常。

雖然我不停回撥，但他沒有接電話。

他真的去了海娜的家嗎？

他知道海娜是獨自一個人嗎？

導航指示結束，看到了一間燈光熄滅的雙層住宅。

下車後，我發覺冷風中參雜了一股嗆鼻味。在鄉下醫院擔任助理護士期間，經常有病患是因為接觸到這些在路邊隨意生長的植物而來到醫院，因此基本上我都知道它們有哪些性質。

我鬆開圍巾掩住口鼻，走進了敞開的大門內。

在燈光熄滅的木造住宅後方，依稀可聽見聖誕頌歌的旋律流瀉而出。我循著聲音來到後院，看見一座由玻璃打造的花園，這裡似乎就是傳出嗆鼻煙味的源頭。

內部僅點亮了植物照明，看起來十分昏暗，加上葉片巨大的植物擋住去路，能見度有限。

幸好內部的煙霧似乎都散去了。我鬆開包覆臉部的圍巾，撥打昌秀的電話號碼。一聽見低沉的手機鈴聲，我便拿起擺放在附近的鐵鏟，循著手機鈴聲傳來處，忙碌地轉頭四處探看。

我一來到花園的中央，就發現昌秀整個人呈現癱軟狀態被綁在椅子上。他的手腳被束線帶綁了好幾圈，全身上下則被聖誕燈飾一圈圈纏繞，閃爍個不停。他似乎失去了意識，嘴巴咬著毛巾，低著頭一動也不動。

發現他的脈搏跳動很不穩定之後，我取出了他口中的毛巾，為了關掉纏繞住他身體的聖誕燈飾，我沿著電線鑽進了長桌底下。

就在我打算按下電源開關按鈕時，看到了桌布底下有成年男性的腿。

那腿並不是昌秀的。

轉過頭後，我又發現了穿著裙子與皮鞋，屬於女人的腿。這兩人就像鬆了線的懸絲傀儡，感覺不到有任何動靜。

來到桌布外面，我緩緩地轉過身，盯著趴在長桌上的兩人。

一眼就能看出他們已經斷氣身亡。

因為男人把額頭貼在桌面上趴著，所以看不到他的臉，但女人的頭部是轉向側邊，所以可以看到她的臉。

不出所料，她是楚仁慧。

趴在對面的男人想必就是陳相元了。

我突然想起她留下的遺書內容，相較於恐懼，內心更多是惋惜。

「這裡發生什麼事了？」

不知不覺的，海娜面無表情地站在長桌的尾端。

「那個人……是妳把他弄成那樣的嗎？」

「誰？」

「我的保護觀察官。」

「那人再也不是姊姊的保護觀察官了。」

「脈搏太微弱了，可能會有生命危險，得送他去醫院。」

「我已經讓他服下解毒劑，很快就會沒事了。」

海娜拉起袖口確認手錶的時間。

「剩下二十小時左右，在那之前我們所有人必須待在這裡。」

昌秀似乎好不容易才清醒過來，很吃力地抬起眼皮，隨著痛苦的呻吟聲勉強抬起了頭。

看到我們兩個人之後，他瞬間漲紅了臉。

「立刻鬆開這個，妳們兩個都瘋了！」

他似乎以為這一切都是海娜和我的計畫。

被全身綑綁的昌秀使勁掙扎，纏在他身上的聖誕燈飾發出了鏘啷鏘啷聲。

「喂，她不是說你會沒事的嗎？」

我發現在猛力搖晃身體的昌秀後頭，有個行李箱跟我之前拿到的一模一樣。

確認內容物後，心中頓時湧現對他的厭惡感。

「是為了這個？緊追那孩子不放的理由？」

「妳看到了？那邊死去的人。周汝敬，妳早就都知道了吧？她殺了人！殺了自己的養父母！」

「給我閉嘴！免得我再把毛巾塞進你的嘴巴！」

海娜面無表情，眼神失焦，就像人偶般靜靜地站立。

「我絕對沒有想要傷害誰。是因為我的處境……我已經走投無路了。只要把那個行李箱，不，不用全部，只要給我一些就好，我會安靜地帶著那些錢離開，所以幫我鬆開這個，行嗎？」

聽到昌秀這番厚顏無恥的話後，覺得無言的我忍不住冷笑出聲。

「哈，你沒想傷害誰？就在你碰那筆錢的瞬間！你就已經毀掉這孩子的未來了。你來到這裡時不也都知道嗎？明知如此，你怎麼還做得出來！就算不能幫忙好了……你我不都是大人嗎？那不就不該這樣做嗎？你看見她了嗎？她……現在才……才九歲啊。我每次看到她才九歲都覺得不可思議，但你是怎麼做出這種事情來的！」

昌秀無言以對，海娜依然露出難以捉摸的表情站著，也不知道她在看哪裡，又在想些什麼。

我必須為這孩子做些什麼？

真的有我能做的事嗎？

我們的沉默隨著放在桌面的昌秀手機響起而被打斷。確認液晶螢幕上顯示的來電者後，他的臉瞬間刷白。

「拜託了。我非接這通電話不可，不然家人會有危險，我什麼話都不會說，我保證。」

海娜點了點頭，我將手機放在昌秀面前，按下接受視訊通話的按鍵。

畫面中是昌秀的老母親，她的雙手拿著豬腳，整張嘴巴都被塞滿。一群身穿黑色西裝的男人在昌秀的老母親面前拍手叫好，還往水杯內斟酒遞給她。

「具先生，您母親酒量很不錯嘛。已經喝第二瓶了吧？我們具老師要是也跟母親一樣懂得享受風流那就好啦。阿姨，唱首歌來聽聽吧。妳兒子在這耶。看來阿姨要唱首搖籃曲，妳兒子才肯還我們錢呢。」

一條賁張的青筋從昌秀的喉頭經過眼睛再擴散到額頭。

「距離明天……還久得很。」

「我當然知道囉。想像一下吧，明天會發生什麼樣的事情。仔細瞧瞧，急得好像就只有我們，你看起來實在太悠閒了。」

「我正在盡全力。」

「盡全力……具先生既然都盡全力了，我們當然也不能輸囉。明天女兒是上學去呢，還是來我們辦公室報到，就請決定一下囉。不過具先生好像去了什麼好地方吧？現在我聽到的這首是聖誕頌歌吧？」

「現在立刻把我母親送到我妻子家。」

「我們正有此打算，因為要是她待會兒亂拉屎可就慘了。我們今天有聚餐，到具先生家太遠了，所以就送到你女兒補習班前面囉。讓我瞧瞧，正好等一下她就下課了呢。」

「不行！拜託你了，秀仁她再也受不……」

電話掛斷後，昌秀持續扭動身子，發出渾厚的吼叫聲。

「立刻鬆綁！我得過去，不去的話……要是我不去的話……」

「抱歉，做不到，叔叔要等我離開韓國之後才能回家。」

「那就太遲了！」

「讓他走吧。」

昌秀再次激動高喊，但海娜絲毫不見動搖。我開始可憐起他。

「……」

「海娜啊！」

「姊姊……現在也不是站我這邊了嗎？」

海娜回頭看著我說道。

「我是站妳這邊的，因為現在我知道妳是誰了。」

「我早在我們見面前就知道了。」

「我知道，對不起。」

不知從何處飄來的雪花輕輕地落在海娜的肩頭上，一轉眼就融化消逝了。海娜用她空洞的聲音說：

「沒關係，現在什麼都無所謂了。」

玻璃天花板的上方下起了四月雪。
這大概是這次格外漫長的冬季最後一場雪了。
低溫室內依然流瀉出聖誕頌歌的旋律。

Since we've no place to go
Let it snow, let it snow
既然我們無處可去，就讓大雪漫天紛飛吧。

聖誕老人

相信有聖誕老人的孩子，過得是什麼樣的人生呢？

雖然我不是愛哭鬼也不是壞孩子，但每次聖誕老人都不給我禮物。後來我才知道，聖誕老人不來拜訪我的原因，是因為我不是任何人的女兒。

終於，我變成了某人的女兒，在第一次有機會遇見聖誕老人的那天晚上，我的養父母永遠離開了我。

終究，那天聖誕老人也沒來拜訪我。

***

「聖誕老人？」

「嗯，妳希望聖誕老人送妳什麼禮物？」

我也有父母了，現在聖誕老人真的會來了嗎？

「就算不是必要的東西也沒關係嗎？」

「年幼的海娜」向聖誕老人許願，而那個願望如魔術般實現時，在育幼院的我，卻是從穿著粗劣聖誕老人裝、瘦巴巴的大學生哥哥們手中領取文具用品長大的，我們的聖誕老人決定禮物的標準在於「只能是必要的東西」。

「沒關係的，聖誕老人會替妳準備妳想要的禮物。」

「我可以想一想再回答嗎？因為我還不知道想要什麼。」

「好啊。」

養母輕輕撫摸我的頭。

她看著我的眼神，跟中華料理餐廳的老闆叔叔一樣。

那天晚上，我看到養母獨自在客廳邊看電視邊哭。

電視畫面映照在客廳的玻璃窗上，一個跟我長得一模一樣的女生穿著衛生衣坐在華麗的聖誕樹前，正在打開堆成一座小山的禮物盒。看來孩子似乎向聖誕老人要求了相當多的禮物。養父戴上掛著麋鹿角的髮圈與紅鼻子，用小提琴演奏起聖誕頌歌。

回到房裡的我抱著冰冷的智子，很努力想出一個希望聖誕老人送我的禮物，可是我怎麼絞盡腦汁都想不到。

一刻也好，我能像「年幼的海娜」一樣露出開心的笑容嗎？

一次也好，我能變成等待聖誕老人的孩子嗎？

那樣的我，養父母會把我當成「年幼的海娜」一樣愛著嗎？

***

啪噠啪噠。

海娜往與排氣管相連的暖爐放入木柴，啪噠、啪噠聲響起，低溫室也開始暖和了起來。

汝敬、海娜、被綑綁的昌秀，以及海娜已經身亡的養父母，都在長餐桌上各據一角，聽著木柴的燃燒聲，心情逐漸沉靜下來。

「為什麼剛見面時沒說？要是我知道妳是誰的話⋯⋯」

「⋯⋯因為我怕姊姊不高興見到我。」

原本默不作聲的昌秀突然開始乾嘔，汝敬讓他的頭部稍微往後仰，把水倒進他的嘴巴，但昌秀把水全吐出來，有氣無力地不斷乾嘔。

海娜從口袋拿出小玻璃瓶，用單手拖著昌秀的下巴，往他的嘴裡滴進幾滴液體。

「是解毒劑，請吞下去，不然可能會因為中毒反應而更痛苦。」

昌秀瞪著海娜，將滴在舌頭上的藥水吞了下去。

「現在剩下十九個小時了。」

昌秀的手機再度響起。

這次來電者顯示為「乖女兒」。

海娜一拿起手機，昌秀隨即猛烈搖頭示意她別接。

「不行，別接，她現在一定氣⋯⋯」

昌秀話還沒說完，海娜就按下通話鍵並打開擴音器，果不其然，秀仁怒氣衝天，破口大罵了一大串難以聽懂的粗話。

「同學們都看到了！那些瘋子把奶奶丟在補習班前面就走了！啊，幹，搞得像乞丐一樣！當爸爸的人到底都在做些什麼啊！為什麼讓那些王八蛋跑來！爸爸知道嗎？媽媽為什麼跟爸爸離婚？是我求媽媽的。我死也不要你這種人當我爸，所以我拜託媽媽離婚的，是我每天哭著求媽媽的！可是為什麼！為什麼我到現在還得像乞丐一樣跟你糾纏不清！我有多努力不要變得像你一樣啊！為什麼！為什麼！偏偏你這種人是我爸爸！他媽的！啊！」

昌秀彷彿把從秀仁口中傾巢而出的激憤言論披在身上，像個罪人般低頭不語。在情緒激動的秀仁旁，聽見了昌秀的老母親如孩子般耍賴的聲音。

「秀仁……是爸爸對不起妳，所以妳別說了，奶奶一定嚇壞了。」

「那不是你媽嗎？跟我無關。我會把她交給附近的地區隊，你自己帶回去。我沒有開玩笑，要是你有良心就別跟媽媽聯絡。媽媽現在也很痛苦！」

將這些看在眼裡的海娜把嘴巴湊近手機說：

「孩子不愛的父母，都很容易變成壞人。」

「在說什麼啊？妳是誰啊？啊！煩死了，每件事都讓人討厭！」

「……」

「立刻掛斷！我叫妳掛斷！」

昌秀大吼道，這時不知從何處傳來哼歌聲。

「奶奶，妳在做什麼啦？瘋了嗎？是故意捉弄我嗎？」

秀仁氣得暴跳如雷，汝敬忍不住從海娜的手中奪走手機，大吼道：

「吵死了，給我安靜點，奶奶不是有話要對爸爸說嗎！就像妳說的，奶奶是爸爸的媽媽，所以妳閃開。」

不知道是不是汝敬的話起了作用，再也沒有聽見秀仁吼叫，而老母親哼唱的歌聲傳了過來，那聲音要比木柴燃燒聲更細微。

此時她正在唱搖籃曲給兒子聽。

聽見母親的搖籃曲，如罪人般垂下頭的昌秀咬緊牙關，竭力忍著不痛哭失聲。

過了片刻，秀仁直接結束通話，再也沒聽見她的聲音。

「是因為那個姊姊嗎？需要錢的理由？」

他的肩膀不住顫抖。

昌秀彷彿在承受瞬間湧上的恥辱感，發出了嗚咽聲。

「萬一把那筆錢給了叔叔，姊姊就不會恨叔叔了嗎？假如我把那個行李箱給叔叔的話，姊姊就能愛叔叔了嗎？這件事有這麼簡單嗎？」

海娜雖然露出了非常好奇的表情，但昌秀什麼都聽不見。

「……替我鬆綁，我得去接我母親。」

「我已經說過好幾次了，做不到。現在剩下十七個小時左右。」

「我代替你去。我只要把老奶奶送去安全處再回到這裡就行了。」

「不行，姊姊也必須在這裡，老奶奶我會想辦法處理的。」

「妳能做點什麼的啊！周汝敬，妳又沒有被綁住！妳快想辦法治治這個神智不清的孩子啊！」

「請別激動。我雖然只有九歲，但要比叔叔以為的懂得更多。」

海娜不知傳了訊息給誰。那是汝敬也很熟悉的號碼。

直到昌秀在某種程度上鎮定下來，從剛才就盯著昌秀的海娜走到他面前。
「幹麼？又怎麼了！」
「我有件好奇的事，我可以問嗎？」
「……」
見昌秀不作答，海娜像是放棄似的無力轉過身。
「是什麼？」
海娜再次轉頭，猶豫幾秒後問了：
「叔叔的女兒以前會等聖誕老人嗎？」
「什麼？妳在說什麼啊?!」
「叔叔的女兒，相信有聖誕老人嗎？」
那一刻，汝敬想起了從仁慧的信上讀到的一句話。
「聖誕老人回了信給海娜。」

仁慧

Santa Claus, Santa Claus' Main Post Office,
96930 Napapiiri, Finland

海娜離開我們身邊滿一年的日子，
很不可思議的，我們收到了聖誕老人的回信。

***

在櫻花恣意綻放又凋謝的四月，家裡依然整天播放聖誕頌歌。因為海娜不停耍賴，所以一直到過了一月六號[14]，用來裝飾海里蒂奇大廳的華麗巨型聖誕樹才以布滿灰塵之姿卸任。

到了七月，孩子的房間內聖誕頌歌伴隨著蟬鳴聲一起流瀉而出；到了秋天落葉凋零，我們就會挑選要裝飾聖誕樹的飾品，縫製聖誕老人要放入禮物的聖誕襪。

每當做了一件好事，海娜就會不忘用歪七扭八的字體記錄下來。孩子格外喜愛賓・克羅斯比演唱的聖誕頌歌，其中又最鍾情〈Let It Snow〉。

是在聖誕夜誕生的孩子尤其如此嗎？

老公與我總是數著手指翹首等待，等到海娜的健康好轉了，就要一起去拜訪在芬蘭的聖誕老人村。

海娜第一次暈倒入院的那個夏天，老公取得醫院的諒解，在病房內布置了聖誕樹，而在海娜必須打骨髓穿刺針時，也以小提琴演奏聖誕頌歌。

每當海娜必須服用苦到皺眉的藥時，我們夫妻倆就會一邊噴雪花噴霧、一邊跳舞。當時我們雖然人在醫院，但每天都是聖誕節。不，是非這樣不可。

比海娜多三歲的宥靜去當小天使之後，來整理病床的宥靜媽媽用手語說：

「多虧了你們，我們家宥靜才能不留遺憾地盡情度過聖誕節，謝謝妳，海娜媽媽。」

宥靜媽媽是在海娜住院期間為我帶來最大力量的人。有語言障礙的她為了躲避丈夫的家暴，因此帶著三個女兒到處搬家，在這情況下還得做各種辛苦活，照顧最大的女兒宥靜。

我時而看著她獲得力量，時而覺得好笑，我們兩人還會偷偷躲起來哭得一把眼淚、一把鼻涕。宥靜去當小天使之後，我們夫妻倆非常心疼她，就送了一輛計程車給她當禮物。身形壯碩的宥靜媽媽偶爾會穿著聖誕老人的服裝現身在病房，逗樂海娜和其他孩子們後再開計程車回去。

某天，宥靜媽媽離開之後，朝著窗外逐漸遠去的計程車揮手的海娜說想寫封信給聖誕老人。

海娜對我們保密，沒有把信件內容告訴我們，後來老公把寫好的信件寄到位於芬蘭的聖誕老人村。一聽到聖誕老人必須回覆全世界所有的孩子，所以要過很久才會收到回信，海娜點點頭說

14 按照傳統，聖誕樹的擺設是從十二月十五日開始的耶穌誕辰慶典延續到一月六日，以東方三賢士的拜訪畫下句點。

好，而我們……則是忘得一乾二淨。

之後海娜的病情毫無進展，反而急速惡化，直到某一天在我懷中睡著的海娜就這樣沒了呼吸，讓人不可置信。

在那之後過了一年，某天海里蒂奇的經理素允寄來的信件中夾了一封聖誕老人寄給海娜的回信，我們也才知道海娜在信中寫了些什麼。

「聖誕老公公，我媽媽是世界上最漂亮的人，還有我爸爸是世界上最帥的人，但是我不是乖孩子，因為我生病了。護士阿姨說生病的小孩就算不乖也會收到禮物，這是真的嗎？萬一是真的，請您讓我再次成為爸爸、媽媽的孩子。如果您願意達成我的願望，直到我變成大人之前都可以不用送禮物給我。聖誕老公公，謝謝您。對了，我們的新家有個很大的煙囪哦，就算您來了，我也會假裝不知道，眼睛閉得緊緊的，請您不用擔心哦。」

海娜去當小天使之後的一整年，老公和我都沒有能力安慰彼此。一天的結束，僅代表我們又距離海娜近了一些。直到有一天，每天拚命苦撐的我們收到了聖誕老人的回信。

「給住在韓國的陳海娜小朋友，

聖誕老公公特別尊敬、疼愛生病的小朋友，聖誕老公公與聖誕老人村的所有精靈都一同在祈禱，祈求海娜的願望能夠實現。

P.S. 這次減肥也失敗了，很期待去拜訪有大煙囪的房子呢，我們很快就會見面了。」

收到信件的幾天後，老公在用餐時說了：

「妳……準備好……要再次當海娜媽媽了嗎？」

我不懂他的意思，什麼也沒回答。

老公一言不發地遞出一張照片。我以為是海娜，結果不是，是個長得跟死去的女兒一樣的陌生小女孩。

「妳知道這孩子是誰嗎？」

老公說完後，我的手顫抖到連握著的水杯都掉在地上。

「你找這孩子……是打算做什麼？」

老公徒手將滿地的玻璃碎片掃成一堆。

「在想如果我們帶回家如何。」

老公的手被玻璃碎片劃傷，流出了血。

「這孩子不是海娜啊！」

「我知道，她不是海娜，也不可能成為海娜。我知道，只是……覺得會比現在少心痛一些。妳考慮看看。」

過了快一個月我都無法做出決定，每天把老公給我的照片拿出來看，然後想起了聖誕老人寄來的回信內容。海娜曾經請求聖誕老人讓她再次成為我的孩子。

不久後，我和老公一起去了育幼院。

發現那個無法融入其他孩子，獨自呆坐在鞦韆上的孩子時，我的雙腿頓時發軟，必須在老公的攙扶之下才勉強走到孩子身旁。

和海娜有著相同眼睛、鼻子、嘴巴的孩子，望向彷彿下一秒就要哭出來的我。

「您為什麼哭呢？」

「因為太高興了……」

「我們有見過面嗎？」

「嗯……有，因為妳是我們的女兒。」

就這樣，我找回了海娜。

以如此厚顏無恥的方式。

剛開始有段日子，我看著在海娜的床上入睡的孩子，都會覺得自己找回了失去的孩子，每天都會仰天感謝再三。

但孩子和我們認識的海娜非常不同。

雖然說不上是哪一點，但有別於笑得就像空氣般自然的海娜，總覺得她很努力裝出「孩子氣」的模樣。聽到諮商老師說，這是經過兩次棄養後造成的一種防禦機制，我們夫妻倆決定要再加把勁。

我和孩子一起布置花園，告訴她花語是什麼，一起煮菜、郊遊，直到孩子的臉上慢慢地看到海娜的樣子時，我們才知道這孩子也生了病。

因為海娜，對孩子住院產生極度抗拒感的我，殘忍地對孩子的病情不聞不問。孩子既沒有感到失落也沒有半句埋怨，只是默默地替自己打針、吃藥，調整飲食。

過沒多久，家裡收到了入學通知書，上頭寫著海娜的名字。參觀學校的我望著聚集在校門口的學生家長。他們和我不同，他們送孩子入學，等孩子放學，看著一天比一天長大的孩子，內心充滿了驕傲與期待，而我卻只在孩子的臉上尋找死去女兒的痕跡。

我沒辦法懷著這種心情成為這孩子的母親。

孩子跟我不同，她真的很努力成為真正的海娜。她把吹風機拿給老公，拜託他幫忙吹乾頭髮，也拿著髮夾到我面前，要求我幫她綁頭髮。孩子盡她最大的能力成為我們的女兒，讓人看了好不心疼。

夏蟬唧唧之際，我問孩子希望聖誕老人送她什麼禮物，孩子卻直勾勾地盯著我說：

「您真的相信有聖誕老人嗎？」

這孩子並不相信有聖誕老人。

從那時開始，我再也不試圖從孩子身上尋找海娜的痕跡。不管是為了孩子好，還是為了我們夫妻倆，都應該停止這麼做。

與孩子在這個家中迎接的第二次聖誕節即將到來，我下定決心要實現我的海娜向聖誕老人許下的願望。為了再次成為海娜的媽媽，我也同樣會全力以赴。

我找了關於兒童糖尿病的相關書籍與資料，加入了相關論壇。我替在這一年內成長緩慢的孩子添購了新衣，把孩子房間內留下的海娜的痕跡都裝進箱子，收進了閣樓。

大概是在我逐漸變成孩子母親的時候，跟孩子散步回來的我，在郵筒內發現一封不知是誰放進去的紙條。

寄件人是「目擊證人」，收信人是「誘拐犯」。

「不知羞恥的女人，竟敢把兩個孩子都占有？明明就是誘拐犯，裝媽媽還裝得挺像的嘛。」

提問

「現在剩下十二個小時了。」

海娜確認手腕上的手錶，又往暖爐放入更多木柴。

見昌秀口乾舌燥地猛嚥口水，汝敬原本想拿水杯貼近昌秀的嘴巴，但海娜阻止了她。

「不行，解毒效果會變差。」

汝敬別無他法，只能將水杯放在餐桌上。

不知是不是解毒劑發揮了藥效，昌秀安靜了下來，被綁住的手腕呈現紅腫狀態。

「十二個小時……等妳們離開之後，我會變成什麼樣？」

昌秀吃力地問道。

「請別擔心，已經請人幫忙了。」

在暖爐內熊熊燃燒的火光照映下，讓人產生了趴在餐桌上的夫婦倆臉上有了血色的錯覺。

「妳打算拿這兩具屍體怎麼辦？」

汝敬問道。

「讀了遺書之後，大家就會知道發生什麼事了。」

「那妳呢？大家一定會跑來問妳很多事情。」

「……是嗎？大家不會問差點經歷三次棄養的不幸孩子那麼多問題的。」

「小鬼，我有個請求……把那首聖誕頌歌關掉。我頭暈到沒辦法再聽下去了。」

聽到昌秀的話後，海娜把黑膠唱盤機的唱針擺放到側邊，戴著聖誕帽轉個沒完的賓・克羅斯比的臉也跟著停了下來。

少了他的聲音，低溫室顯得更為靜寂，唯有木柴燃燒聲與呼嘯風雪聲淒楚地填滿空間。

稍後，汝敬檢視昌秀看起來不太妙的氣色，按壓他頸部的脈搏。

「……如何？」

昌秀問道。

「最好趁現在去醫院，要是雪下得更大，路況也會很危險。」

雖然汝敬故意說得很嚴重，但海娜只是再往昌秀的嘴裡多滴幾滴解毒劑罷了。連同口水與解毒劑一起吞下後，昌秀的臉色逐漸轉為灰色。

「喂，小鬼，萬一……我是說萬一……我因為妳而死了……那麼可以把我需要的金額……給我嗎？」

海娜立刻回答：

「我不會殺了叔叔。」

聽到海娜的話，汝敬果斷地說：

「但妳現在讓這個人陷入危險，要是繼續放著不管，可能情況真的會很糟，就到這裡吧。」

「……我？」

至今眼眸中沒有絲毫情緒的海娜，這時卻微妙地動搖了。她的眼神似乎在埋怨汝敬不站在自己這邊，又彷彿埋怨昌秀在她離開之前惹出這種事端。

「我從來就沒有叫你們兩人來到這裡，因為到了明天一切就會結束了，那表示真的都結束了……可是……」

海娜輪流看著昌秀與汝敬，用疲憊的聲音問道：

「到底……什麼時候才會結束呢？」

聖誕夜

結果，事情並沒有結束。

那天的記憶，說實話，有時還會忘記。

每當剛出生的海娜哭個不停，我也就一起跟著她哭個不停地說：「對不起，真的對不起。」每天晚上，我都做了那天重複上演的噩夢。

回美國後，哥哥從那天到最後都沒有聯絡我。每天我都過著沒有刑罰的贖罪之日；但與此同時，我又每天看著海娜，厚顏無恥地享受幸福。

海娜猶如以我們夫妻倆的血肉打造的孩子，一天比一天更像我們。

海娜喊我「媽媽」的日子，是啊，就是從那天開始。

我再也沒有為那天的事向海娜道歉。

不管我去哪裡，其他人都喊我「海娜媽媽」，那句話使我從「那天的記憶」徹底解放。

海娜走了之後，我們在育幼院找到孩子，下定決心要再次成為海娜的父母，這樣的我們收到了一張紙條。

稱呼我為誘拐犯的這封信，不費吹灰之力就將我們移送到「那天的地獄」。

老公提議立刻帶著孩子離開韓國。

「離開……就會結束嗎？」

「只要不知道我們人在何處……」

「海娜已經八歲了，已經……過了那麼多年頭了嗎？」

「要先幫海娜辦護照吧？對，因為她沒有護照。」

相較於老公的焦慮不安，我卻異常沉著。

「……這個嘛。可是，老公。」

「怎麼？妳有猜到會是誰嗎？」

我溫柔地拉住了老公從抽屜取出護照的手。

「老公，我一點也不好奇是誰寄來的，就好像我知道這張紙條總有一天會到來一樣。」

真的是這樣。我既不吃驚、不焦慮也不好奇，只覺得「是時候到了嗎？」

聽到我的話後，老公放下在這之前不安慌亂的情緒，望著我。在我倆的眼眸中，當海娜媽媽以及當海娜爸爸的每分每秒，猶如電影膠捲般快速閃過。

我所知道的，而他記得的，我們的時光。

嘴角漾出了就連我也難以理解的微笑。

我所做出的決定是一種安心，是決心、是希望，也是給自己的懲罰。

老公看出我的決定，抱住我，竭力壓抑住聲音中的顫抖，冷靜地對我說：

「答應我。不管那是什麼，一旦妳下了決心……別明說，而要像什麼事都不會發生一樣，分享一天內發生了什麼事並訴說明日……一如往常……不過，就算有什麼事……妳要答應我，只要我倆攜手同行，那我怎麼樣都無所謂。」

他不肯放過遲遲不作答的我，我只好回答他：

「嗯，好。」

自從海娜走後，對我們來說就沒剩下什麼有意義的東西了，所以整理很迅速、輕鬆地結束了。我用美敬女兒的名字去市立昇華園領取美敬的骨灰罈，移到了耐火堂。

美敬死前想起的她的女兒，汝敬正在獄中服刑。

我曾經在每天被噩夢侵擾的時期去找過汝敬。明明沒有自白也沒有承受非難的自信，我為什麼會去找她呢（我依然無法理解）？

完全猜想不到我是誰的汝敬拒絕接見，而我則是安心地回家去了。

此後，我把美敬的女兒、這孩子的姊姊，忘得一乾二淨。

我寫了封長信給汝敬。擔心看起來多少會像是在辯解，所以努力按照事實去陳述當天的事。

在那之後，我把孩子的存在告訴了汝敬，也拜託汝敬完成我無法完成的孩子心願。

我是如此卑鄙又厚顏無恥……。

在那之後，我將過去記錄的一切裝進箱子，擺放在床上好讓人輕易能發現。

連同一張寫有「請交給周汝敬小姐」的紙條。

＊＊＊

「妳的母親成了我的代理孕母。」

急需用錢的美敬成了我的代理孕母。她說自己有生女兒的經驗，並說代理孕母在韓國是非法的，所以懷孕期間可以待在美國。

約九個月的懷孕期，美敬在我們準備的高級住宅享受最頂級的服務。偶爾寢室傳出煙味或大麻味時，她就會怪罪那些清潔工。

之後，在逐漸露出本色的美敬面前，我們時而像是朋友般對她露出笑容，時而像家人般安撫她，時而又像是主人和奴隸，必須配合她陰晴不定的心情，一心只等待著預產期。

令人吃驚的是，當美敬害喜時，我也會跟著害喜，平時很喜歡吃的食物，要是她連看都不看一眼，我也會變得跟她一樣。雖然寶寶不是在我肚子裡長大，卻能感覺與我有強烈的連結。我每天記錄下這奇妙又幸福的體驗。

但讓人提心吊膽的時光並沒有維持太久。

原本美敬只把金錢當成目的，但在半年多的時間，她就開始捧著肚子裡的寶寶，相信寶寶是自己的一部分。最後，就在生產前一個月，美敬消失了。幸好她使用的是我的信用卡，所以我回到韓國，下榻於她住的房間隔壁。

因工作的緣故，丈夫會晚一週抵達，但正好到韓國參加學術會議的哥哥守在不安的我身旁。

美敬做夢也沒想到我會在隔壁房間，一見到我便吃驚得瞪大了眼睛。情緒激動的她，開始不由分說地隨手拿起東西亂扔。

我的額頭被花瓶劃破，手臂也似乎被揮舞的檯燈砸中而骨折腫了起來，但我擔憂美敬的情緒會對寶寶造成影響，所以不敢輕舉妄動，耐著性子等她鎮定下來。在悻悻地倚坐在沙發上的她面前，我跪下來對她說：

「美敬，請別這樣，拜託……把我的孩子還給我。」

我話語剛落，美敬就像再也忍不住似的放聲大笑。她笑了許久，不知是不是笑得上氣不接下氣，只見她用單手抱著隆起的肚子說：

「反正生下來你們就會知道事實了，所以我就直說了，這個孩子跟你們夫妻倆沒有半點關係。當然啦，孩子的爸爸是誰就連我也搞不清楚，總之這孩子是我的孩子，我可沒有偷妳的孩子。」

美敬吐露了這番驚人言論後，依然泰然自若地用兩指夾起了草莓。我則是陷入打擊之中，彷彿所有聲音突然被鎖在體內般，什麼聲音都發不出來，只能趴在地上用拳頭不停地敲擊地毯。

美敬起身站在我面前，直勾勾地俯視我，她的手依然拿著草莓。

「抱歉啦，我看妳那麼迫切，本來也想說乾脆就給妳，我是真心的，可是我自己也沒想到啊，我竟然會想要成為孩子的媽媽。妳也別太失望，代理孕母可以再找，先前我花的錢，之後我會連同利息一起還給妳，因為在這間飯店有人可以借錢給我。說不定妳也認識呢，因為她還挺有名的。」

她把拿在手上的草莓也放入嘴裡咀嚼了起來。趴在地上的我站了起來，不由自主地伸出手臂勒住了她的脖子。

她的嘴角流下了草莓汁液。我瞪著咳嗽不止、手腳不斷掙扎的她，恨不得她現在就死去。就在這時，胎動從她隆起的肚子傳到了貼著她的我的腹部，我感覺到了。

我嚇得趕緊鬆開手臂，把美敬的嘲笑拋在後頭，衝進我的房間大吐特吐了好一段時間。

哥哥在接到電話後很吃驚，急忙從會議途中跑出來。在美國期間多次替美敬做診斷的哥哥說要去說服美敬，去了她的房間，但聽到兩名女人的叫囂聲從美敬的房間傳到走廊，只好調頭離開。

在哥哥暫時外出去見同事時，獨自在房間的我打開房門，打算再次去見美敬，卻目睹了從美敬的房裡出來的女人匆忙離開走廊的身影。

那是個戴著有著寬帽簷的黑帽子，身穿深藍色綢緞禮服的女人，脖子上圍著中央有祖母綠裝飾的珍珠頸帶，那會是哥哥聽到的跟美敬吵架的女人嗎？

我擔心美敬的情緒處於激動狀態，猶豫了一會兒後敲了門，可是卻等不到回應。我正打算轉身，這時門打開了。美敬握著門把癱坐在地上，雙腿之間有一灘水，羊水似乎老早就破了。

我先攙扶她到沙發躺下，打了電話給哥哥，但他沒有接。我又趕緊拿起話筒打算按下櫃臺的內線號碼，但看著美敬的我不禁懷疑起自己的雙眼。

美敬的手上拿著針筒，正打算往自己的手臂扎下去。這時我才理解為什麼羊水破掉之後她卻沒有馬上叫救護車的原因。美敬看起來像是醉了。見我奪走針筒，美敬飛撲過來，扭了一把我受傷的手臂，我當場痛得大叫，跌坐在地上。

最後，美敬笑著把針筒往自己的手臂扎，在她瞬間恢復平靜的疲憊臉上露出讓人看了很不舒服的微笑，但下一秒，陣痛就淹沒了尚未準備好的美敬。

美敬就像在與看不見的某種東西對抗，全身汗水涔涔，連續發出了慘叫聲。眼見就要臨盆了，我必須趕緊找人來幫忙。我忍受著手臂骨折的疼痛，爬到了電話機所在處。

看來先叫救護車再向櫃臺請求協助比較好。我拿起話筒按下一一九之後轉頭看著美靜。在劇烈的陣痛襲來，全身被汗水浸溼，黏成一團的髮絲覆住臉部的情況下，她的手再次拿起針筒。

「您好，這裡是一一九。」

裝在針筒內的液體正逐漸流進美敬的手臂。

「喂?這裡是一一九。」

注視著美敬臉上痛苦與快感參雜的表情，我的嘴唇顫抖個不停，說不出任何話來。

「……」

在美敬張開的無力雙腿之間，開始看到嬰兒的頭部。

「您打來是有什麼事呢?喂?」

「……」

最後，我將拿在手上的話筒放回了原位。

美敬如預期生下了雙胞胎，其中一個寶寶完全沒哭。寶寶沒有哇哇大哭，也沒有任何呼吸。

「寶寶，哭呀……快呀……」

我開始變得焦急起來。一個生命正在我的手上逐漸消逝。

我用顫抖的手將嘴巴內充滿羊水與異物的嬰兒倒過來抓著，開始拍打寶寶的背部。我無暇去感受手臂骨折的疼痛那類的，一心只想著非讓寶寶哭出聲來才行。

「拜託，哭吧……寶寶，求求妳了，快哭吧……加油……海娜……」

或許只是巧合，但當我喊寶寶為海娜時，寶寶頓時發出了洪亮的哭聲。

安心與歡喜同時撞擊我的胸口，淚水不由自主地流了下來。

美敬大概是累壞了，並沒有回頭看寶寶。我從浴室拿來乾淨毛巾，覆蓋在寶寶和美敬身上。

我將水果刀放進咖啡壺煮沸後，以消毒過的水果刀依序割斷兩條臍帶，再以熱水弄濕的毛巾小心翼翼地替兩個寶寶擦拭。美敬只是兩眼無神地呆呆看著我做這些事。

「妳為什麼……為什麼這麼想成為媽媽？」

「不知道，打從一開始就這樣。」

「我本來沒有……光是想像……就覺得太嚇人了。那孩子……那孩子……總是以我是媽媽為由……用彷彿望著天空的眼神……看著我。我……覺得那太噁心……也太可怕了，要是不逃跑……就覺得自己……快死了……」

我完全沒辦法專注聽美敬說了什麼。我的不安目光不自覺地固定於放在桌面上的針筒及藥瓶。以那些藥劑來說似乎能致人於死。

「兩個寶寶……看起來怎麼樣？」

「她們沒事，很漂亮……」

「妳相信嗎？我……竟然是媽媽……」

我伸出顫抖得不受控的手臂，好不容易拿起了針筒與藥。

美敬目不轉睛地看著那樣的我。

我將藥水注入針筒，拿到虛弱躺著的美敬面前。她的手臂上頭的各種注射痕跡，已經有乾掉的血滴黏在上頭。美敬似乎躺得很舒適，看著充滿恐懼的我，噗哧一笑。

「怎麼……妳覺得用那個……就能對我怎麼樣？」

「妳對我們太過殘忍。」

「我承認，也能理解，偶爾……我也覺得自己體內……真的有惡魔之類的。生下我的那個女人似乎也這麼想。」

「不、不用擔心寶寶，我真的會好好養的。」
美敬用一副覺得可笑的表情看我。
「現在的妳……果真……會比我強嗎？」
美敬才剛說完，我就往她的手臂刺下針筒，使勁地按下去。
不久後，美敬露出微妙的表情，瞇著雙眼望著天花板。
「真是的……真無言啊。怎麼在這時……卻想起了那孩子？……在我指甲上……染上俗氣鳳仙花液的……那個孩子……萬一……我……成為她的媽媽……是不是就會變得……有些不同……」
美敬獨自喃喃說著讓人無法理解的話。我再次將針筒注滿藥水，用力扎在美敬發青帶紫的血管上頭。
過了一會兒，美敬似乎安詳睡著般闔上雙眼，其中一個寶寶卻拉開嗓門嚎啕大哭。聽到哭聲後，我頓時整個人清醒過來，把針筒和電話機等上頭的指紋擦去，接著凝視著兩個寶寶。一個依然哭個不停，至於叫做海娜的孩子則是已經停止哭泣了。骨折的手臂沒有任何知覺，我沒辦法同時抱走兩個寶寶。
我用完好無傷的那隻手臂抱著海娜起身。在我搖搖晃晃地走出去時，後頭傳來被留下的嬰兒彷彿不會停止的哭聲。我在半神智不清的狀態下經過走廊回房時，哥哥看到我抱著寶寶，追問我發生什麼事了。
我沒有回答，而是就這麼暈倒在地。之後直到我們離開飯店的最後一刻，被留下的寶寶的哭聲始終在我耳畔縈繞不去。

＊＊＊

從幾天前就開始放假的孩子抱著冷冰冰的智子入睡。我小心翼翼地把她從孩子懷中抽出，智子摸起來是溫熱的。

與海娜長得一模一樣的孩子、那天在飯店我沒有選擇的孩子、因為我而失去媽媽的孩子，也因此不相信世界上有聖誕老人的孩子。我輕輕地撫摸孩子的頭，在睡夢中的孩子嚇得睜開了眼睛。

「對不起，我睡過頭了。」

「沒關係。妳忘了嗎？現在在放假。」

「哦，對，我忘了。」

「妳想到要什麼禮物了嗎？可以問問是什麼嗎？」

「那個……我努力想過了，可是我想不到。」

「假如妳要許願的話呢？妳覺得會有什麼呢？」

「嗯……我會祈求讓我平安健康地變成大人。」

孩子的回答一如既往。我在浴缸內接了熱水，替孩子把身體清洗乾淨。

雖然孩子可以自己洗澡，卻靜靜地將身體託付給我。我用吹風機溫暖的熱風替孩子吹乾頭髮，接著到外面陽臺替孩子梳了好幾次頭髮。

海娜去當小天使之後，真的好久沒有這樣替誰梳頭了。濃黑有光澤的髮絲從梳齒之間流淌下來，我替孩子精心編了頭髮，用鏡子給她看完成的樣子之後，孩子便開心地笑了。但下一秒，胰島素注射通知響起，孩子便難為情地獨自回房裡去了，似乎不想讓我看到她打針的樣子。

我跟著進去，想要親自替孩子在肚子上打針，可是光是看到針筒就回想起那天的事，手也跟著開始顫抖。果然還是太勉強了，孩子對我說沒關係。

我們製作簡單的三明治吃完之後，一起製作聖誕節蛋糕，又用聖誕節飾品裝飾溫室。這是孩子來到這個家之後，第一次毫無顧忌地來到我身邊問這問那的，嘰嘰喳喳說個不停。

我們會為了無謂小事咯咯發笑，也會一起突然被嚇到，度過了親暱的時光。

當夕陽開始西沉，我久違地化起了妝。當我噴了老公送給我的香水，披上結婚紀念日時購入的禮服，馬上就回想起在海里蒂奇度過的日子，和海娜一起度過的那些日子……。

從工作室回來的老公手上拿著香檳，與他眼神對視的我笑得很開心。老公烹煮了留學時期愛吃的匈牙利燉牛肉。孩子拿著香檳，我端著事先烤好的蛋糕，老公則是拿著準備好的佳餚，我們三人很有朝氣地走向了溫室。

夜幕已然拉下，黑暗籠罩整座山，冬風發出猛烈的呼嘯聲吹來，溫室卻依然和煦如春。一打開裝飾溫室的燈泡，我們三人彷彿走進了一棵巨大的聖誕樹。

老公在擺桌時，我在唱盤機上播放了海娜以前情有獨鍾、由賓・克羅斯比演唱的聖誕頌歌。一切準備就緒。我們三人圍坐著閒聊今天發生了哪些事，拿起烤得十分美味的鄉村麵包沾取熱呼呼的匈牙利燉牛肉大塊朵頤，笑談明天。

燃燒的木柴在暖爐內啪噠啪噠作響。孩子不知道是不是睏了，看她揉起眼睛，我起身替孩子蓋了件毯子，輕輕地揉了揉她的背部。孩子再也抵抗不住睡意，趴在餐桌上睡著了。

「好好睡……」

他是知道的。
我按照他的期望沒有刻意告訴他，表現得就像什麼事都不會發生一樣，分享今天發生過的事並訴說明日，一如往常……。
我舉起香檳杯與丈夫碰杯後，看著他說：
「就算沒有同行，我也不會感到失落的。」
他將紅酒一飲而盡，露出了溫柔的微笑。
「那可不行，因為我會失落。」
我們望著進入夢鄉的孩子。
「沒關係吧？」
「我拜託宥靜媽媽了，她肯定會諒解的。」
「嗯……如果是宥靜媽媽……說不定能諒解……」
丈夫的眼皮與嘴唇開始微微打顫。
「老公，問你喔，海娜現在應該知道我不是生下她的媽媽了吧……」
他支撐不住逐漸發沉的腦袋，趴在餐桌上以變得遲緩的舌頭說：
「別擔心……海娜是我們的女兒。」
「聽你這麼說我就安心了。謝謝你，老公。」
「嗯……等會見，海娜的媽媽。」
「再見，海娜的爸爸。」
說完那句話後，丈夫再也沒說話。

我的全身同樣緩緩失去力氣，一種五臟六腑猶如石子般變得僵硬的感覺迅速襲來。

溫室內依然流淌著賓・克羅斯比低聲吟唱〈Let It Snow〉的歌聲，玻璃天花板上頭能看見雪花飄揚。

我望著趴在餐桌上入睡的孩子，悄聲說道：

「該怎麼辦呢？對妳好抱歉。對不起，孩子，真的對不起。」

孩子似乎從睡夢中醒來，微微張開了眼睛。

孩子與吃驚的我一對上眼神就露出了微笑，隨即又輕輕闔上眼睛，用小巧的嘴脣喃喃：

「媽……媽……」

我生前最後聽到的話是「媽媽」。

When we finally kiss goodnight
How I'll hate going out in the storm
But if you really hold me tight
All the way home, I'll be warm

Oh, the weather outside is frightful
But the fire is so delightful
Since we've got no place to go
Let it snow, let it snow, let it snow

那天

「媽媽？」

她望著剛睡醒的我。

父母為了我準備這麼棒的派對，我卻像個傻瓜似的睡著了……雖然我很傷心，但睜開眼睛時發現媽媽望著我，所以心情好得不得了。

我們懶洋洋地趴著望著彼此。

「媽媽，我啊……我覺得就算今天晚上聖誕老人沒有來，還有就算沒有變成大人也沒關係了。媽媽，我跟妳說喔，我想變成真正的海娜，那明天還有後天，每天每天就都會像聖誕夜了。」

今天我突然變成了很聒噪的孩子。

因為她依然只望著我。

叮咚，通知音效響起。

這是提醒平時服用憂鬱症藥物的媽媽要吃藥的聲音。

「媽媽，妳該吃藥了。」

媽媽只是望著我，沒有作答。

我突然好奇起來。

為什麼媽媽既沒有眨眼睛，也沒有移動身體呢？

直到沒有見過死人的我站起來後，媽媽的視線也沒有跟著移動，我才發現她沒有在呼吸。

這有可能嗎？不過兩小時前，我們還一起享用美食、歡唱聖誕頌歌、聊著明天呢。既不是昨天，也不是前天，不過是兩小時前而已啊。他們卻在短短的時間內死掉了。

叮咚、叮咚。

我甚至不知道自己該哭，還是該感到恐懼，然而我卻是先去把響個不停的音效關掉。

媽媽的手機中會不會留有什麼能夠解釋現在發生的事呢？

我在查看通話紀錄與訊息匣時，發現了暫存的預約傳送訊息。

收件人是「宥靜媽媽」。

這個熟悉號碼的收件人，是司機阿姨。

媽媽一律不見外人，司機阿姨也不例外，所以就連薪水袋也是由我親自交給司機阿姨，但兩人是如何知道彼此的呢？

——宥靜媽媽，抱歉在今天這種節日提出這樣的請求。三小時後請來我們家的溫室，暫時幫我照顧一下睡著的海娜，讓她別看見我們。詳細內容我都放進床上的盒子裡了。相信宥靜媽媽……會諒解我們的。一直以來都很謝謝妳了。　海娜媽媽留

我非知道不可。

知道在這輩子再也不可能這麼完美、幸福的今天，卻非得如此悲慘地被毀掉的理由。

我離開溫室，一走進家裡，看見準備派對的痕跡原封不動地留在廚房。

不過幾小時前，爸爸還在那裡作菜，我和媽媽還一起試了味道鹹淡。

短短的時間內……我們身上究竟發生了什麼事？

打開寢室的門，確實照訊息說的，床上放了個盒子。

媽媽留下的好幾本日記本和兩封信。

我坐著一動也不動地閱讀裡面的內容，得知了我有個雙胞胎姊妹，親生母親在生下我們之後就死亡的事情，以及汝敬的存在。

這些我不曾遇見或看過的大人們之間的事，讓我再度變成了被拋棄的孩子。

原本呆呆地坐著，感覺自己只是短暫做了個噩夢，盼望能夠快點醒來的我，頓時整個人清醒過來，赤著腳朝溫室狂奔。

那是在預約傳送一分鐘前。

要是這封訊息傳到司機阿姨那兒……不用想也知道，幾天之內我又將會回到育幼院。

我會變成第三次被棄養的孩子，擁有四個名字的孩子。

媽媽雖然擅自把我託付給那個叫做汝敬的女人，但就連彼此存在都不知道的她，一旦拒絕了，事情就再無轉圜餘地。

「您確定要取消傳送預約訊息嗎？　同意／取消」

「同意」

那天我為了把溫室改成低溫室，在打開溫度調節裝置的同時下定決心。

不管發生什麼事，我都不要成為誰的孩子，讓任何人都無法再次拋棄我。

哭聲

到底……什麼時候才會結束呢……。

活了不到九個年頭的孩子問我們：
變成大人就會結束了嗎？
變成大人，就能知道答案嗎？

＊＊＊

海娜如此問道，
「我必須撐到什麼時候，才能不被趕走、不用逃跑、不必被拋棄、也不用害怕被發現？」
這是長久以來我一直想知道的，是昌秀想知道的，是死去的仁慧與相元，以及某個人想知道的問題。
問完這個問題後，海娜並沒有確認還剩下多少時間。
她緊抿著嘴脣鎖住即將爆出的哭聲，抬起下巴收起即將滑落的淚水。
當那纖細柔弱的肩膀微微抽動，海娜把兩個小小的拳頭握得泛白。

十二歲的我必須知道她離開的理由。

米飯吃得太多、功課不好、沒有穿洋裝的漂亮朋友、沒辦法把頭髮綁得整齊、袖子總是髒兮兮的、喝湯時總是發出聲音、動不動就感冒，還有……試圖在她的指甲上頭塗鳳仙花液。

我製造出無數個理由，相信自己並不是被拋棄了，而是因為我是這種孩子，媽媽才不得不離開我。

我對自己的攻擊是如此頻繁、如此習以為常、如此理所當然，以至於我長大之後仍成為了「被拋棄的大人」。

海娜也與我無異。

那天在飯店時自己為什麼沒有被選擇？為什麼被丟在中華料理餐廳前面？怎麼會被棄養兩次，而第三次領養的父母為什麼只丟下自己就離開了人世？

海娜就像十二歲的我一樣在攻擊自己。

但我遇見九歲的海娜，被她雇用，在追查媽媽之死的過程中領悟到：

這一切絕不是我的錯。

這一切都是他們的錯。

為了把九歲還給海娜……。

現在，我必須回答海娜的問題。

＊＊＊

「哭出來就好了，那……就結束了。」

因為不能辦理兒童借書證，被別人說是可憐孩子的「子英」哭了。

興高采烈地吃著炸醬麵，卻得知自己曾被丟在中華料理餐廳前的「子英」哭了。

在距離家很遠的超市，把變大的腳丫子硬塞進小號運動鞋、迷了路的「恩律」哭了。

不明所以地被棄養，聽到別人說「妳還沒準備好要當任何人的孩子」的「恩律」哭了。

被關在不見天日的廁所，遭到一頓毒打後，一邊接受冰冷湖水的洗禮，一邊直打哆嗦的「藝恩」哭了。

從第二次領養的家中逃脫出來，幾天幾夜不吃不睡的「藝恩」哭了。

無論自己怎麼努力，仍只能看著一心懷念死去女兒的養父母，獨自抱著冰冷智子的「海娜」哭了。

把丟下自己尋死的養父母留在身邊，獨自住在雙層木造住宅的「海娜」哭了。

躲在遊樂園的鐘樓逐漸走向死亡的「海娜」哭了。

在與汝敬初次見面的咖啡廳道別後，搭乘計程車回家的「海娜」哭成了淚人兒。

「海娜……只要妳哭了，那一切就結束了。」

哭泣卻沒被選擇的孩子，長大後也哭不出來。

答、答，一顆顆淚水從海娜的眼眸中滾落。

海娜的肩膀不住抖動，原本握得泛白的拳頭鬆開了。

連額頭都燒得通紅的熱氣使海娜的肩膀晃動起來，使她張大了嘴巴。

接著海娜哭了起來，就像永遠都不會停止似的。

她就像普通的九歲小女孩，用全身的力量哭了起來。

是誰從這孩子身上奪走了哭聲、奪走了她的九歲？

嗶——

警示音響起。

我在海娜面前跪下雙膝，將臉上淚水泛濫成河的海娜擁入懷中。因為突如其來的哭聲，海娜小小的胸口承受不住急促的呼吸，不斷上下起伏。她的胸口，頂多只有大人的手掌那般大。

我將一隻手放在海娜的背上，開始緩緩地呼吸。雖然心情稍微鎮定下來了，但她繼續待著不動會有危險。我握住海娜的雙臂，讓她直視著我。

「妳知道吧，我從來就沒對妳說過謊。」

海娜哭著點頭。

「所以，哭了就結束了，也是真的。」

大概是呼吸很急促，所以海娜大力點頭代替回答。

「還有……我向妳保證，妳一定會變成大人的。」

說完這句話後，海娜整個人癱軟無力地倒在我懷裡。

我抱著海娜離開了那裡。外頭下著鵝毛大雪，讓人不敢相信邁入了四月。
直到我們離開，昌秀什麼話都沒有說。

＊＊＊

在她們離開之後，天亮前我聽見有人進入低溫室的聲音，是海娜的司機。
她看到趴在餐桌上的兩人後也絲毫不吃驚，一副瞭然於心的樣子。
她替我鬆綁，拉著行李箱出去之前，將一個小型手提袋遞給我。
「這是什麼？」
她在紙上寫了什麼之後拿給我看。
——說是借給你的，務必連同利息一起償還。
手提袋內準確地裝了我需要的金額。
海娜的司機離開低溫室後，我彷彿依然處於綑綁狀態，坐在原地一動也不動。
海娜說的話、她的哭聲及汝敬的安慰，在我腦海揮之不去。
暖爐內的木柴依然燒得旺盛，好溫暖。
下了一整夜的大雪停歇，火紅旭日升起。
我從暖爐中取出一根著火的木柴，把溫室的每個角落點上了火。
火勢迅速蔓延，四面八方都燒了起來。
就像要把整個冬季徹底凍結的一切祕密都燃燒殆盡。

我等待一切都燒成灰燼後離開了那裡。

之後我又重返職場。

雖然過程不容易，但畢竟這裡始終缺少人手，所以以減薪幾個月、聽同事們埋怨個幾句，雙方好不容易達成協議。

汝敬依然由我負責，但我並未跟她聯繫，也無法從任何地方聽到關於兩人的消息。

海里蒂奇的素允說，自從那天之後，包括潔妮在內的三人全都消失得無影無蹤。雖然警方根據雙層木造住宅的火災進行相關調查，但其中發現了海娜養父母的遺書，因此全案以單純自殺作結。

不久後，汝敬的假釋被取消，登上了通緝犯名單。我能為她們做的，就只有不讓任何人找到她們。

目擊

在美國舉辦的展覽大獲成功。

與藝廊相關工作人員一起用完餐後，回到飯店時，櫃臺的職員喊住了她。

「周小姐，您有一封郵件。」

用散發香氣的鮮紅草莓貼紙封住的信封上只寫著「目擊者」，她打開信封後，見到裡面裝了一個隨身碟。

回房沖澡，確認隔日行程後，她在蓋上筆電前想起了在櫃臺收到的信件。

她插上隨身碟，一邊咬著蘋果，一邊點下播放影片。

當未經剪輯的五小時影片播放完畢時，她一臉驚恐地打了電話給身在韓國的母親。

「您為什麼……去了姊姊待的飯店？」

「妳在說什麼啊？半夜沒頭沒腦的打電話過來。」

「您明明都知道！為什麼要裝作毫不知情！」

＊＊＊

我不能放任美敬再次毀掉我們母女倆的人生。她竟然大搖大擺地出現在汝敬辦展覽的飯店。

這個恬不知恥的臭丫頭。

美敬似乎對我的拜訪感到很訝異，有短短幾秒面露喜色，但隨即她就怒吼自己的人生會淪落至此，全都要怪我。

她真的……是個想愛也愛不了的孩子。

我趁美敬去廁所時，在桌面上放了她過去為之狂熱的藥物與針筒，接著將不起眼的小型鏡頭藏在內線電話機後頭，離開了房間。

我打算幾天後再回收鏡頭，把錄下的影片交給警方，心想如此一來她又會沉寂一陣子吧……沒想到那孩子卻死了。

偷走孩子的女人在美敬的手臂上扎針時，美敬只不過是因藥效昏迷了而已，分明還活著。不久後，當美敬睜開眼睛時，結束展覽訪談的汝敬來到美敬的房間，在美敬的左手臂上打了針。真是愚蠢。

美敬是左撇子。雖然刑警們曾短暫懷疑，但幸好以單純意外死亡事件處理。

美敬生下雙胞胎的事實，是由偷走孩子的女人的哥哥負責善後，事件很快就落幕了。

我把記錄所有過程的記憶卡藏在了任何人都找不到的地方——耐火堂，美敬的骨灰罈中。

汝敬認定我對美敬生孩子、美敬之死及飯店事件全然不知，把孩子丟在中華料理餐廳門口，甚至對我隱瞞姊姊的死。畢竟汝敬一輩子都活在美敬的陰影之中，所以一方面我能理解她的心情，但另一方面她試圖欺騙我的事實又令人可恨。我怎會連姊妹倆交換身分並生下女兒的事情都不知道？因為我保持緘默，汝敬生下的孩子得以不出現在我面前，以美敬女兒的身分成長（非如此不可。汝敬的前途怎能有私生女？）。雖然有段時間我實在無法饒恕欺騙我的汝敬，但那孩子有多讓我發怒，卻也大大滿足了我。此外，或許是一連串的事件激發了靈感，汝敬的作品一天要比一天更吸引世人矚目，最後成了在這片土地上首屈一指的藝術家。我的夢想，靠著汝敬來替我實現。

可是，她竟然因為美敬一出現就動搖了，嘖嘖嘖。她再度酗酒，也開始接受憂鬱症治療。汝敬的才能固然出色，但要在藝術界存活依然差得遠了。

過去我持續收到報告，掌握了汝敬帶去拋棄的「那個孩子」的成長過程。孩子要比想像中更聰明伶俐也更堅強，完全沒有美敬那種目光短淺或衝動行事的特質。若是立刻帶她回來，不僅汝敬會因為「她是美敬的女兒」這個理由而承受不住，而且在業界流傳的八卦也不容小覷。更何況是要養孩子，光是想像就覺得驚悚。我原本盤算，萬一她能像現在一樣正常成長，再看情況帶她回來，沒想到在飯店偷走美敬孩子的女人卻連那孩子都帶走了。

我原本只是想嚇嚇那些人，讓他們把孩子歸回原主，因此以「目擊者」之名寄了張簡短紙條，沒想到那些膽小的人卻擅自尋死去了。

既然孩子被棄養了，自然就會回到育幼院了吧，但不久後孩子卻與美敬名義上的女兒一起跑來美術館找我。幸好那女兒看起來也跟美敬沒有半點相似之處。

***

「我不是問發生什麼事了嗎？妳別激動，好好說……」

「都被知道了！」

「什麼？是誰知道了什麼！」

「媽藏起來的……飯店影片。媽和我做了什麼……還有姊姊是怎麼死的，全部都被知道了！」

這不可能。

記憶卡依然藏在耐火堂美敬的骨灰罈內。

是說有人把手伸進骨灰罈中攪動嗎？

「那……不可能，究竟是誰！」

「……是我們拋棄的孩子們。」

***

那年冬天之後，又過了兩年左右。

在這段時間內，住在療養院的母親過世了，在國外逃亡的妹妹與妹婿也歸國自首了。

秀仁順利進入夢寐以求的高中，妻子收購了附設於住辦合一大樓的小型超商，沒有聘請兼職人員，凡事自己來。

我固定把向汝敬借的錢匯入司機告知的帳號，一次也沒有落下。下個月就是最後一次匯款了，雖然不知該怎麼解釋，但我卻莫名感到惆悵。是因為感覺她們與我的唯一連結消失的緣故嗎？

幾天前我偶然在報紙上看到汝敬的名字，於是趕緊翻了頁，這才發現我看到的是「周汝敬」藝術家的展覽報導。展覽主題為「目擊者」，上頭有篇簡短報導內容，還附上了一張作品照片，是一個小女孩與年輕女人在展場中央手牽著手仰望天花板的模樣。

我突然覺得作品中的小女孩與女人看起來很像海娜與汝敬，不禁好奇起她們仰望的、位於美術館最頂端的人是誰？

***

「爸爸你在哪？我在旋轉木馬前面。」

期末考結束後，因為秀仁三番兩次央求，所以就去了遊樂園。

寄宿生活跟過去累積的課業壓力彷彿瞬間煙消雲散，不管搭了什麼，秀仁都笑得最大聲也叫得最大聲。

一聽到廣播宣告遊行馬上就要開始，秀仁便拉著我的手臂說要去占個好位置。每到這種時候，就覺得她還是個小孩子。

職員為了避免遊行時受到妨礙，所以把路面暫時清空，確保中間有通道。稍後，遊樂園的所有燈光熄滅，播放起就連我也很熟悉的動畫歌曲與聖誕頌歌。

五顏六色的水滴填滿了空間，彷彿從童話中蹦出來的眾多生動角色，夢幻十足的服裝與舞蹈，歡欣的號角聲與從天而降的雪花，迪士尼公主與王子優雅地揮手致意，拉著聖誕老人與塞滿禮物的雪橇的馴鹿、鹿群及精靈們……。

隊伍長得看不到盡頭。不分大人小孩，大家都彷彿受邀來到夢幻島，一臉開朗幸福的樣子。

就在這時，我似乎在另一頭的人潮之間看到了汝敬。雖然身上散發的氣質截然不同，但那確實是汝敬。

她身旁有個長得跟海娜很像的孩子露出燦爛的笑容，而潔妮站在兩人背後高聲歡呼。

我猛然站了起來，等到隊伍一經過，隨即跑向另一頭。

但她們卻如海市蜃樓般消失不見，只剩下與汝敬相似的人，還有一個跟海娜年紀相仿的小女生站著。

雖然無法用言語說明，但在我確信是她們的那一刻，我也不自覺地哽咽，因此留在原地不斷張望周圍，久久無法離去。

秀仁盯著我，很訝異地說：

「唉唷，看看你，爸爸也沒有資格說媽媽呢。爸爸也進入更年期了吧？有哪個中年大叔會看遊行看到淚眼汪汪的啊？」

在隊伍離去的位置上，播放著賓・克羅斯比的聖誕頌歌。

「海娜，怎麼樣，開心嗎？」
「嗯！」
「有多開心？」
「開心到讓我相信世界上有聖誕老人。」

國家圖書館出版品預行編目（CIP）資料

無人在乎的她 / 卞志安著 ; 簡郁璇譯 . -- 初版 . --
臺北市 : 臺灣東販股份有限公司 , 2024.10
392 面 ;14.7×21 公分
譯自 : 아무도 돌보지 않은
ISBN 978-626-379-588-4 (平裝)

862.57 113012768

無人在乎的她

2024年10月1日初版第一刷發行

作　　者　卞志安
譯　　者　簡郁璇
編　　輯　吳欣怡
特約編輯　何文君
封面設計　水青子
美術編輯　林泠、林佩儀
發 行 人　若森稔雄
發 行 所　臺灣東販股份有限公司
＜地址＞台北市南京東路4段130號2F-1
＜電話＞(02)2577-8878
＜傳真＞(02)2577-8896
＜網址＞https://www.tohan.com.tw
郵撥帳號　1405049-4
法律顧問　蕭雄淋律師
總 經 銷　聯合發行股份有限公司
＜電話＞(02)2917-8022

TOHAN